KB017617

시어니 트윌과 마법 시리즈 ❹

시어니 트윌 외전 : 마법의 발명

시어니 트윌과 마법 시리즈 ❹

THE PLASTIC MAGICIAN

시어니 트윌 외전:
마법의 발명

찰리 N. 홈버그 지음 ㅣ 김지원 옮김

이덴슬리벨

차례

엄청난 시련을 견뎌냈고
결국에 이 이야기에 영감을 준
강인한 여성, 테스에게.

1

졸업장을 받게 된 앨비는 들떠 있으면서도, 한편으로는 제퍼슨 마법사의 콧수염에서 도저히 눈을 뗄 수가 없었다. 불과 두 달 전, 마지막으로 봤을 때까지만 해도 제퍼슨 마법사에게는 콧수염이 없었다. 제퍼슨 마법사 나이대의 남자가 갑자기 콧수염을 기르겠다고 결심한 이유는 대체 뭘까?

콧수염은 숱이 많고 짙은 색이며 잘 다듬어졌다. 아버지가 보셨다면 훌륭한 독일식 콧수염이라고 하셨을 것이다. 제퍼슨 마법사도 독일계 혈통이었던 걸까? 졸업 면접을 보다가 마법사의 혈통을 묻는 건 이상할까?

두 달. 콧수염은 최소한 1센티미터쯤 길었을 것이다. 10밀리미터. 대략 60일 동안 기른 거고, 털 길이를 줄이지 않았다면…… 털이 자라는 속도는 하루에 167마이크로미터이고…….

제퍼슨 마법사가 조금 요란하게 목을 가다듬었다. 그 소리에 앨비의 머릿속에 쌓여가던 모든 숫자가 싹 날아갔다. 앨비는 눈을 깜박이며 정신을 차리고서 제퍼슨 마법사의 콧수염에서 시선을 들어 올렸다.

"듣고 있나, 브레켄마커 양?" 마법사가 물었다.

그녀는 자리에서 몸과 등을 꼿꼿이 펴고, 지나치게 곱슬곱슬한 밤색 머리카락 한 가닥을 두꺼운 안경테 뒤쪽으로 재빨리 넘겼다.

"네, 마법사님. 그러니까 대부분은요."

집중해, 앨비. 1905년 졸업반은 지금껏 인원이 가장 많고, 그 말은 곧 제퍼슨 마법사의 일정이 졸업 예정자들과의 만남으로 꽉 차 있다는 거다. 그러니까 필요 이상으로 그의 시간을 잡아먹어서는 안 된다. 앨비는 자신의 견습 생활에 대한 설명을 듣게 될 터다. 앞으로 2년에서 6년 동안 삶을 어디서 보내게 될지, 무엇보다도 누구와 함께 보내게

될지 말이다.

제퍼슨 마법사는 코로 깊게 숨을 들이켜고 앞에 있는 책상 위에서 손가락을 깍지 꼈다.

"방금 말했다시피 자네가 마법 분야에서 플라스틱 마법을 첫 번째로 선택한 걸 보고 조금 놀랐네. 플라스틱에 특별히 관심이 있는 이유라도 있나?"

앨비는 싱긋 미소를 지었다.

"새롭고 흥미진진한 모험이니까요."

실제로 플라스틱은 아주 새로운 분야이자 마법의 재료로 사용되는 인공 물질 일곱 가지 가운데 합법적인 여섯 가지 중에서도 가장 새로웠다. 플라스틱이라는 마법 분야, 즉 폴리메이킹은 겨우 30년 전에 발견되었다. 그것이 앨비가 지난 2년 동안 제퍼슨 재료공학 학교에서 치열하게 공부한 이유였다. 그녀는 마법사 밑에 견습생으로 들어가 2년에서 6년이 지난 후에는 자신도 마법사가, 그것도 플라스틱 마법사가 되고 싶었다. 제퍼슨 학교는 교칙이 엄격했고 학비도 비쌌다. 학생이 3년 안에 책임감 있고, 도덕적이고, 다재다능한 견습생이 되는 데 필요한 모든 것을 배우지 못하면 학교에서 쫓겨났다.

"알아낼 게 아주 많고, 배울 것도 아주 많아요. 전 플라스틱 마법의 비밀을 알고 싶습니다."

앨비가 말했다.

그녀의 다음 선택은 고무를 사용하는 마법인 사이핑이었다. 어쨌든 처음 플라스틱을 발견한 사람이 고무 마법사였으니까. 합리적인 두 번째 선택이었다.

제퍼슨 마법사는 고개를 끄덕이고 책상 위의 서류를 넘겨다보았다. 그녀의 성적표일까?

"확실히 그쪽으로 마음을 굳힌 것 같군. 중고등학교에서 수학과 과학에 뛰어났고, 게다가 마법과 회계 수업에서도 우수한 성적을 받았군. 군터 브레켄마커의 딸이라면 응당 그러리라 예상은 했지만."

발명가이자 전구의 공동 제작자인 군터 브레켄마커. 조그만 필라멘트와 유리의 조합물 덕분에 앨비 가족은 제퍼슨 학교의 엄청난 학비를 댈 수 있었다. 물론 대부분의 칭찬과 돈은 에디슨에게 몰렸지만, 그녀의 아버지도 더 경험 많은 동료가 특허를 내는 데에 동의하는 대가로 상당한 돈을 받았다.

제퍼슨 마법사는 종이를 뒤집고서 손가락 하나를 들어

콧수염을 쓰다듬었다. 앨비는 그쪽을 쳐다보지 않으려고 애썼다.

"나는 자네에게 폴딩의 장점에 대해 말할 의무가 있다네."

종이를 사용하는 마법인 폴딩은 가장 인기 없는 분야였다. 얼마나 인기가 없는지 활동 중인 종이 마법사를 손가락으로 셀 수 있을 정도였다. 바다 건너 영국에서는 실제로 그 분야를 공부하라고 학생들에게 *강요한다*는 이야기도 들었다.

그녀는 몸을 부르르 떨었다. 종이 마법은 그녀의 목록에서 다섯 번째였다. 불을 재료로 하는 마법인 파이어링 바로 위, 끝에서 두 번째였다. 불을 던지는 것은 그녀에게 너무 기초적이고 무시무시하게 느껴졌다.

"전 별로 하고 싶지 않은데요."

앨비는 코를 따라 흘러내리기 시작한 안경을 고쳐 쓰고 멍하니 귀 위쪽을 문질렀다. 안경테는 끔찍하게 무거워서 정오쯤이면 항상 귀가 아팠다.

"놀랄 일도 아니지."

제퍼슨 마법사는 살짝 미소를 띠며 동의했다. 그는 금속 합금 마법사인 스멜터였고, 금속 마법은 앨비의 목록에서 세 번째였다.

"자네의 지원서를 이사회에서 승인했다는 사실을 알릴 수 있어 기쁘군. 자네는 해외에서 공부하고 싶다고 했고……."

갑자기 솟구치는 열정에 앨비는 몸을 움찔거렸다. 해외? 정말로 자신을 해외로 보내주겠다는 건가?

"전…… 네, 네, 마법사님."

"희소식이 계속되는군. 영국에 있는 우리 자매 학교인 마법 능력자를 위한 태기스 프래프 학교에 대해 알고 있나?"

앨비는 고개를 끄덕였고, 안경이 또다시 코 아래로 미끄러졌다.

"우연히도 그 학교 창립자의 조카가 데리고 있던 견습생이 최근에 떠났다고 하더군. 그 사람이 자네를 가르치기로 했다네. 마법사 매리언 프래프가 말일세."

앨비의 입이 떡 벌어졌다.

"바로 그 매리언 프래프요? 이미지돔을 만든 분이요?"

"바로 그 사람이지."

앨비는 의자에 가만히 앉아 있을 수가 없었다. 엄청난 흥분이 몸에서 솟구쳐서 물처럼 몸 밖으로 쏟아지지 않는 게 놀라울 정도였다. 마법사 매리언 프래프는 전 세계에서 가장 유명하고 존경받는 플라스틱 마법사 중 하나였다. 그는 앨비의 아빠가 구독하는 잡지 〈슈피리어 테크놀로지〉와 〈매지션스 투데이〉에 계속해서 등장했다.

"브레켄마커 양?"

그녀는 가까스로 정신을 차렸다.

"그거…… 굉장하네요. 멋져요. 전 정말…… 그보다 더 좋은 일은 없을 거예요."

그는 미소를 지었다.

"잘됐군. 자네 일정을 전부 조율해놨네."

그가 서류 뭉치 아래쪽에서 앨비의 이름이 쓰여 있는 두툼한 봉투를 꺼냈다. 앨비는 떨리는 손으로 그것을 받았다. 그녀의 졸업장과 견습 생활에 필요한 물품 목록, 그리고 델라웨어주 도버까지 거울 이동편 예약증이었다.

"도버요?" 그녀가 물었다.

"일정이 괜찮다면 구매를 진행하겠네."

제퍼슨 마법사가 책상 위에서 손깍지를 끼고 말을 이었다.

"출발은 사흘 후야. 도버에서 독일 함부르크까지 거울 이동을 할 거고, 그다음에는 영국으로 배를 타고 건너가서 열차로 런던까지 가게 될 거야. 이렇게 돌아가게 해서 미안하지만, 영국이 마법을 이용한 교통편을 어떻게 여기는지 자네도 알잖나. 그리고 프랑스는 특별 여권을 요구하지. 지금 신청을 한다고 해도 크리스마스 때까지 받기는 힘들 거야."

앨비는 고개를 끄덕였다. 영국의 교통법은 엄격하기로 악명 높았다. 유리 마법사인 개퍼들만 거울을 통해 여행할 수 있었다. 앨비도 물론 그 법이 생긴 이유를 이해했다. 마법사가 이동 중에 금이 가거나 부서진 거울 속에 영원히 갇힐 수 있기 때문이었다. 하지만 미국인들이 그런 위험을 감수하지 않았다면 그들은 서구 세계에 절대로 정착할 수 없었을 터다.

이런 방법으로 잠깐이나마 독일을 볼 수 있다니! 3년 전인 열일곱 살 때 이후로 그녀는 부모님의 고향에 가본 적이 없었다.

봉투를 손으로 꼭 쥐고 그녀가 말했다.

"감사합니다, 제퍼슨 마법사님. 드디어 제 꿈이 이루어졌어요."

그의 콧수염이 미소를 그렸다.

"그렇게 말해주니 아주 기쁘군."

그가 책상 너머로 손을 내밀었고, 아버지가 가르쳐준 대로 앨비는 그의 손을 꽉 잡고 흔들었다.

"안전하게 잘 도착했다는 걸 알 수 있도록 도착하면 전신을 보내게. 잘 지내는지 우리도 확인해볼 거야, 브레켄마커 양. 자네를 자랑스러워할 수 있게 해주게."

"엄마!"

앨비는 자그마한 집 현관문을 박차고 들어가며 소리쳤다.

"엄마, 저 해냈어요!"

머리 위쪽으로 검은 고수머리를 틀어 올린 앨비의 어머니가 부엌에서 나왔다.

"플라스틱 마법이니?"

말투에서 어머니의 뚜렷한 독일 억양이 묻어났지만 그러면서도 세련되게 들렸다. 앨비는 그 억양을 완벽하게 흉내낼 수 있었다. 늘 그 말투를 들으며 자랐으니까. 하지만 그녀는 오하이오에서 태어났고, 공립학교에 다닌 세월 덕분에 보통은 평범한 중서부 미국인 같은 투로 말했다.

앨비는 신발을 벗으려다가 발에 걸려 비틀거렸다. 그러고는 어머니에게 달려가 팔꿈치를 잡았다.

"매리언 프래프 마법사님이랑요!"

"누구?"

앨비는 물러나서 안경을 밀어 올렸다.

"이미지돔을 발명한 분이요! 태기스 프래프의 조카 말이에요."

어머니의 얼굴에 미소가 사라졌다.

"두 게스트 나크 잉글란트?"

어머니가 독일어로 물었다. *너 영국에 가는 거니?*

앨비는 씩 웃었다.

"기뻐해주세요, 엄마. 가는 길에 함부르크도 지나갈 거예요. 그리고 크리스마스에는 휴가를 얻을 수도 있을걸요. 엄마가 대화 거울을 새로 사면 매주 이야기할 수도 있을 거예요."

어머니는 숨을 내쉬더니 마침내 다시금 미소를 지었다.

"네가 해낼 줄 알았단다, 앨비. 우린 꿈을 이루기 위해 이곳에 왔지. 아빠가 곧 집에 오실 거야. 이 소식을 들으면 아주 기뻐하실 거다."

팔다리에 짜릿한 감각이 가득 차올랐다. 앨비는 씩 웃으며 위층의 자기 방으로 펄쩍펄쩍 뛰어갔다. 한쪽 구석에는 커다란 책장 두 개가 놓여 있었고, 그녀와 아버지가 함께 만든 시계가 침대 위에 걸려 있었다. 시계 표면은 안에 있는 기어의 작동을 볼 수 있도록 유리로 교체한 상태였다. 그녀의 옷장은 작고 낡았는데, 22년 전 엄마와 함께 바다를 건너온 골동품이었다. 바닥에는 둥근 러그가 깔려 있고 단순한 스타일의 침대에는 2년 전 크리스마스 때 받은 깃털 매트리스가 놓여 있었다. 얇은 커튼을 뚫고 들어오는 햇빛에도 불구하고 그녀는 벽에 있는 스위치를 올려 천장에 달린 전구 네 개에 전기를 공급했다. 아버지의 최고 업적을 상기시키는 물건이었다. 그녀도 견습 시절과 그 이후에 위대한 일을 해낼 것이다.

앨비는 치마허리의 단추를 풀어 벗은 다음 러그 위에 떨어뜨린 채 옷장으로 걸어갔다. 그녀는 치마가 무릎에 휘감기거나 다리에 먼지가 묻거나 냉기가 드는 것을 끔찍하게 싫어했다. 앨비는 속박을 질색하는데 치마를 입으면 앉는 자세도 제한적이었다. 불행히도 윗사람들은 여자들이 치마를 입는 걸 선호했다. 아니, 대부분 사람이 여자가 치마 입는 걸 좋아했다.

그녀는 옷장 아래쪽 서랍에서 바지를 꺼내 입으며 안도

의 한숨을 쉬었다. 바지가 점점 더 인기를 얻고 있었다. 작년에 바지 입은 다른 여자를 딱 한 명 본 것을 '점점 더 인기'를 얻는다고 할 수 있다면 말이다. 어쨌든 여기는 오하이오니까. 어쩌면 해안가 지역에서는 더 흔할지도 모른다. 여성용 바지는 구하기가 굉장히 어려웠다. 어머니가 그녀를 위해서 이 바지를 만들어주셨고, 치마와 약간 비슷해 보이도록 품을 좀 넓혔다. 앨비는 치마가 딱 두 벌뿐이었고, 거의 입지 않아서 둘 다 새것이나 다름없었다.

앨비는 제퍼슨 마법사가 준 봉투의 내용물을 빨리 살펴보고 싶어 돌아서다가 침대 발치에 있는 꾸러미를 발견했다. 그녀는 침대 옆 탁자에서 주머니칼을 집어 들고 포장을 뜯었다. 견습생이라는 것을 알려주는 빨간색 앞치마와 검은 실크 모자를 보고 눈이 튀어나올 뻔했다. 런던에 도착하면 프래프 마법사가 그녀에게 제복을 주리라 생각했는데, 지금 벌써 이 옷을 입을 수 있다니.

그녀는 재빨리 견습생용 앞치마를 입고 끈을 꼭 묶은 다음 곱슬곱슬한 머리 위로 실크 모자를 쓰고 벽에 달린 작은 거울을 쳐다보았다. 모자챙 아래로 머리카락이 오래된 빗자루 솔처럼 튀어나와서 약간 광대처럼 보였다. 그녀는 안경을 벗어 두꺼운 안경알을 앞치마 모서리로 닦았다. 안경을 벗으니 방 안이 울긋불긋하게 번져 보였다. 다시 안경을 쓰고 거울을 보았다. 그래, 모자는 없는 편이 낫겠다. 다행히 모자는 공식 행사 때만 쓰면 된다. 어쨌든 모자와 앞치마는 마법 견습생의 표식이자 전 세계적으로 인정받는 제복이었다. 앨비는 잠시 제복을 감상하다가 모자를 벗고 앞치마 매듭을 풀었다. 그리고 경건하게 접어서 침대 발치에 올려놓았다. 플라스틱 마법사. 이제 정말 그렇게 되는 거야.

앞치마에서 시선을 떼고 앨비는 몸을 돌려 자신의 방을 보았다. 준비하고 짐을 쌀 시간이 빠듯했다. 내일 제일 친한 친구인 애비게일과 루시를 만나 이 소식을 알려야 한다. 친구들은 근처에 사니까 마법 편지 새도 필요치 않았다. 어머니는 할머니와 거울 통신을 하시려나? 편지가 독일에 도착할 즈음이면 앨비는 이미 영국에 도착했을 테니.

입술을 잘근잘근 깨물며 그녀는 옷장 제일 위 선반에서 짐가방을 꺼냈다. 뭘 가져가지? 뭘 가져가야 해? 그녀는 머릿속으로 물품 목록을 정리한 다음 각각의 무게를 계산하기 시작했다. 가방을 두 개 가져간다면 무게를 똑같이 만드는 것이 가장 합리적인 행동이었다.

아래층에서 현관문 닫히는 소리가 나고, 아버지가 저녁 식사가 뭐냐고 물으며 무거운 걸음으로 걸어오는 소리가 들렸다. 앨비는 짐가방을 놔두고 아버지에게 희소식을 전하러 방에서 뛰쳐나갔다. 전등은 그녀가 없는 동안에도 윙윙거리며 켜져 있었다.

　앨비와 부모님은 컬럼버스 거울 환승역 4번 터미널의 벽지로 발라놓은 입구에 서서 담당 유리 마법사가 그녀의 이름을 부르기만을 기다렸다. 그는 아마도 마법사 시험에 떨어진 유리 마법사 견습생이거나 견습 과정이 끝나기 전에 그만둔 사람일 것이다. 누구도 9년 동안 유리 마법사가 되기 위해 받은 교육을 거울 안팎으로 사람들을 이동시키는 데 써먹고 싶진 않을 테니까. 유리 마법은 마법사 면허가 없는 사람도 일할 수 있는 유일한 마법 분야였다. 그녀는 통행 담당자를 바라보며 생각했다. 그는 그리 나이가 많아 보이지 않았다. 그녀보다 여섯 살이나 일곱 살쯤 많을 것 같았다. 이 일을 얼마나 오래 했을까? 행복할까?

　앨비는 타일 바닥에 신발 발가락 부분을 대고 비틀었다. 그녀가 견습 과정을 마치지 못하면 어떻게 될까? 낙제한 플라스틱 마법사가 할 만한 일은 전혀 떠오르지 않았다. 깊게 숨을 쉬며 앨비는 이를 악물었다. *상관없어, 난 통과할 거니까.* 그녀가 혼잣말을 했다.

좋아하는 일에 실패하는 일은 드물었다. 최소한 그녀는 자신이 이 분야를 좋아한다고 확신했다. 그녀는 예비 학교에서 여섯 가지 기본 분야의 이론을 전부 공부했는데, 플라스틱 마법이 다른 분야보다 훨씬 더 흥미로웠다.

"지금이라도 집에서 좀 더 가까운 곳으로 요청해도 돼."

그녀의 아버지가 옆에서 나지막이 중얼거렸다. 커다란 손이 그녀의 어깨를 잡았다.

앨비가 아버지에게로 몸을 기울였다.

"어차피 가장 가까운 후보지는 메릴랜드일걸요. 거긴 영국이나 다름없을 정도로 멀어요."

그녀의 머리가 핑핑 돌았다. 대서양은 그녀의 지리적 지식이 맞다면 너비가 5950킬로미터였다. 여기서 뉴욕시까지가 860킬로미터였다. 그게 그녀의 가족이 지난번 독일 여행 때 택한 경로였다. 런던이, 음, 영국 서해안에서 160킬로미터 정도 된다고 치면 약 6110킬로미터 떨어진 거고, 그건 메릴랜드보다 여덟 배 먼 거리였다.

그녀는 아버지에게 잘못 말했다고 하려다가 숫자를 생각하고는 도로 입을 다물었다. 메릴랜드보다 여덟 배 멀다고? 그녀는 집에서 확실히 멀리 떠나는 거였다. 그 거리의 얼마만큼을 마법과 기술이 메워줄 수 있을까?

앨비의 심장이 욱신거렸다. 아직 역을 떠나지도 않았는데 말이다. *하지만 그 모든 모험을 생각해봐,* 그녀가 자신에게 말했다. 저 거울 반대편에서 그녀를 기다리고 있을 여정을 상상조차 하기 어려웠다.

"앨비 브레―"

담당자가 이름을 부르다가 손에 든 클립보드를 빤히 보았다.

"브레켄매처?"

그녀가 성이 단순한 사람과 결혼하지 않는 한 남은 평생 그녀의 성을 엉망으로 부르는 걸 계속 들어야만 하리라.

그녀는 부모님에게로 몸을 돌려 두 분을 껴안고는 눈물을 삼키느라 빠르게 눈을 깜박였다. 순식간에 집에 돌아올 테고, 눈물로 젖은 속눈썹이 안경을 더럽히는 건 바라지 않으니까.

"사랑해요."

그녀가 속삭였다.

"*구테 라이제!(좋은 여행 하렴!).*"

어머니가 속삭였다. 아버지는 그녀의 이마에 키스했다.

앨비는 깊게 숨을 들이켜고 어깨를 쭉 펴며 견습생용 앞치마를 매만졌다. 아직은 입을 필요가 없지만, 이 옷은 그녀에게 용기를 주고 그녀의 목표를 떠올리게 했다.

부모님에게 미소를 지으며 그녀는 짐가방을 들고 외쳤다. "여기요!"

"이쪽으로 오세요, 이쪽이요."

담당자가 그녀를 재촉하며 말끔한 은색 거울이 있는 커다란 구릿빛 액자 쪽으로 손짓했다. 그게 그녀의 방에 있는 거울과 같은 유리로 만들어진 거라면 그 무게가—

앨비는 머릿속에 떠오른 계산식을 재빨리 지웠다. 그건 중요치 않았다. 안 그런가?

담당자는 거울을 손으로 건드렸고, 거울에 비친 앨비의 모습이 은색 소용돌이 속으로 사라졌다. 앨비는 그에게 표를 건넸고, 그는 펜으로 표시한 다음 다시 건넸다.

"도버까지. 이제 빨리 들어가세요."

담당자가 그녀에게 앞쪽으로 손짓했다.

앨비는 부모님을 다시 한 번 돌아보았다. 짐가방 두 개를 든 채 간신히 손을 흔든 다음 자신의 미래를 향해 거울 속으로 발을 내디뎠다.

2

앨비는 평생 수십 번쯤 거울로 이동해보았지만 그 마법
이 주는 차가움은 여전히 충격적이었다. 싸늘한 수은을 통
과하는 느낌이었고, 몸 구석구석까지 얼음장 같은 냉기가
그녀의 옷을 뚫고 들어와 머리카락을 타고 등과 팔을 따라
소름 돋게 했다.

거울에서 나오자 새로운 빛이 그녀의 눈을 찔렀다. 유리
로 감싼 불 마법 조명의 옅은 오렌지색 빛과 전구의 하얀
빛이었다. 수많은 사람과 대화 소리가 그녀의 주위를 둘러
쌌고 멀리서 들리는 경적과 자동차의 소음, 벽 너머에서 들

리는 전차의 종소리가 뒤섞였다. 앨비는 눈을 깜박였다. 소름이 서서히 그녀의 피부에서 사라졌다. 그녀는 도버에 와본 적이 없었다. 도버의 거울 이동 역은 컬럼버스의 역보다훨씬 크고 훨씬 붐볐다.

"비켜요. 자리 좀 내주세요."

컬럼버스 역의 이동 담당자가 외쳤다. 이 사람은 훨씬 나이가 많아서 머리와 수염이 거의 하얗게 셌다. 그가 다급하게 손짓했다. 두 개의 짐가방 손잡이를 잡고 앨비는 발을 움직여 재빨리 거울 밖으로 나왔다. 정신을 차리기 위해 잠깐짐을 내려놓을 만한 빈 의자를 찾았다. 눈에 들어오는 모든앉을 자리에는 사람이 있었다. 아이가 있는 부부, 프랑스어비슷한 말을 하는 남자들 무리, 전원 격자무늬 교복을 입은학생 집단이 앉아 있었다. 그녀가 지나가자 몇몇 시선이 그녀에게 머물렀다. 아니, 그녀의 빨간색 견습생용 앞치마에머물렀다. 어쩌면 그녀의 바지를 본 걸지도 모르지만 비슷한 옷을 입은 여자 한 명을 더 보았으니까 아주 이상해 보이지는 않을 것이다.

그녀는 긴장해서 터미널을 둘러보며 머릿속으로 계산했다. 거울이 정말 많았다! 이곳에 있는 여성의 0.01퍼센트가 바지를 입었다. 앨비는 좋은 인상을 줘야 할 때는 대체로 치마를 입었지만, 치마를 입고 여행하는 건 질색이었다. 프래프 마법사는 이미 견습생을 들이는 데 동의했고, 게다가 이건 그녀가 가장 좋아하는 바지였다.

역 한가운데 커다란 나무가 자라고 있었다. 건축가들은 이 거대한 나무를 베어내는 대신에 그 주위에 역을 짓기로 한 것 같았다. 나무 몸통 주위에 육각형 모양으로 벤치가 있었고 거기에 빈자리가 있었다. 그녀는 서둘러 그곳으로 가서 짐가방을 내려놓고 자신의 표를 확인하기 위해 서류가 든 봉투를 꺼냈다.

앨비는 오전 아홉 시에 13B 터미널에서 출발할 예정이었다. 벌써 여덟 시 삼십 분이니까 터미널을 빨리 찾아야 했다.

앨비는 표와 여권을 집어넣은 다음 짐가방을 들고 수많은 사람을 가로질러 터미널을 찾았다. 터미널로 가는 동안 빨간색 앞치마 차림의 사람을 한 명 보았다. 그녀는 터미널에 길게 늘어선 줄에 서서 짐가방을 내려놓고 손바닥의 식은땀을 닦았다. 지금까지 혼자서 이렇게 멀리까지 여행해본 적이 없었다. 정말로 모험이었다.

누군가가 표를 검사하러 왔고 그녀의 여권에 도장을 찍어주었다.

"정거장을 여섯 개 지나갈 거예요. 노바 스코샤, 뉴펀들랜드, 그린란드, 아이슬란드, 노르웨이, 독일이죠. 대서양 횡단을 해본 적이 있어요?"

앨비는 고개를 끄덕였다. 가장 강력한 유리 마법사들이 마법을 건 엄청나게 큰 거울이라 해도 단번에 바다를 건너 이동할 수는 없었다.

직원이 그녀에게 파란 띠를 건네주었고 그녀는 목과 어깨에 그것을 둘렀다. 그녀 앞에 선 모든 사람이 똑같은 색의 띠를 둘렀다. 그녀와 같은 곳으로 간다는 뜻이었다. 이것은 그들이 함부르크 대신 프라하에 내리는 일이 없도록 하기 위한 방지책이었다.

줄이 앞으로 움직였다. 앨비는 짐을 들고서 앞에 있는 파란 띠를 한 여행자들에게 집중하며 거울 이동 마법의 차가운 품으로 다시, 또다시, 또다시 지나갔다.

페리에서 조금 잠을 잤지만 영국 해안에 도착할 무렵 앨비는 완전히 녹초가 되었다. 피곤에 절어 곧 집이라고 부를 곳에 대한 흥분마저 사라지고 없었다. 그녀는 버스를 타고 몇몇 다른 승객들과 함께 기차역으로 갔다. 다행히 기차는 그녀가 플랫폼에 도착한 뒤 몇 분 만에 왔고, 그녀는 곧 기다란 차량에 올라탔다.

그녀는 자리를 둘러보다가 사십 대 정도로 보이는 남자 맞은편에 있는 빈자리를 발견했다. 남자는 검은 머리에 이마가 꽤 벗어진 상태였다. 입술 위에는 제퍼슨 마법사가 기른 것만큼 인상적이지는 않은 가는 콧수염이 한 줄 있었다. 남자는 신문을 보느라 바빴다. 앨비는 짐을 앞으로 밀고서 남자의 맞은편에 앉아 방해하지 않도록 짐가방을 옆쪽으로 당기고 무릎을 기울였다.

안경 아래로 눈을 문지르며 앨비는 깊게 숨을 들이켰다. 그리고 창밖으로 어스름이 드리운 풍경을 바라보았다. 멀리 언덕에 불빛이 몇 개 있었지만 얼마 보지 못하고 곧 열차가 터널 안으로 들어갔다. 앨비는 인상을 찌푸렸다. 내일은 영국을 좀 더 잘 볼 수 있겠지. 그녀는 고개를 뒤로 기대어 잠을 자고 싶었지만, 정거장을 놓칠까 봐 걱정됐다. 게다가 그녀는 침을 흘리는 경향이 있었다. 열차가 터널에서 빠져나오자 그녀는 창밖을 보았지만 어둠이 내려앉아 아무것도 보이지 않았다.

잠시 후 그녀는 가방에 손을 넣고 표를 꺼내 정거장을 다시 확인했다. 정신을 바짝 차려야 했다.

"견습생인가?"

그녀가 고개를 돌리자 신문을 보던 남자가 그녀의 빨간색 앞치마를 쳐다보는 것이 보였다. 그녀가 방긋 미소를 지었다.

"네, 간신히요. 아직 결합은 맺지 못했어요."

"그런가? 미국에서 멀리까지 왔는데 말이야."

그녀는 놀라서 눈을 깜박였다.

"아가씨 억양 때문에 알았지."

"아, 네. 오늘 아침에 출발했어요."

"오늘 아침에? 아, 그렇군. 그 끔찍한 거울 이동을 했군."

남자가 숱 많은 눈썹을 치켜 올리고서 말했다.

"배보다 훨씬 빠르니까요."

"그리고 아주 위험하지. 하지만 미국인들은 별로 개의치 않으니까. 안 그런가?"

"저희만 그걸로 여행하는 게 아니라 —"

"아가씨는 운이 좋군."

그는 그녀의 말을 자르더니 신문을 접어 자신의 무릎 위에 올려놓고 말을 이었다.

"나도 마법사거든."

그녀가 반색했다.

"정말로요? 어떤 분야인가요?"

"플라스틱 마법사야. 사실 파리에서 꽤 중요한 회의에 참석하고 돌아가는 길이지."

"플라스틱 마법사라고요!"

그녀가 따라 말했고 그는 그녀의 열정적인 반응에 기뻐하는 기색이었다. 앨비가 계속해서 말했다.

"와, 저도 그 분야인데요! 아니, 그렇게 될 예정이에요."

그가 그녀를 위아래로 쳐다보았다. 그의 검은 눈은 빤히 관찰하는 듯한 눈길이었다.

"아, 그래? 굉장히 작업하기 어려운 물질인데. 특히나 여자한테는 말이야."

앨비의 흥분이 식었다.

"'특히나 여자한테는'이라니, 무슨 뜻이죠?"

맙소사, 제퍼슨에 입학한 이래로 그녀는 이런 식의 말을 들어본 적이 없었다.

그는 고개를 흔들고 그녀의 질문을 일축하는 투로 손을 저었다.

"됐어, 신경 쓰지 말게. 나는 너무 바빠서 견습생이 없지. 아주 바빠. 유능한 플라스틱 마법사는 할 일이 아주 많거든. 아가씨는 신문을 읽나?"

"네."

"잘됐군. 그럼 내 이름을 들어봤을지도 모르겠어. 난 마법사 에젤이지."

그녀는 머릿속을 샅샅이 뒤졌지만 영 낯선 이름이었다.

"죄송하지만 들어보지 못했어요."

그가 인상을 찌푸렸다.

"미국 어디서 왔나?"

"오하이오요."

"그래서 그런가 보군."

그가 팔짱을 끼고 고개를 끄덕였다.

"뉴욕이었다면 분명 들어봤을 거야. 이런, 내가 무례하게 굴었군. 아가씨는 막 도착했는데. 영국에 와본 적이 있나?"

"아뇨."

"누구 밑에서 공부할 예정이지?"

그녀의 얼굴에 미소가 되돌아왔다.

"매리언 프래프 마법사님이요."

에젤 마법사의 표정에서 딱 눈가만 변했다. 뭔가 맛없는 것을 먹었지만 요리사를 모욕하고 싶지 않을 때처럼 눈 주위의 피부가 묘하게 팽팽해졌다.

"그래?"

그의 목소리도 약간 딱딱해졌다. 그녀는 이유가 궁금했다. 이상한 냄새 같은 건 안 나는데…….

"역에서 운전사가 아마 절 기다리고 있을 거예요."

그녀가 창밖을 힐끗 보았다.

"이런, 정류장을 지나치지 않았으면 좋겠네요."

안내방송을 미처 듣지 못했다.

"자, 내가 좀 보지."

그가 몸을 기울여 그녀의 손에서 표를 잡아채서는 잠깐 보았다.

"아, 운이 좋군. 다음 정거장이야."

"오, 감사합니다! 빨리 집에 가서 그분을 만나 뵙고 싶어요."

그녀는 표를 도로 받아 들어 가방에 넣으며 말했다.

열차가 느려지기 시작했다. 몇몇 승객들이 자리에서 일어나 문으로 다가갔다. 그때 에젤 마법사가 말했다.

"아가씨가 실망할까 봐 걱정이군."

그녀는 잠시 눈을 깜박였다.

"네?"

그가 출구 쪽으로 고갯짓을 했다.

"어서 내리게."

"하지만 - "

그녀가 말하려는 순간 열차가 멈췄다. 더는 잡담할 시간이 없었다. 앨비는 재빨리 남자에게 감사 인사를 하고 짐가방을 든 다음 다른 승객들을 따라 열차에서 내렸다. 혼란스러운 통에 '실망'에 관한 의문은 이미 그녀의 머릿속에서 사라졌다.

열차는 금속 마법이 걸린 철로 덕분에 엄청난 속도로 달렸다. 어디서부터 마법이 시작되고 기술이 끝나는지 선로를 공부하면 참 좋겠지만, 다른 열차가 빠르게 들어오자 열차 사이에 낄지도 모른다는 두려움이 호기심을 눌러버렸다. 이번에는 빈자리를 찾기가 훨씬 쉬웠다. 그녀는 자신의 일정표를 확인해보았다. 프래프 마법사의 운전사가 그녀를 데리러 오기로 했는데, 어디서 만나야 하지?

그녀는 시계를 찾다가 맞은편 벽에 걸린 시계를 발견했다. 여덟 시였다. 벌써? 맙소사, 그녀의 머리는 오후에 맞춰져 있는데. 페리에서 뭘 조금 먹긴 했지만 브라트부르스트(독일 소시지-옮긴이) 같은 걸 먹을 수 있으면 했다.

그녀는 잡담을 나누거나 열차를 타려는 주위 사람들을 관찰했다. 여기서는 다들 입안에서 혀가 너무 아래 있는 것처럼 원순음으로, 굉장히 정확하게 발음했다. 대단히 예쁘게 들리고 그리 혼란스럽지도 않았다.

앨비는 손에 짐가방을 들고 플랫폼에서 역으로 걸어가면서 이리저리 찾았다……. 뭘 찾는지는 그녀도 몰랐다. 내리는 승객들을 위해 많은 사람이 표지판을 들고 기다렸지만, 그 어떤 표지판에도 '앨비', '브레켄마커', 또는 '길 잃은 견습생'이라고 쓰여 있지 않았다.

그녀는 플랫폼으로 도로 들어갔다. 속도를 거의 늦추지 않고 다른 목적지를 향해 달려가는 열차 때문에 머리카락이 흩날렸다. 사람들은 열차를 기다리며 한데 모여서 낮게 이야기를 나누고 시간을 보냈다. 그녀를 찾는 것처럼 보이는 사람은 없었다. 앨비는 뭔가 빠뜨린 걸 찾을 수 있기를 바라며 다시 일정표를 확인했다. 물론 내용은 전혀 달라지지 않았다. 운전사가 그녀를 데리러 올 거라고 써 있었다. 심장 박동이 조금 빨라지고, 손바닥에 땀이 고였다. 그녀는 다시 역으로 들어가 직원을 찾아서 물어보고 또 다른 직원에게도 물어봤지만 아무도 미국에서 온 브레켄마커나 프래프 마법사에 대해서는 들은 바가 없었다.

이제 아홉 시였다. 걱정으로, 그리고 짐의 무게로 팔이 떨리는 것을 꾹 참고서 앨비는 벽에 붙은 런던 지도로 다가갔다. 거기에는 이 선로를 따라 런던에 세 개의 역이 있다고 나와 있었다. 그녀가 잘못된 곳에 내린 걸까? 하지만 열차에서 만난 남자는 확신하는 것 같았는데. 새로 표를 사야 하나? 미국 돈을 아직 하나도 바꾸지 않았는데…….

앨비는 지도로 더 다가갔다. 언제 열차 운행이 끝나지? 미국에서는 늦게까지 다니지만 영국은 교통이 워낙 낙후되어서…… 역에서 밤을 보내야 하면 어쩌지? 프래프 마법사가, 그녀가 무단으로 안 왔다고 여기면 어떡하지? 혹시 –

뭔가 부드럽고 반짝거리는 것이 몸 왼쪽에 부딪혀서 앨비는 풀썩 넘어졌다. 손에서 짐가방이 날아가고 팔꿈치를 아프게 찧으며 쓰러졌다. 팔을 타고 쇄골까지 고통이 올라왔다. 늘 그랬듯 안경이 얼굴에서 떨어졌고, 고개를 들자 아주 크고 짙은 보라색 덩어리가 그녀를 지나쳐 플랫폼으로 빠르게 달려가는 것이 보였다. 바쁘게 질주하는 여자의 달각거리는 구두 소리가 멈추지 않고 울려 퍼졌다. 앨비는 울지 않으려고 이를 악물었다. 열차 타는 게 뭐 그리 중요하다고 잠깐 멈춰서 사과할 새도 없는 거야?

앨비는 안경을 찾았지만 손가락에는 그저 먼지투성이 바닥만 닿았다. 그녀는 무릎을 대고 일어나 앉아서 다른 손으로 더듬었지만 여전히 아무것도 닿지 않았다. 흐릿한 배경 속에서 그녀의 손이 복숭아색 작은 보풀 덩어리처럼 보였다. 그녀는 더욱 이를 악물었다. 조금 앞으로 가서 다시 손을 뻗었다. 짐가방의 손잡이 하나가 닿았다.

또 다른 발소리가 그녀의 귀에 들렸다. 좀 더 무겁고 조용한 발소리가 점점 가까워졌다.

"괜찮아요?"

남자 목소리가 물었다. 앨비는 고개를 들어 남자의 흐릿한 형체를 보았다. 검은 바지와 하얀 셔츠, 머리 위쪽의 햇살처럼 밝은 머리카락까지는 알아볼 수 있었지만 눈이 나빠서 얼굴의 세세한 부분은 보이지 않았다.

"음."

혀가 이에 달라붙은 것 같았다. 그녀는 침을 삼키고 황급히 말했다.

"안경을 잃어버렸어요. 안경이 없으면…… 아무것도 안 보여요."

그녀는 손을 휘저었다. 그때 온 우주가 그녀의 말을 강조하고 싶기라도 한 것처럼 의자에 머리를 부딪치고 말았다.

"이런 세상에. 어떻게 생긴 거죠?"

남자가 물었고 머리 위에 햇살이 얹힌 듯한 형체가 그녀의 눈높이로 몸을 낮추었다.

머릿속에서 생각이 죄다 오래된 크림처럼 서로 뒤엉키고 뭉쳤다.

"음, 검은 테요. 커다랗고 붕어 눈처럼 생긴 거예요. 금방 눈에 띌 거예요."

"그 여자가 당신을 밀치고 가는 거 봤어요."

그녀가 바닥에 한쪽 귀를 대고 의자 밑으로 손을 휘젓는 동안 그가 말했다. 뭔가 끈끈한 게 손에 닿자 그녀는 움찔했다.

"정말 무례하더군요. 우리가 모두 그렇지는 않아요."

앨비는 남자를 좀 더 잘 보려고 고개를 들어 눈을 가늘
게 떴다. 그렇게 하니 남자의 눈과 입가를 좀 알아볼 수 있
었다.

"우리요?"

"영국인들이요…… 당신 억양으로 봐서 이곳 사람이 아
닌 것 같아서요. 아, 찾은 것 같아요!"

그가 일어나서 몇 미터 걸어가서는 몸을 구부려 뭔가를
주웠다. 앨비는 일어나서 무릎을 털었다. 그리고 눈을 깜박
였다. 이렇게 오랫동안 흐릿한 버전의 세상을 보고 있으니
방향감각이 완전히 사라졌다.

그녀의 구세주가 낯익은 무게의 안경을 손바닥 위에 내
려놓자 그녀는 안도의 숨을 내쉬었다. 유리 마법사가 만든
안경알이라 깨지지 않아서 천만다행이었다. 팔꿈치가 욱
신거리는 걸 무시하고 그녀는 안경을 돌린 다음 얼굴 위
에 얹었다.

"고마워요."

마침내 함께 있는 남자를 보는 순간 목이 조여들었다. 남
자는 그녀보다 두어 살밖에 많지 않을 것 같았고 겨우 몇 센
티쯤 더 컸다. 눈은 짙은 갈색이고 밝은색 직모 머리를 짧게

깎았다. 환한 밝은색의 머리카락을 지녔으나 속눈썹은 좀 더 짙었고, 코는 완벽했다.

앨비의 얼굴이 붉어졌다. 그녀는 얼굴을 붉히는 타입이 전혀 아닌데도 말이다.

"난, 어, 찾아줘서 고마워요."

평소에도 늘 그런 것처럼 눈이 안경 때문에 커다랗게 확대되어서 자신이 우스꽝스러워 보일 거라는 걸 알았지만, 그래도 예뻐 보이기보다 눈앞의 상황을 처리할 수 있는 상태가 더 나았다. 비록 잘생긴 남자가 쳐다보는 상황이라고 해도.

"아 참, 난 베넷이에요. 베넷 쿠퍼요."

그가 손을 내밀며 말했다. 앨비는 몰래 바지 뒤쪽에 손을 닦은 다음 그의 손을 잡고 흔들었다.

그는 그녀의 손을 놓고 지도를 힐끗 보았다.

"길을 잃었어요?"

즉시 기운이 쭉 빠졌다.

"완전히요."

그가 미소를 지었다. 그의 치열은 유난히 더 고른 모양새였다. 그녀는 이가 몇 개인지 세고 싶은 충동을 억눌렀다.

"그렇군요. 어디로 갈 예정이었죠?"

그녀는 주머니에서 표를 찾아 그에게 내밀었다.

"런던이요······."

"음, 거기까진 왔어요."

그가 표를 살폈다.

"나, 난 앨비예요. 앨비 브레켄마커요."

그녀가 멍하게 말했다. 베넷이 표에서 시선을 들어 올렸다.

"런던에 온 독일계 미국인이라. 길을 잃은 게 놀랄 일은 아니네요."

그녀는 간신히 긴장된 미소를 지었다.

"아."

베넷이 표를 다시 그녀에게 건네며 말했다.

"당신은 펜처치 가로 가야 해요. 여기는 유스턴 역이고요."

앨비는 표를 응시했다.

"하지만 난······."

그 마법사가 일부러 자신에게 *거짓말*을 한 건가? 아니, 그럴 리 없다. 아마 실수한 것이리라.

"쉬워요."

그는 그녀에게 환한 미소를 지어 보였고, 그 모습에 그녀의 몸에서 걱정이 스르르 사라졌다.

"저쪽 플랫폼으로 돌아가서 다음번 동쪽행 열차를 기다려요. 여기요."

그는 플랫폼을 가리킨 다음 몸을 구부려 쓰러진 짐가방하나를 집어 들고 그녀의 다리 옆에 있는 것을 향해 손을 뻗었다.

"음. 내가 들 수 있어요. 어쨌든 고마워요. 정말로요. 당신이 보기에 내가 역을 헷갈린 게 굉장히 황당해 보이겠네요."

그녀가 그렇게 말하고서 짐을 들었다.

"다들 종종 그러잖아요."

그가 플랫폼을 향해 걷기 시작했다. 앨비는 뒤를 따랐다.

"무슨 분야를 공부해요?"

"네?"

그가 그녀의 빨간색 견습생용 앞치마를 가리켰다.

"아, 음, 플라스틱 마법이요."

"정말이에요?"

베넷이 급히 몸을 돌리는 바람에 그가 들고 있던 짐가방과 앨비의 짐가방이 거의 부딪칠 뻔했다. 그의 얼굴이 달아올랐고 앨비는 자신도 모르게 예쁘다고 생각했다. 남자다운 방식으로 말이다.

베넷이 말을 이었다.

"나도 플라스틱 마법을 하고 싶었어요. 흥미로운 분야죠."

"플라스틱 마법사가 되고 싶었어요?"

플랫폼으로 올라가며 그녀가 물었다. 그리고 그를 위아래로 살폈다.

"당신도 마법사예요?"

"곧 그렇게 되면 좋겠네요."

그는 그녀의 짐을 의자 옆에 내려놓으며 말했다. 그리고 그녀에게 앉으라고 손짓했고, 그녀는 의자에 앉았다. 짐가방이 어설프게 그녀의 무릎에 부딪혔다. 그녀는 다리를 타고 흐르는 아픔을 숨기려고 이를 꽉 깨물었다.

"아직 시험을 봐야 해요. 종이 마법이요."

"억지로 그걸 하게 된 거예요?"

앨비가 그렇게 묻고는 한쪽 손으로 입을 막았다가 곧 손을 내렸다.

"미안해요. 굳이 답하지 않아도 돼요."

베넷은 어깨를 으쓱하더니 그녀 옆에 앉았다.

"신경 쓰지 말아요. 실제로 그랬으니까요. 하지만 결국엔 잘된 것 같아요. 지금은 꽤 마음에 들거든요."

"미국에서는 학생이 마법 분야를 자기 의지와 상관없이 선택하는 걸 막는 법이 있어요."

그가 그녀를 보고 살짝 웃었다.

"당신이 원하는 분야를 하게 되었다니 잘됐네요."

앨비는 인상을 찌푸렸다.

"미안해요. 내가 또 무례하게 굴었죠?"

"그렇지 않아요."

그녀는 그를, 그의 햇살 같은 머리카락과 갈색 눈을 보았다. 열차가 요란한 소리를 내며 역으로 들어왔고 앨비가 일어섰지만 베넷이 그녀를 잡았다.

"저건 서쪽행 열차예요. 당신은 동쪽으로 가야 해요."

"아, 고마워요."

그녀는 다시 앉았다. 베넷이 기꺼이 그녀와 함께 기다려 줘서 안도감이 들었다. 앨비가 그를 힐끗 보았다.

"가방이 없네요. 이 동네에 살아요?"

"내 스승님이랑 런던 외곽에 살아요. 지금은 누나를 보러 왔고요."

"누나도 마법사예요?"

"아, 아뇨. 이 지역 병원에 있어요."

"오, 미안해요."

앨비는 양손을 문지르고서 안경을 밀어 올렸다.

"어디가 아픈가요?"

"비슷한 거죠."

앨비는 열차가 올 때까지 좀 더 소소하고 예의 바른 대화 주제만을 꺼냈다. 베넷은 그녀가 열차에 타는 것을 도와주며 자신의 스승인 베일리 마법사에 관해 조금 이야기를 했다. 앨비가 프래프 마법사에 대해 말하자 그는 감탄한 것 같았고, 에젤 마법사의 기묘한 행동을 본 뒤라 꽤 안도감이 들었다. 열차에서 내렸을 때 그녀는 좀 지친 모습의 한 남자가 자신의 이름이 적힌 표지판을 들고 서 있는 것을 발견했다. 안도감이 거울 이동 마법의 차가운 감각처럼 그녀를 가득 채웠다.

"저기 있네요! 정말로 고마워요."

그녀가 베넷에게서 가방을 받아 들었다.

"당신이 아니었으면 난 그 역에서 밤을 지새워야 했을 거예요."

베넷이 미소를 지었다.

"아마 괜찮았을 거예요. 어쨌든 잘 가요, 앨비."

앨비는 종이 마법사 견습생이 걸어가는 모습을 바라보았다. 활기를 되찾고서 그녀는 서둘러 자신의 이름이 쓰인 표지판을 든 남자에게로 다가갔다.

"저예요! 제가 앨비예요! 정말로 죄송해요. 길을 잃는 바람에 – "

"하느님 감사합니다."

운전사가 말하며 표지판을 내렸다. 그의 눈이 안도감에 흔들렸다.

"휴, 아가씨를 놓쳐서 일자리를 잃는 줄 알았어요. 다행히 잘 도착했군요."

그는 앨비의 짐가방 두 개를 들고는 혼란스러운 표정으로 그녀의 바지를 힐끗 보았다.

"마차는 이쪽에 있습니다, 아가씨."

"뭐라고요?"

"자동차요."

"아. 고마워요."

운전사는 빠른 걸음으로 걸어갔고 앨비는 열차 사건을

잊고 처음으로 새집을 보고 싶은 열의에 기꺼이 보조를 맞췄다. 운전사는 말이 많은 사람은 아니었지만 유쾌했다. 창문이 없는 꽤 근사한 자동차 뒤쪽에 그녀의 짐을 묶어주고 심지어 그녀를 위해 문도 열어주었다. 밤이 런던 전체를 집어삼켰지만, 차를 타고 조금 달리자 곧 어둠이 환한 마법에 밀려났다.

이곳은 앨비가 상상했던 곳과는 전혀 달랐다.

3

유리 마법사가 마법을 건 유리로 담벼락 전체가 환하게 빛났다. 부드러운 파란색, 분홍색, 오렌지색으로 마법에 걸린 유리 구슬들이 빛을 냈다. 다행스러운 일이었다. 앨비가 밝은 햇빛 아래서 저택을 보았다면 아마도 기절했을 테니까.

마법사들은 대체로 부유했고, 매리언 프래프 마법사는 자기 분야에서 굉장히 저명한 인물이었다.

하지만 *이건?*

"여긴 한마디로 궁전이네요."

자동차가 진입로로 들어가는 동안 그녀가 중얼거렸다. 원뿔형 박공지붕, 벽돌과 타일로 된 벽, 수많은 창문…….

그녀는 창문을 세기 시작했고 점점 커지는 숫자에 머리가 핑핑 돌았다. 맙소사, 2제곱미터의 벽마다 창문이 최소한 하나는 있는 것 같았다! 그리고 그중 몇 개에는 마법이 걸린 것처럼 보였다. 아마도 햇살을 막기 위한 색깔을 입혔거나 풍경을 더 잘 보이게 만드는 마법일 것이다.

운전사가 코웃음을 쳤다.

"설마요. 하지만 빌어먹게 *크긴* 하죠."

그는 자동차를 세웠지만 시동은 끄지 않은 채 내리더니 빙 돌아와서 앨비의 문을 열어주었다. 그녀는 감탄하며 차에서 내렸다.

"이리로 오세요. 감탄할 시간은 앞으로도 많으니까."

운전사가 그녀의 짐가방을 들면서 말했다.

그녀는 고개를 끄덕이고 그를 따라가다가 발밑의 정교한 타일 길을 발견했다. 세라믹 타일이 아니었다. 네모난 조각 하나하나가 금속성의 반짝임을 띠었고, 그녀의 눈앞에서 구리, 은, 금이 소용돌이치며 *변화했다*. 운전사가 발을 내딛기 몇 센티미터 전에 타일이 멎었고, 앨비가 건너가는 동안은 그 상태를 유지했다. 어깨 너머를 돌아보니 그녀의 뒤로 1.5미터쯤 떨어진 위치에서 타일은 다시 변화하기 시작했다. 발이 다가오면 얼어붙는 금속의 강처럼 말이다.

숨을 쉴 수가 없었다. 컬럼버스에도 마법사들이 있지만 이런 장관은 본 적이 없었다. 엄청난 돈이 들었을 것이다.

모든 문과 창문 주위에 걸린 유리 마법사가 만든 조명이 크리스마스 시기의 도심처럼 파란색, 분홍색, 오렌지색으로 계속 바뀌며 반짝였다. 마차가 들어오도록 만들어진 원형 벽돌 진입로 한가운데에서는 분수가 시원하게 물을 뿜었다. 돌로 만들어졌지만, 층층으로 된 겉면에서 앨비는 플라스틱 형태를 알아볼 수 있었다. 플라스틱 마법이야! 플라스틱이 펌프 없이 물을 밀어 올리는 걸까? 물을 차갑게, 혹은 뜨겁게 유지하나? 물이 올라가고 내려갈 때 패턴을 바꾸나? 너무나 무수한 가능성에 흥분으로 가득 찬 앨비는 몸이 따끔거릴 지경이었다. 재료가 어떤 식으로 사용되었는지 한눈에 파악할 수조차 없었다. 좀 더 가까이 가면 어쩌면……. 저런 형태를 만들려면 얼마나 많이 공부해야 할까?

운전사가 목을 가다듬었고 앨비는 그를 향해 돌아서다가 마침내 문 앞에 서 있는 하인들 행렬을 발견했다. 다들 앞쪽만 바라보고 있었다. 그들이 *그녀*를 위해서 나와 있다는 걸 깨닫는 데는 시간이 좀 걸렸다.

현관에서 빳빳한 목깃에 뒤쪽이 약간 긴 초록색 제복을 입은 품위 있는 남자가 나왔다. 플라스틱 마법사의 제복이다. 앨비는 그의 전기를 통해서 그가 서른아홉 살이라는 걸 이미 알았지만, 실제로 보니 더 젊어 보였다. 키는 180 혹은 182센티미터쯤 되어 보였고, 짧고 검은 머리는 이마가 드러나게 깔끔하게 갈라서 넘겼으며 쭉 뻗은 코에 눈썹은 위쪽으로 산 모양을 그렸다. 입술과 턱으로 수염 자국이 있는 거로 보아 아침에 말끔하게 면도한 모양이었다.

앨비는 자신이 매리언 프래프 마법사를 빤히 쳐다보고 있었음을 깨닫고 정신을 차리기 위해 발로 자신의 발목을 걷어찼다.

"잘 왔네! 브레켄마커 양이지?"

그는 심지어 그녀의 이름을 바르게 발음했다. 앨비는 그의 옆에 있는 말끔한 차림새의 여자를 힐끔 보았다. 부인인가? 여자는 삼십 대 후반으로 보였다.

"어, 네, 네, 마법사님. 전…… 정말 영광이에요."

프래프 마법사는 미소를 지으며 손을 내밀었다. 그는 손

을 힘주어 잡았다. 앨비도 단단히 쥐려고 노력했지만 팔다
리가 갑자기 오래 삶은 국수처럼 흐늘거렸다.

그의 옆에 있는 여자가 말했다.

"무슨 일이 생긴 건 아닌가 걱정했단다."

"오!"

앨비는 손을 빼고 양손을 쥐고 비틀었다.

"정말 죄송해요. 전 제시간에 왔어요. 그러니까 일정을 정
확히 따랐고 모든 거울과 배와 열차를 잘 탔는데, 엉뚱한 역
에서 내렸어요. 안내방송에 주의를 기울이지 않았고, 어떤
남자가 어디서 내려야 하는지 알려줬는데 착각했나 봐요.
전 머리가 너무 멍해서 뭐가 뭔지 모르고 있다가 –"

프래프 마법사가 웃음을 터뜨렸다.

"괜찮아, 브레켄마커 양. 이쪽은 내 아내 샬로트야."

프래프 부인은 손을 내미는 대신 살짝 무릎을 굽혀 절
을 했다. 앨비도 절을 해야 하는 걸까? 그녀는 해보려고 애
썼다.

"여기까지 오느라 고생했네."

프래프 마법사는 문 앞에 꼿꼿이 서 있는 남자 중 한 명
에게 손짓을 했다. 아마 짐 나르는 하인일 거라고 앨비는

추측했다. 별 지시 없이도 남자는 운전사에게 짐을 받았고, 운전사는 왔던 길로 되돌아갔다. 그제야 앨비는 자신이 그의 이름도 묻지 않았다는 것을 깨달았다.

"배가 고프겠군. 우리는 이미 저녁을 먹었지만, 브레켄마커 양을 위해서 음식을 좀 차려뒀네."

"오, 어, 감사합니다. 정말로요. 음."

그녀는 침을 꿀꺽 삼키고 말을 이었다.

"마법사님에 대해서 전부 다 읽어봤어요. 마법사님의, 어, 지도를 받게 되어서 정말로 영광이에요."

그녀는 오하이오를 떠나기 전에 거울 앞에서 이 말을 연습했을 때만큼 우아하게 말하지는 못했다. 사실, 다음 문장이 뭐였는지조차 기억나지 않았다.

그가 미소를 지었다.

"내가 더 영광이라네."

그는 팔꿈치를 내밀었다. 앨비는 머뭇거리다가 팔을 잡았다. 그게 적절한 행동이었던 모양이다. 프래프 마법사가 줄지어 선 하인들 쪽으로 걸어가서 한 명 한 명 소개했으니까. 가정부, 집사, 또 다른 하인, 두 명의 하녀. 집사인 헴슬리 씨는 그녀의 바지를 내려다보고 하도 심하게 미간을 찌푸러서 눈썹 두 개가 하나로 이어 붙을 정도였다. 어쩌면 런던에서도 바지가 여성 패션의 유행은 아닌가 보다.

"우리는 애가 셋이지."

프래프 마법사는 아마도 현관이라고 부르는 곳을 통해 아내와 앨비를 집 안으로 데려가며 말을 이었다. 오른쪽 벽에는 커다랗고 얼룩 하나 없는 거울이 걸려 있었고, 벽은 금색 테두리에 짙은 초록색으로 칠해져 있었다.

"루카스는 그 많은 곳 중에서 하필 도쿄에서 공부하고, 막시무스는 대학에 있지. 우리 막내 마사는 최근에 결혼해서 시골로 이사 갔어. 브레켄마커 양보다 두 살 어리지."

열여덟 살에 벌써 결혼했다니. 물론 드문 일은 아니었다. 단지 앨비는 평생 딱 한 번밖에 '데이트'를 해보지 못했고, 그것도 고등학교 졸업식 댄스파티에서였다. 그녀는 남자에게 청혼을 받는 건 고사하고 키스조차 해본 적이 없었다. 그녀와 플라스틱 마법사의 딸이 전혀 다른 부류의 사람일 거라는 의심이 들었다.

한 꼬투리의 콩들과는 반대지. 그건 그녀가 자주 하는 비유였다. 그녀 자신에 대해서…….

프래프 마법사는 그녀에게 직접 집 안을 구경시켜주었

다. 그의 아내는 가정부가 뭔가를 속삭이자 자리를 떴다.
프래프 마법사와 단둘이 남자 앨비는 더욱 긴장했지만, 이
방 저 방을 다니는 동안에 아니 이 방과 저 방과 그 방 등등
을 다니는 동안에 여전히 집의 어마어마한 크기에 얼이 나
가긴 했지만 그래도 좀 더 자신감이 생겼다. 어떤 천장에는
아기 천사 벽화가 있거나 정원이 그려져 있었다. 또 다른
곳에는 벽난로에 종이로 만든 정교한 화환이 장식되어 있
었고, 앨비는 불에서 그렇게 가까운 곳에 그런 장식이 있는
게 우습다고 생각했다. 불 마법사가 종이를 태우지 않도록
불길에 마법이라도 걸었나?

창문보다 더 많은 소파와 의자들이 있고, 방마다 각기 다
른 카펫과 다른 색깔의 벽, 기둥과 구석구석에 근사한 장식
들이 있었다. 앨비는 이 스타일이 특정 건축학적 이름이 있
다고 확신했지만, 그렇게 공부했음에도 불구하고 그게 뭔
지 전혀 떠오르지 않아서 말을 꺼내지 않았다.

"저기 아래로 가면 천문대가 있고, 이쪽은 하인들 구역이
니 자네가 이쪽에 신경 쓸 필요는 없을 거야."

프래프 마법사가 그녀에게 말했다.

"많이 있나요? 하인들이요."

이건 좀 이상한 질문인가?

"장원을 가꾸는 데 필요한 만큼 있지. 바깥에서 자네도 주된 직원들은 다 만난 셈이야."

프래프 마법사가 그녀를 계단 쪽으로 돌려세웠다.

"브라이어 홀은 예전에 어느 자작의 소유였지만, 경제 사정이 그리 좋지 못했지. 그래서 우리 가족에겐 공식적인 지위가 없음에도 불구하고 우리 것이 됐지."

"마법사 지위가 있으시잖아요?"

"귀족 지위 말이야."

그가 다시 말했다.

그들은 계단 끝까지 올라가서 옆으로 돌아갔다. 바깥에서 본 하녀 한 명이 방문 옆에서 기다리고 있었다. 이름이 엠마였나? 문이 굉장히 높았다. 앨비와 프래프 마법사가 다가가자 그녀가 문을 열고 들어가 안쪽에 섰다.

"여기는 우리 손님방 중 하나인 그린룸이야. 자네에게 적당한 곳이라고 생각했어."

프래프 마법사가 그렇게 말하고 자신의 초록색 제복을 가리켰다.

안으로 들어선 앨비는 홀린 듯이 쳐다보았다. 넓은 방에 천장도 아주 높았다. 이렇게 천장이 높아야 할 이유를 전혀 알 수가 없었다. 가장자리에는 덩굴무늬가 새겨져 있고, 가운데에는 커다란 그릇 모양의 전등이 달려 있었다. 전등 유리는 나뭇잎처럼 보이게 색이 칠해져 있었다. 맞은편 벽에 딱 붙은 커다란 침대에는 옅은 초록색 커튼으로 덮개가 달렸고 이불은 금빛이 돌았다. 침대 왼쪽에는 협탁이 있고 발치에는 긴 의자가 있었다. 협탁 위에는 환한 불 마법 유리 램프가 놓여 있었다. 마법 램프 중에서 가장 밝은 종류로 안쪽에서 마법으로 타는 불길이 계속 솟아올라 바깥쪽의 유리 마법이 걸린 유리를 밝히는 타입이었다. 이것은 금빛과 하얀색 사이의 빛을 뿜었다. 침대 머리판 위에는 강아지들이 뛰노는 숲 그림의 청동 액자가 걸려 있었다. 침실 벽은 전부 아주 옅은 초록색이었고, 앨비가 커다란 창문일 거라 짐작하는 부분에는 짙은 초록색 커튼이 덮고 있었다. 당장이라도 바깥 풍경을 보고 싶어 몸이 움찔거렸다. 창문 옆에는 그녀가 한 번도 본 적 없는 기묘한 가구가 있었다. 반쯤은 침대 같고 반쯤은 소파 같은…… 이불을 흩뜨리고 싶지 않을 때 눕는 곳인가? 문 바로 옆에는 매끄러운 체리목 책상이 있었다. 위에 놓인 거울로 봐서 화장대 겸용

인 것 같다고 앨비는 생각했다. 가구 사이의 공간에는 낮은
단상 같은 것이 있었다. 앨비는 그게 뭐 하는 물건인지 전
혀 알 수가 없었다.

"정말 근사해요."

그녀가 말했다. 진심이었다. 이 방은 그녀의 집에 있는
어떤 방보다도 웅장하고, 제퍼슨 학교에서 머문 어떤 기숙
사보다 컸으니까. 그리고 가구들도 멋졌다. 그녀는 고개를
숙이고 짙은 초록색 카펫의 복잡한 꽃무늬를 감탄하며 바
라보았다.

"브랜든이 아가씨의 물건을 가져왔어요."

엠마가 말했고, 앨비는 브랜든이 그녀의 짐가방을 가져
간 하인의 이름이라는 것을 알았다.

"허락하신다면 제가 옷을 걸어드릴게요."

그녀는 앨비가 미처 보지 못했던 옆쪽의 옷장을 가리켰
다. 맙소사, 옷장이 웬만한 방 하나 크기였다. 걸어 들어갈
수 있는 옷장이라니! 쓸데없이 멋있었다.

"음, 그래요, 고마워요."

프래프 마법사가 문 쪽을 가리켰다.

"아까 말했듯이 식사를 준비해놨지만, 피곤하다면 종을

울려서 여기로 가져오라고 시킬 수도 있네."

그가 침대 근처의 벽에 달린 줄을 가리켰다. 저건 하인 숙소와 이어져 있는 건가? 앨비는 그걸 울린다는 생각에 죄책감이 느껴졌지만, 이 집의 웅장함과 대서양을 건너는 최근의 모험 때문에 머릿속이 몽롱해지기 시작해서 그냥 고개를 끄덕였다. 엠마가 서둘러 가서 종을 울렸다.

"혹시 이런 걸 물어도 될까 모르겠는데, 마법 알을 써볼 생각을 해본 적 있나?"

플라스틱 마법사가 물었다.

앨비는 그를 멍하니 쳐다보았다. 그가 말한 마법 알이 안경을 뜻한다는 걸 깨닫는 데는 약간의 시간이 걸렸다.

"마법이 걸려 있는데요."

안경알 가장자리에 유리 마법사의 마법이 걸려 있어서 그녀의 시력이 달라지면 유리가 저절로 모양이 바뀌어 더 얇아졌다.

그가 깜짝 놀라서 눈을 깜박였다.

"좀 봐도 될까?"

그가 손을 내밀었다.

"음……."

발을 움찔거리며 앨비는 안경을 벗었다. 방 안이 초록색 덩어리로 변했다. 프래프 마법사도 놀랄 만큼 그 덩어리 속으로 완벽하게 녹아들었다.

"이런, 정말 그렇군."

그녀는 그가 커다란 안경알 구석의 유리 마법사 세공을 보고 있을 거라고 짐작했다.

"내가 이걸 조금 손봐도 괜찮을까? 잠깐이면 되는데."

앨비는 프래프 마법사가 자신을 보고 있다는 걸 간신히 알 수 있었다. 이렇게 늦은 시간에 도착해 근사한 방까지 제공해주는데 감히 싫다고 할 수 없었다. 그녀는 고개를 끄덕였다. 그녀의 선생, 혹은 스승님은 그녀의 눈을 가지고 방을 나갔다. 다른 사람이 들어왔고, 엠마가 새로 온 사람에게 앨비의 저녁 식사를 가져오라고 지시했다. 앨비의 배가 기대감에 꼬르륵거렸다. 한참 동안 아무것도 먹지 못했다는 사실이 떠올랐다.

"바지는 치마와 함께 걸어둘까요?"

엠마가 물었다.

"음…… 좋을 대로 해요. 난 대체로 서랍에 넣어둬요."

그녀는 책상 앞 의자로 짐작되는 덩어리에 손을 내밀어

서 잡아당긴 다음 자리에 앉아 눈을 감았다. 시야가 잘 보이지 않자 어지러움이 생겼다.

엠마는 계속해서 조용히 움직였고 앨비는 그녀에게 뭔가 말을 해야 하는지 아니면 가만히 있어야 하는지 고민했다. 그녀는 하인을 써본 적이 없었고, 발소리와 부스럭거리는 소리를 제외하면 하녀가 어디서 뭘 하고 있는지조차 거의 알 수가 없었다. 마침내 또 다른 검은색과 하얀색 형체가 새로 왔다. 아니, 돌아온 건지도 모른다. 아까 전의 하인과 같은 사람인지 아닌지 전혀 알 수가 없었으니까. 그가 그녀의 앞쪽 책상에 쟁반을 놓았다. 앨비는 눈을 가늘게 뜨고 무슨 음식이 있는지 알아보려고 노력했다. 그녀가 포크로 무언가를 찍어서 입에 넣었다. 치킨이다. 아주 맛있는 치킨이었다.

"다 됐어요."

앨비가 세 입 먹었을 때 엠마가 말했다.

"더 필요하신 일이 있나요? 옷 벗는 걸 도와드릴까요?"

음식이 목에 걸릴 뻔했다. 앨비는 간신히 삼켰다.

"음, 아뇨. 고마워요."

엠마로 보이는 덩어리가 끄덕거리고 사라졌다. 앨비는

향긋한 푸딩 종류와 아마도 계피를 넣은 배 같은 것을 계속해서 먹었다.

문 두드리는 소리가 들렸다.

"네? 들어오세요."

초록색 형체가 들어오고, 프래프 마법사의 목소리가 들렸다.

"자, 여기. 내가 제대로 계산했지 싶은데."

그가 손을 내밀었고 앨비는 어설프게 그의 손가락을 잡았다가 안경을 발견했다. 그녀는 안경을 도로 썼고 기쁘게도 세상이 다시금 뚜렷해졌다.

그리고 안경테가 확실히 가볍게 느껴졌다.

그녀는 안경을 도로 벗어 안경다리를 만지고선 다시 꼈다.

"죄송한데, 뭘 하신 거예요? 이걸 쓰고 있으니 알 수가 없어서요."

그가 미소를 지었다.

"플라스틱 렌즈지."

앨비는 입을 딱 벌렸다. 그리고 손톱으로 안경알을 두드려보았다. 꼭 유리 같았다.

"플라스틱 렌즈요? 미국엔 이런 게 없어요!"

"작년 발견 대회에서 발표된, 비교적 새로운 거야. 유리보다 훨씬 가볍지만, 지금으로서는 가격이 훨씬 더 비싸지. 이걸 팔려고 하는 안경 상인도 찾기 어렵고."

앨비는 고개를 앞뒤로 움직이며 안경이 귀에 가했던 고통이 사라진 느낌을 음미했다.

"정말 근사해요! 고맙습니다."

그는 책상 위에 작은 천 뭉치를 내려놓았다.

"이건 자네의 옛날 안경알이야. 새로운 걸 좋아하니 나도 기쁘군. 이걸 실험해볼 만한 상대가 별로 없었거든."

앨비는 몸을 펴고 일어섰다.

"실험 이야기가 나와서 말인데요, 선생님. 아니, 프래프 마법사님. 저 오늘 밤에 결합을 맺게 되나요?"

뱃속에서 헐렁한 끈이 춤추는 듯한 느낌이 들었다. 앨비는 아직 플라스틱과 결합을 맺지 않았다. 그건 그녀가 제퍼슨에서 기초 재료공학과 재료 역사 수업들 덕분에 플라스틱에 익숙하기는 해도 그걸로 어떤 마법도 쓸 수 없다는 뜻이었다. 결합을 맺고 *나면* 다른 재료로는 어떤 마법도 쓸 기회가 없을 것이다. 결합은 평생 가는 거였다.

"아침에 결합 의식을 해주겠다고 약속하지. 그리고 플라스틱 연구실도 보여주고."

앨비는 양손을 움켜잡았다.

"마법사님만의 연구실이 있어요?"

이런 사치스러운 저택에 있는 실험실은 얼마나 클까? 그녀의 피부가 흥분으로 따끔거렸다.

"물론이지! 그리고 자네도 얼마든지 써도 돼. 내일부터 말이야. 괜찮다면 자네의 첫 번째 수업도 시작하도록 하지."

"할 수 있어요, 마법사님. 지금 당장이라도 할 수 있어요."

그는 미소를 지었다.

"물론 그렇겠지. 나도 어서 빨리 하고 싶군. 자네는 지난번 견습생보다 훨씬 더 열정이 넘치는 것 같으니까. 그 친구는 좀 굼벵이였지."

앨비는 뭐라고 말해야 할지 몰라서 그저 고개만 끄덕였다.

"다 먹었으면 치우도록 사람을 보내겠네."

앨비는 음식을 힐끗 보았다. 이제 내용물이 눈에 보였다. 마치 어린애가 헤집어놓은 것 같은 모양새였다.

"아직이요. 제가, 어, 종을 울릴까요?"

프래프 마법사가 고개를 끄덕였다.

"그럼 아침에 보지. 잘 쉬게."

앨비는 미소를 지었고, 프래프 마법사는 등 뒤로 문을 닫고 나갔다.

앨비는 담요에 얼굴을 묻은 채 달콤한 목소리가 자신의 이름을 부르는 것을 듣고 잠에서 깼다.

"앨비 양?"

그녀는 화들짝 놀라 일어나서는 햇빛과 주위의 흐릿한 방 안 모습을 보며 눈을 깜박이고 혹시 침을 흘렸을까 봐 팔뚝으로 입을 닦았다. 자신이 어디 있는지 깨닫는 데 약간 시간이 걸렸다. 가까스로 정신이 든 그녀는 협탁을 더듬어 안경을 집었다.

엠마가 침대 발치에 서 있었다.

"방해해서 정말로 죄송하지만, 프래프 부인께서 아가씨를 확인해보는 게 좋겠다고 하셔서요."

"아."

그녀는 환한 창문을 쳐다보았다. 엠마가 커튼을 걷은 모양이었다.

"*어머.*"

그녀는 시계를 찾아보았으나 아무 데도 보이지 않았다.

"몇 시죠?"

"아홉 시 십오 분입니다."

앨비는 새로운 플라스틱 렌즈 아래로 손을 넣고 눈을 비볐다. 견습생 생활 첫날부터 늦잠을 자다니! 그녀는 침대 가장자리로 황급히 나와서 매트리스에서 일어나려 했지만 발이 이불에 걸려 그만 바닥으로 엎어졌다.

엠마가 그녀의 어깨를 잡고 일으켜주었다.

"괜찮으세요?"

하녀가 그녀를 놓아주고 한 걸음 뒤로 물러섰다.

앨비는 얼굴에서 갈색 머리 한 줌을 훅 불어 넘기고 안경을 고쳐 썼다.

"오. 네. 음."

그걸로 대답이 되었는지 엠마는 옷장 쪽으로 몸을 돌렸다.

"오늘은 뭘 입으시겠어요?"

앨비는 그녀를 따라갔다. 맨발이 카펫 위를 스쳤다.

"어⋯⋯ 음, 오늘 플라스틱 연구실에서 수업을 받을 거예요. 진짜 마법을 좀 배우면 좋겠는데. 그러니까 바지랑 셔츠요."

"셔츠는 어떤 게 좋으시죠?"

"어……."

엠마가 옷장으로 들어가서 옷걸이에 걸린 앨비의 블라우스 두 벌을 갖고 돌아왔다. 하얀색과 라벤더색이었다. 앨비는 라벤더색을 가리켰다. 엠마는 블라우스와 검은 바지를 앨비의 침대 발치에 내려놓은 다음 그녀 대신 침대보를 정리했다.

"내가 할 수 있는데……."

엠마는 미소를 지었다.

"이게 제가 여기 있는 이유랍니다. 옷 입는 걸 도와드릴까요?"

앨비는 15년 동안 옷을 입는 데 도움이 필요한 적이 없었다.

"아뇨."

엠마는 베개를 부풀리고 전문가처럼 이불을 끼워 넣은 다음 앨비 쪽으로 돌아섰다.

"머리는 어떻게 하시겠어요?"

앨비는 손가락으로 곱슬곱슬한 머리카락 몇 가닥을 집어 올렸다.

"아. 이걸 어떻게 할 방법은 별로 없어요."

"웨이브를 매끄럽게 펼 수 있는 세럼이 있는데요."

"어…… 오늘 연구를 하니까 그냥 올리면 될 것 같아요."

"어떤 스타일을 좋아하세요?"

"스타일…… 없는 쪽이요?"

엠마는 끈기 있게 미소를 지었다. 앨비는 그런 끈기 있는 미소를 꽤 많이 받곤 했다.

"마음이 바뀌면 종을 울리세요. 달리 필요하신 건 없나요?"

"아마도요."

엠마는 고개를 끄덕이고 살짝 절을 한 다음 방을 나갔다. 앨비는 방에 자물쇠가 없다는 것을 알아챘지만, 하인들은 대체로 노크를 한다. 당연히 그렇겠지? 최소한 그들이 돌보는 대상이 의식이 있는 한은 말이다.

그녀는 라벤더색 블라우스를 들고 옷장 바로 바깥쪽 벽에 붙여놓은 기다란 거울 앞으로 걸어갔다. 그녀의 머리카락은 아침이면 대체로 그렇듯이 한쪽으로 기울어지고 곱슬

곱슬 난장판이었다. 안경이 얼굴 대부분을 차지했지만, 어차피 그녀의 얼굴은 딱히 예뻤던 적도 없었다. 최소한 앨비는 그렇게 생각했고 중고등학교와 제퍼슨 학교의 남자아이들도 동의할 거라고 확신했다. 하지만 그녀의 몸매는 좋은 편이었다. 어머니는 그렇게 말씀하셨으니까. 앨비는 잠옷 솔기를 잡고 좀 더 몸매를 잘 보기 위해서 뒤로 잡아당겼다가 잠옷을 벗고 옷을 입었다. 바지 허리띠를 배꼽 있는 곳에서 잠그고 낮은 굽의 회색 신발을 신었다. 앨비는 굽 높은 구두를 신고는 앞뒤로 걸어 다니지 못했고 옆으로는 아예 걸어볼 엄두조차 낼 수 없었다. 다행히 굽 높은 구두가 필요할 정도로 키가 작지는 않았다.

머리를 한데 모아 위로 틀어 올리고 앞치마 끈을 맨 다음 앨비는 문을 살짝 열었다. 근사한 카펫이 깔려 있고 마법 조명이 낮게 켜진 넓은 복도를 위아래로 살폈다. 어제 보고 들은 모든 게 어디 있었는지 분명하게 기억나지 않았다. 너무 오래 구경한 탓이었다. 부엌이 어디였는지는 어쩌면 기억날지도 모른다고 생각했다. 아침 식사를 위해 부엌부터 찾아보는 게 좋을지도 모른다. 아니면 아침 식사를 하는 특별한 장소가 있었나? 기억나지 않았다.

방에서 나온 그녀는 천천히 걸어가며 주위를 둘러보고 복도를 탐색하는 모험을 즐겼다. 계단을 찾은 그녀는 두 층을 내려가 중앙 홀로 들어섰다. 두 층에 달하는 높은 천장이 있는 거대한 공간이었다. 아침 햇살이 꼭대기에 있는 돔형 창문을 통해 들어왔다. 그녀는 잠시 빙 둘러보다가 여러 문 중에서 하나를 골랐다. 한동안 쓰지 않은 것처럼 보이는 피아노와 하프가 있는 음악실이었다. 밖으로 나오려는데 옆방에서 남자의 낮은 목소리가 들렸다. 프래프 마법사님인가?

　그녀는 음악실을 가로질러 문을 열었고, 좁은 복도가 나왔다. 또 다른 문이 그녀의 앞쪽에서 살짝 열려 있었다. 그녀가 제대로 기억한다면 응접실이리라. 그녀는 문을 열고 안을 살짝 들여다보았다.

　크림색 의자와 같은 색의 소파로 꾸며진 방 안에 프래프 마법사가 혼자 있었다. 그는 맞은편 구석에 있는 커다랗고 아주 말끔한 거울과 정교한 나뭇가지 모양 촛대 근처에 서 있었다. 거울 속에는 사십 대 후반으로 보이는 영국 여자의 모습이 떠올라 있었다. 여자의 머리는 앨비와 비슷한 색깔이었지만 매끈한 직모에 아파 보일 만큼 뒤로 바싹 잡아당

겨 하나로 틀어 올렸다. 작고 앙증맞은 은제 안경이 여자의
콧날 위에 얹혀 있었고, 목깃이 빳빳한 짙은 갈색 연미복 차
림에 손은 등 뒤에서 깍지를 끼고 있었다.

"─서류 작업은 끝났고 모든 게 다 잘될 거라고 생각합
니다."

프래프 마법사가 말했다.

거울 속의 여자가 고개를 끄덕였다.

"그렇다니 기쁘군요. 달리 표현할 말이 없으니 교환이라
고 하자면, 이 교환을 통해서 우리 외교 관계가 나아지도록
노력하고 있어요. 1년 안에, 내가 염두에 두고 있는 마법사
가 분만을 마치고 나면 종이 마법 견습생을 여기로 데려올
수 있기를 바라는 중이죠."

여자의 얼굴이 앨비 쪽을 향했다.

"손님이 온 것 같군요."

프래프 마법사가 돌아섰다. 앨비는 사과를 하려고 했지
만, 그가 그녀의 말을 잘랐다.

"앨비! 일어났구나. 밥은 먹었니?"

그녀는 아직 이도 닦지 않은 상태였다.

"아직이요. 부엌을 찾다가 길을 잃었어요."

"그랬다면 요리사가 깜짝 놀랐을 거야. 그냥 종만 울리면 돼."

그가 앨비에게 방 안으로 들어오라고 손짓했다.

"패트리스 에이비오스키 마법사님을 소개하마. 영국 마법사 내각 교육 위원회의 위원장이시지."

"오. 음, 안녕하세요."

그럼 굉장히 중요한 사람이라는 뜻이다. 앨비는 공손하게 절하려고 애썼다.

"우리를 위해서 어떤 일을 해줄지 무척 기대되는구나, 브레켄마커 양."

에이비오스키 마법사가 말했다. 앨비는 그녀가 유리 마법사인지 아니면 프래프 마법사가 그저 미리 마법을 걸어 둔 통신용 거울에 엄청난 돈을 지불한 건지 궁금했다. 그녀의 아빠도 앨비가 이렇게 멀리 떠난다는 이야기를 듣고서 이런 걸 사겠다고 약속하셨다.

"플라스틱 마법은 새로운 개척 분야야. 배울 것도 많고, 발견할 것도 아주 많지."

앨비는 고개를 끄덕였다.

"실망시키지 않겠습니다."

앨비가 새로운 플라스틱 마법 주문을 만든다면? 그건 굉장한 일 아닌가? 아버지는 기뻐서 덩실덩실 춤을 추실 거다.

"아, 에이비오스키 마법사님, 제안할 게 있습니다."

프래프 마법사가 다시 거울 쪽으로 돌아서서 말했다.

"앨비는 어젯밤 늦게 도착했어요. 오늘 아침에 그녀의 결합 의식을 치르려고 하는데, 시간이 된다면 증인이 되어주시겠습니까?"

너무 놀라 앨비의 목에 나비 떼가 솟아오르는 느낌이었다. 그녀는 나비 떼가 입 밖으로 쏟아져 나오지 않게 입술을 꾹 다물었다. 영국 마법사 내각에 소속된 사람이 그녀의 증인 역할을 해준다고? 견습 생활이 이보다 더 훌륭할 수 있을까?

에이비오스키 마법사는 잠깐 생각해본 다음 대답했다.

"그래도 될 것 같군요. 한 시간 안에 도착할 수 있어요. 그러면 브레켄마커 양도 뭘 좀 먹을 여유가 있을 거고요."

"잘됐군요. 현관 거울 앞에서 만나죠."

에이비오스키 마법사는 고개를 끄덕였고, 그녀의 모습이 은색 소용돌이가 되어 사라지자 거울이 멈췄다. 그 후에는 프래프 마법사와 그의 뒤쪽 응접실 모습만이 비칠 뿐이었다.

앨비는 혼자 아침 식사용 방에서 식사했다. 가족들은 이미 식사를 마쳤기 때문이다. 프래프 마법사가 식탁 위에 오늘 신문을 놔두고 가서 그녀는 반숙 달걀과 크럼핏(위에 작은 구멍들이 있는 동글납작한 빵-옮긴이)을 먹으면서 신문을 읽었다. 영국에서 이성 간 견습 생활을 금지하려는 또 다른 법안이 제출된 모양이지만 어느 쪽 성별이든 선생이 부족하면 새로운 학생들이 견습 생활을 마치기가 어려워지기 때문에 최근에 기각되었다. 참 다행스러운 일이었다. 법안이 통과됐다면 앨비는 여기서 공부할 수 없었을 테니까.

식사를 마치고 접시를 어떻게 해야 할지 몰라서 그녀는 그냥 식탁 위에 놔두고 아침 식사용 방을 나왔다. 바로 옆이 응접실이었다. 복도가 응접실과 중앙 홀 쪽으로 난 예쁜 꽃밭을 갈랐다. 그녀는 집사인 헴슬리 씨를 지나쳤다. 그는 반대편으로 걸어가면서 그녀의 바지를 화난 표정으로 쳐다보았다. 그녀는 그가 지나간 후 바지에 음식이라도 흘렸나 싶었는데 아무것도 없어서 중앙 홀로 계속 걸어갔다. 이곳 사람들이 이미 여행으로 구겨진 옷차림의 그녀를 다 본 마당에 구태여 치마를 입을 이유가 있겠는가.

타이밍이 딱 맞았다. 그녀가 넓은 공간으로 들어서자마자 방문객의 달칵거리는 구둣발 소리가 들렸다. 에이비오스키 마법사가 프래프 마법사의 옆에서 넓은 방으로 걸어들어왔다. 그녀는 앨비가 예상했던 것보다 키가 컸고, 별다른 말을 하지 않았음에도 불구하고 앨비의 혀를 굳게 만드는 권위를 갖고 있었다. 멍청해 보이지 않는 최고의 방법은 조용히 있는 거라서 그녀는 양손을 맞잡고 마법사들이 다가오기만 기다렸다.

"아, 앨비, 마침 딱 맞춰서 왔네. 이쪽이야."

프래프 마법사가 말했다. 그는 그들을 응접실을 빙 두르고 있는 복도를 따라 집 뒤쪽으로 이끌었고, 중간에 온실을 지나쳤다. 물론 온실도 플라스틱으로 만들어진 것 같았다. 커다란 뒷문으로 다가가는 동안 하인 한 명이 그들을 보고 서둘러 문을 열었다. 하인은 앨비가 지나가자 고개를 숙여 인사를 했다. 앨비는 마치 실제보다 훨씬 중요한 사람이 된 기분이었다.

잘 다듬어진 잔디밭을 따라 왜소한 나무들이 있는 두 개의 정원 사이로 길게 길이 이어졌다. 이 길도 집 앞쪽에 있던 길처럼 반짝이고 변화하는 금속 블록으로 덮여 있었고,

햇살 아래서 그 효과는 더욱 아름다웠다. 쉽게 감탄하지 않을 것 같은 에이비오스키 마법사도 이 마법의 기반이 되는 기술에 대해 언급했다.

길은 컬럼버스에 있는 앨비의 집 크기 정도의 구조물 앞에서 끝났다. 이 건물은 훨씬 더 외관이 화려했다. 벽돌로 지어졌고 창문마다 내부가 보이지 않게 하면서도 햇살은 통과시키는 플라스틱 돔이 튀어나와 있었다. 플라스틱 연구실. 앨비의 걸음이 기대감으로 빨라지는 바람에 그만 에이비오스키 마법사의 구두 뒤축을 밟았다. 사과의 말을 중얼거리며 앨비는 길 가장자리 쪽으로 조금 비켜서서 홀린 듯 건물을 쳐다보았다. 여기가 앞으로 그녀가 연구하게 될 곳이었다. 그녀가 결합을 맺게 될 곳이었다.

결합. 정말 하는 거다. 지금. 그녀의 피가 혈관 안에서 공기처럼 가볍게 느껴졌다. 부모님이 여기 함께 계셨으면 좋았을 텐데.

"이쪽이야."

프래프 마법사가 주머니에서 열쇠를 꺼냈다.

"난 항상 이곳을 잠가두지. 자네에게도 열쇠를 줄게, 앨비. 헴슬리 집사도 하나 갖고 있어."

에이비오스키 마법사가 말했다.

"터너 침입 사건 이야기를 들은 모양이군요."

"그렇습니다. 물론 제 작업물을 안전하게 보호하는 게 언제나 제 방침이긴 합니다만."

프래프 마법사가 문의 자물쇠를 풀었다.

앨비는 두 마법사를 번갈아 보았다.

"터너 침입 사건이라뇨?"

프래프 마법사가 한숨을 쉬었다.

"작년에 플라스틱 연구실 두 곳에서 절도 사건이 있었지. 첫 번째는 리버풀 근처 마법사의 집이었고, 두 번째는 의회 광장 근처에 있는 터너 플라스틱 연구실이었어. 플라스틱 마법사들과 그 견습생들에게 공간을 빌려주는 연구실이었지."

"어느 쪽도 성공한 것 같지는 않아. 도둑맞은 게 거의 없었으니까."

에이비오스키 마법사가 덧붙였다.

프래프 마법사는 안으로 손짓하고서 에이비오스키 마법사가 먼저, 앨비가 그다음으로 들어가게 했다. 앨비는 지나치게 뜨뜻하고 기름과 윤활유, 플라스틱 냄새가 강하게 풍기는 공기 속으로 들어섰다. 입구는 둥근 모양이고 거기서 더 작은 여러 개의 방으로 나누어졌으며 2층으로 이어지는 계단이 있었다. 커다란 플라스틱 모빌이 천장에 매달려 있었고 그 위에서 반투명한 원과 삼각형 모양, 그리고 몇 개의 수공품 새와 거북이들이 빙글빙글 돌아갔다. 바람도 불지 않는데 움직였다. 큰 방에는 탁자와 의자 몇 개가 있고, 플라스틱으로 만든 모형 해골이 플라스틱 스탠드 위에 서 있었다. 해골은 금방이라도 움직일 것처럼 사실적이었다. 모형 배와 모형 글라이더, 모형 자동차들도 있었다.

큰 방 중 하나로 이어지는 문이 열려 있어서 서랍과 캐비닛이 달린 기다란 카운터가 보였다. 대리석 카운터가 있는 몹시 큰 아일랜드탁자가 방 한가운데를 차지하고, 카운터 가장자리 안으로 의자 몇 개가 들어가 있었다. 카운터와 아일랜드탁자 양쪽 위에는 비커와 튜브들이 가득했고, 선반과 저울과 통, 그리고 알 수 없는 다른 것들이 놓여 있었다.

그녀는 이 모든 것들이 어떻게 쓰이는지 알고 싶었다.

"정말 굉장해요."

그녀가 중얼거렸다.

"그렇지. 그리고 자네는 내 견습생으로서 이 모든 것을 만질 권리를 갖게 될 거야. 배울 것은 한정되어 있지만, 발견할 것은 세상에 가득하지."

프래프 마법사가 그녀의 어깨 쪽으로 다가오며 말했다. 앨비의 피부 위로 소름이 돋았다.

"굉장하네요."

"브레켄마커 양의 열의는 좋은 신호야. 빨리 결합할수록 브레켄마커 양이 더 빨리 공부를 시작할 수 있겠지. 전부 다 준비해뒀나요, 프래프 마법사?"

플라스틱 마법사는 다른 곁방을, 훨씬 작은 방을 가리켰다. 거기에는 아래쪽에 찬장이 달린 짧은 카운터가 있고, 벽에도 찬장이 두 개 붙어 있었다. 반대편 벽에는 책상과 의자가 있고, 확대경과 빈 약병이 몇 개 놓인 작은 작업대도 있었다. 돔형 창문 하나를 통해 빛이 들어왔다.

"앨비, 여기가 자네의 개인 작업실이야."

프래프 마법사가 방을 가로질러 창문으로 다가갔고 앨비는 기절하지 않으려고 카운터를 꽉 붙잡았다.

"여기가 제 거라고요? 저만의 공간이요?"

"물론이지."

프래프 마법사가 창문에 손을 얹고서 말했다.

"투명해져라."

돔형 창문이 거의 유리처럼 투명하게 맑아졌다. 바깥으로 앨비는 잘 다듬어진 관목과 아이리스 몇 송이, 차고처럼 보이는 곳의 가장자리를 볼 수 있었다. 그녀는 창문으로 다가가서 풍경을, 맑은 하늘을 바라보았다. 그리고 곧 자신의 창조물과 자신의 지식으로 가득 차게 될 텅 빈 작업 공간을 돌아보았다. 기뻐서 거의 울 뻔했다.

"자네가 원하면 '흐려져라' 주문으로 그걸 다시 어둡게 만들 수 있어."

프래프 마법사가 높은 찬장 하나를 열고 안에서 짧고 두툼한 플라스틱 조각과 이젤을 꺼냈다. 그는 둘 다를 카운터 위에 놓았다.

"여기 있군. 화려하진 않아. 플라스틱 마법은 종이 마법이나 유리 마법처럼 예쁜 마법이 아니거든. 이렇게 설명하는 걸 이해해주시죠, 에이비오스키 마법사님."

여자는 고개만 끄덕였다.

"저- 저 맹세를 외우고 있어요."

그것은 졸업생들에게 필수 요건이었다. 그녀를 플라스틱과 영원히 결합하는 맹세를 외우는 것. 다시는 되돌릴 수 없는 결합. 그녀의 입안이 바짝 말랐다.

프래프 마법사가 한 걸음 물러섰다.

"그럼 하게."

앨비는 이젤 쪽으로 다가가서 한 손을 들고 손끝을 차가운 플라스틱에 댔다. 그녀는 망설이지 않았다. 이건 세상 어떤 것보다도 그녀가 원한 거였다.

그녀는 깊게 숨을 들이켰다.

"인간에 의해 만들어진 재료여, 창조자가 명한다. 내가 죽어 흙으로 돌아가는 날까지 평생 나와 연결되어라."

플라스틱이 그녀의 손 아래에서 따뜻해졌고, 숨결 같은 열기가 손을 타고 흘러넘쳐 팔을 따라 올라오다가 어깨와 쇄골 사이쯤에서 식었다. 플라스틱이 그녀의 손가락에 따끔거리는 느낌을 주었다.

그녀는 미소를 지었다.

마침내 플라스틱 마법사가 되었다.

4

아니, 최소한 플라스틱 마법사의 견습생이었다.

프래프 마법사는 첫날 아주 기초적인 마법을 가르치기 시작했다. 결합 의식을 치르고 일주일이 지난 지금 그녀는 다섯 개의 마법을 배웠다. 그녀의 작업 공간 문가에는 텅 빈 아침 식사 접시가 놓여 있었다. 앨비는 마법 주문을 찾을 시간에 식사하느라 시간을 허비하고 싶지 않았다. 그 때문에 헴슬리 씨는 항상 음식을 플라스틱 연구실로 가져왔다. 심부름하는 사람은 엠마가 아니라 헴슬리 씨였다. 그는 플라스틱 연구실 열쇠를 가질 만큼 신뢰받는 유일한 하인이었기 때문이다. 프래프 마법사는 상냥한 사람이긴 해도 작업할 때만큼은 굉장히 비밀스러웠다. 앨비는 충분히 이해했다. 그래도 그녀는 플라스틱 연구실에 오는 사람이 차라리 엠마이기를 바랐다. 헴슬리 씨는 그녀가 본 중에서 가장 퉁명스러운 사람이었기 때문이다.

앨비는 상아색의 판판한 사각형 플라스틱을 집어서 탄력성을 시험했다. 손가락 아래에서 희미한 따끔거림이 느껴졌다. 모세혈관을 타고 새로운 마법이 몸 안에 흐르고 있음을 상기시키는 감각이었다. 프래프 마법사는 그녀가 연습할 수 있게 이런 사각형 조각을 수십 개나 주었다. 신축성은 제각각 달랐다. 몇 개는 절반으로 구부렸다가 놓으니 곧장 원래 모양으로 돌아갔고, 어떤 것들은 땅콩캔디처럼 딱 부러졌고, 또 어떤 것들은 하도 얇아서 자기들끼리 뭉쳐서 서로 달라붙었다.

그녀는 어제 점심때 남겨놓은 사과 하나를 앞에 놓고 쳐다보았다. 사과 꼭지 위에 64제곱센티미터 정도의 면적을 가진 플라스틱 사각형을 놓았다. 꼭지 부분은 마법을 쓰기에 까다로웠다.

"부드러워져라."

그녀가 명령했고 플라스틱이 신축성을 얻었다. 그것을 위아래로 조금씩 움직여 사과와 중심을 맞추어놓고서 꼭지 자국이 나타나기를 기다렸다가 다음 명령을 내렸다.

"녹아라."

그녀가 말했고 플라스틱이 그녀의 손길 아래 따뜻해졌다. 이것을 불이나 전구로 가열한다면, 프래프 마법사가 둘째 날에 친절하게 직접 보여준 것처럼 손을 델 수도 있었다. 하지만 마법은 그녀에게 해를 입히지 않았다. 정교한 비산업주의 쇼에서 불덩이를 다뤄 춤추는 불길을 만드는 불 마법사들도 똑같을 거라고 그녀는 추측했다. 물론 따뜻한 플라스틱은 불꽃의 온도 근처에도 가지 않았다.

플라스틱이 빨간 사과 가장자리로 늘어지자 앨비는 왼손을 뒤로 빼고 과일을 집어 들어 플라스틱이 뒤덮기 좋게 살짝 기울였다. "감싸라" 주문이 혀끝에서 움찔거렸지만 녹은 플라스틱 양 끝이 서로를 못 '본'다면 완전히 합쳐지지 못할 거고, 실패한 진공흡착 형상만 또 하나 남을 것이다. 그래서 그녀는 플라스틱이 천천히 과일 가장자리로 흘러내리는 것을 지켜보며 기다렸다.

"감싸라."

그녀가 명령하자 녹은 플라스틱이 앞쪽으로 요동쳐서 서로 합쳐졌다.

"일치시켜라."

그러자 중심부에 빨대를 꽂고 온 힘을 다해 빤 것처럼 플라스틱이 사과에 딱 맞게 달라붙었다.

"굳어라."

플라스틱은 다시 한 번 단단해졌다. 플라스틱으로 싸인 사과를 손안에 들었다. 고분자가 사과 겉면을 완전히 감쌌고, 꼭지 끝부분만이 플라스틱 바깥으로 튀어나왔다. 거의 완벽했다. 거의.

그녀는 사과를 창가에 있는 진공흡착 형태의 과일 더미 위에 던졌다. 과일의 수가 점점 늘어갔다.

"괜찮아 보이는데."

앨비는 너무 놀라 책상 모서리에 무릎을 부딪쳤다. 욕설을 삼키며 그녀는 문 쪽으로 몸을 돌렸다. 프래프 마법사가 문가에 서 있었다.

"놀라게 해서 미안하네."

"아뇨, 아뇨, 괜찮습니다."

그녀는 자신의 플라스틱 과일 더미를 힐끔 보았다. 그도 그녀의 시선을 좇아 쳐다보았다.

"걱정할 거 없어, 금방 익힐 테니. 설령 안 된다 해도 아주 훌륭하게 보존이 되었잖나?"

앨비의 입가에 미소가 살짝 떠올랐다.

"이건 천천히 발전하는 마법이야."

프래프 마법사가 좁은 방 안으로 들어와서 가슴 위로 팔짱을 꼈다.

"물론 금속 마법만큼 느리지는 않지만, 종이 마법이나 불 마법만큼 빠르지는 않지. 심지어는 유리 마법만큼도 빠르지 않아. 주문은 천천히 진행되고, 올바르게 하는 데에는 상당한 연습이 필요하지."

"전 올바르게 해낼 거예요."

오늘 밤까지 작은 크기의 진공흡착 형태를 똑바로 만들 것이다. 그러면 프래프 마법사도 그녀에게 다른 것을 가르쳐주겠지. 기대감에 피가 따끔거렸다.

"그럼 그다음엔 주형과 플라스틱 준비 작업으로 넘어갈 거야. 모든 훌륭한 플라스틱 마법사들은 자신만의 단분자(單分子)를 제조할 수 있지. 오늘 오후에 거기에 대해 읽을 만한 걸 좀 주겠네. 하지만 지금은 자네의 자원봉사 시간을 의

논하러 왔네."

앨비가 의자에서 몸을 돌렸다.

"자원봉사 시간이요?"

"내 모든 견습생의 필수 조건이지."

그는 그녀가 반발이라도 한 것처럼 양손을 들어 올리며 말을 이었다.

"이게 표준 절차는 아니지만 자원봉사는 사람을 겸허하게 할뿐더러 이 세상에는 봉사가 아주 많이 필요해."

그가 잠깐 말을 멈췄다가 덧붙였다.

"아니면 최소한 그 시간만이라도 플라스틱 연구실을 떠나게 할 순 있지."

"아."

앨비는 목 뒤쪽을 긁적였다. 결합 의식을 치른 이래로 그녀는 집보다 플라스틱 연구실에서 더 많은 시간을 보냈다. 그래서 아침 식사도 여기로 가져오는 거였다.

"자기밖에 모르는 견습생들이 많았나요?"

그녀는 자기밖에 모르는 사람은 아니었다. 그렇겠지?

"아니. 하지만 정말 자기가 세상에서 제일 잘난 줄 아는 종이 마법사를 만난 적이 한 번 있지. 그래서 이런 생각을 한 거야. 난 내 견습생들이 최소한 일주일에 두 시간은 자원봉사를 하는 걸 조건으로 하고, 어떤 일을 할지 도와주지. 구빈원도 있고, 푸드 뱅크, 병원, 양로원, 학교 등…… 자네가 어떤 걸 좋아할지 모르겠군."

"운전사가 될 수 있을까요?"

프래프 마법사는 눈을 깜박였다.

"그건 안 될 것 같은데. 왜 운전사가 되고 싶지?"

앨비는 어깨를 으쓱했다.

"자동차가 어떻게 움직이는지 알거든요."

"그래? 미국은 온갖 기회가 가득한 나라인 모양이군."

그녀가 미소를 지었다.

"병원이면 괜찮을 것 같아요, 마법사님."

학교 프로젝트로 자동차를 조립하는 동안에 그녀는 소형 톱으로 손가락을 거의 자를 뻔해서 병원에 가야 했다. 병원 직원들은 엄청나게 상냥했고 모든 게 굉장히…… 깔끔했었다.

프래프 마법사가 양손을 문질렀다.

"잘됐군. 자네가 일할 만한 곳을 알아보지. 그리고 오늘 저녁 일곱 시에 가족들과 함께 저녁 식사를 하면 좋겠어. 자네를 거의 볼 수가 없는 데다가 오늘 우리 딸과 사위가 오거든. 엠마가 자네가 입을 드레스를 준비해줄 거야."

"드레스요?"

"프래프 부인이 자네를 위해서 몇 가지 물건을 주문했다네."

그는 약간 창피한 듯이 웃으며 말했다.

"집사람이 간섭하는 걸 용서해주게. 그 사람은 자네를 굉장히 궁금해하거든. 내가 여자 견습생을 받은 적이 없어서 말이야. 집사람도 말벗이 있는 걸 좋아하고."

앨비는 천천히 고개를 끄덕였다.

"어, 알겠습니다. 일곱 시요."

프래프 마법사는 고개를 끄덕이고 문 쪽으로 돌아섰다.

"다섯 시에는 플라스틱 연구실을 떠나는 게 좋을 거야."

"그렇게나 일찍요?"

그는 미소를 지으며 연구실을 나갔다.

"음, 별로 맵시 있어 보이지 않는데."

앨비가 거울 앞에서 몸을 돌리며 말했다.

"제가 보기엔 옷맵시가 좋은데요."

엠마가 앨비의 허리에 금색 벨트를 고정하면서 말했다.

"굉장히 숙녀처럼 보이세요."

앨비가 한숨을 쉬었다.

"미안해요. 드레스가 근사하지 않다는 말은 아니었어요."

엠마가 그녀의 어깨를 두드렸다.

"저도 아가씨가 평소 숙녀 같지 않다는 의미는 아니에요. 그저 아가씨처럼 바지를 입는 사람은 본 적이 없어서요."

"바지를 입으면 엠마도 굉장히 편할걸요. 한번 입어봐요."

엠마가 웃음을 터뜨렸다.

"콘웨이 부인께서 제복이 바뀌는 걸 달가워하실지 의문이네요."

그녀가 가정부를 들먹이며 말했다.

앨비는 거울 속의 모습을 응시했다. 정말로 근사한 드레스였고, 그녀의 몸매도 멋지게 보였다. 드레스는 검은색에 밝은 적갈색의 얇은 망사가 덮여 있고, 치맛단과 목깃에는 금사로 수가 놓여 있었다. 소매에 달린 약간의 천은 더 우아한 효과를 주기 위한 걸 거라고 앨비는 추측했다. 저녁 식사를 위해 옷을 차려입다니, 이게 무슨 난리람. 여기다 음식이라도 흘리면 어떡하지?

"루카스 프래프 도련님이 일본에서 돌아오시면 이 드레스를 입으세요. 그분의 눈길을 사로잡으실걸요."

엠마가 놀렸다. 앨비는 코웃음을 치고 안경을 바로잡았다.

"설마 그러겠어요?"

"무슨 말씀이세요?"

앨비는 어깨만 으쓱하고 거울을 응시했다. 안경을 벗고 눈을 찡그려가며 보았지만, 안경이 없으면 자신의 얼굴조차 제대로 보이지 않았다. 그녀는 안경을 도로 쓰고 책상 겸 화장대 앞에 앉아 엠마가 십 분 동안 자신의 머리를 만지고 세럼을 바르는 것을 견뎠다.

프래프 일가의 중앙 식당은 광대했다. 식탁도 거기에 어울리게 컸지만 한쪽 끝에 겨우 다섯 명만 앉았다. 하인들이 타르트와 예쁜 채소가 담긴 쟁반을 들고 돌아다녔고 앨비는 음식을 더는 방법을 알아내기 위해 다른 사람들을 흘끗 쳐다봤다. 음식을 덜다가 꿩고기 한 조각을 치마에 떨어뜨렸지만 아무도 알아채지 못한 것 같았다.

"저기, 브레켄마커 양. 가족 이야기 좀 해주세요."

프래프 마법사의 갓 결혼한 딸인 마사 필 부인이 말했다.

앨비는 입안에 음식이 있었고, 씹다 멈춘 채로 이걸 뱉어야 할지, 그냥 입에 둔 채 말을 해야 할지, 아니면 삼켜야 할지 고민했다. 그녀는 황급히 씹어서 와인 한 모금과 함께 삼켰지만 침묵이 너무 길어진 것 같은 느낌을 받았다.

"저랑 저희 부모님뿐이에요. 저흰 컬럼버스에 살아요."

"뉴욕에 있는 곳인가요?"

필 씨가 대답했다. "오하이오야."

앨비가 고개를 끄덕였다.

"네, 오하이오에 있어요."

"오."

필 부인은 웃었지만 앨비는 뭐가 우스운지 알 수가 없었다. 필 부인이 다시 물었다.

"아버님도 마법사인가요?"

"아뇨……."

필 부인은 지금이 이야기를 끝낼 훌륭한 지점이라고 생각했는지 고개를 끄덕이고는 다시 꿩고기를 먹었다.

앨비가 프래프 마법사를 쳐다보았다.

"보니까 집에 전구가 하나도 없던데요."

전구는 최소한 미국에서 마법 등불보다 훨씬 쌌다.

프래프 부인이 대답했다.

"난 마법 불빛의 밝기가 더 좋고, 프래프 마법사님께서 내 고집에 맞춰주셨지."

그녀가 냅킨으로 입술을 살짝 닦으며 말을 이었다.

"기술이란 교육받지 못한 사람들의 마법이고, 난 브라이어 홀에 어울리게 꾸미고 싶었거든."

"아, 전 거기에 동의하지 않아요."

앨비의 말에 필 부부는 먹는 동작을 멈추었다.

"기술에는 엄청난 교육이 필요해요. 어쩌면 마법보다 더 많이요. 아니, 최소한 다른 교육이 필요하죠."

"흠. 확실히 다른 교육이겠지. 유리 마법사와 불 마법사들이 수 세기에 걸쳐 완벽하게 만들어놓은 *기술*을 따라가려면 다른 교육이 필요하지 않겠어?"

프래프 부인이 무릎 위에 손을 올리고서 말했다.

앨비의 뱃속이 조여들었고, 그녀의 어깨 역시 긴장됐다.

"제퍼슨 재료공학 학교에 대해서 아시나요, 프래프 부인?"

프래프 부인은 갑자기 주제가 바뀐 것에 놀란 듯이 머뭇거리다가 대답했다.

"알고 있지. 프래프 학교에 관해서는 더 많이 알지만."

"그러면 거기 학비가 얼마나 비싼지도 잘 아실 테죠. 한 해에 1만 2천 달러 정도예요. 파운드로는 얼마인지 모르겠지만요."

미국에서 정부는 이민자나 서부로 기꺼이 가려는 사람들에게 상당량의 학비를 보조해주었다. 하지만 앨비는 보조금을 받을 자격이 되지 않았고, 장학금도 전혀 받지 못했다.

프래프 부인이 고개를 끄덕였다.

"저는 저희 아빠가 부인께서 쓸모없다고 생각하시는 바로 그 기술을 개발하신 덕분에 번 돈으로 거기 다닐 수 있었어요. 모든 사람이 유리 마법사의 등불을 살 수 있는 게 아니고, 전구는 어떤 마법사도 하기 힘든 장소까지 밝힐 수 있어요. 그 기술이 바로 제가 여기 있게 된 이유예요."

프래프 부인이 얼굴을 약간 붉혔다. 아니면 마법 불빛의 눈속임일지도 몰랐다.

"난 몰랐어."

"오늘 밤에는 굉장히 달변인걸, 앨비."

프래프 마법사가 말했고, 앨비는 자신이 너무 많은 말을 했음을 깨달았다. 아니면 잘못된 방식으로 말했는지도 모르겠다. 그녀는 대화 분위기가 어떤지 파악하는 능력이 형편없었다.

앨비는 식탁으로 시선을 내렸다. 어쩌면 너무 솔직했는지도 모르겠다. 이 사람들을 잘 알지도 못하는데.

그녀는 침묵 속에 식사를 마쳤다.

앨비는 한시바삐 집에서 나와 연구에 매진하고 싶은 마음에 다음 날 아침 일찍 플라스틱 연구실로 왔다. 오늘은 새로운 마법을 배울 예정이라 준비를 해두는 게 좋다. 작은 작업 공간에 틀어박혀서 앨비는 진공흡착 형태 연필을 만들고 프래프 마법사가 그녀에게 준 책을 읽기 시작했다. 《단분자의 화학 결합》은 무미건조하고 플라스틱 마법사를 위해서 쓰인 책은 아니었지만, 그래도 흥미로운 부분들이 있었다. 앨비는 책에 있는 도표를 연구했다. 공식적으로 플라스틱 마법사가 되고 나면 그녀가 플라스틱 마법사를 위해 더 나은 책을 쓸 수도 있으리라. 《플라스틱 마법사를 위한 중합반응의 기초》 1권과 2권. 생각만으로도 미소가 떠올랐다.

가볍게 문 두드리는 소리가 들리더니 헴슬리 씨가 문을 열었다. 그는 한 손에 아침 식사 쟁반을 들었다.

"또 아침 식사 왔습니다."

"고마워요."

앨비는 그에게 미소를 지어 보이고 쟁반을 받아 옆에 내려놓았다. 헴슬리 씨는 낮게 한숨을 쉬며 떠났다.

그녀는 다시 책을 보았다. 종이를 꺼내고 연필에서 플라스틱을 녹인 다음 더 잘 이해하기 위해서 도표를 직접 그려 보았다. 하지만 쟁반에서 계피와 사과, 달걀 냄새가 풍겨왔다. 책을 밀어놓고 앨비는 쟁반을 당겨서 포크를 들었다가 접시 아래 〈디스커버리 투데이〉가 깔려 있는 것을 알아챘다. 그녀는 잡지를 꺼내서 표지를 보았다. 거기에는 플라스틱 연구소 현관에 있는 것과 아주 흡사하지만 종이로 만들어진 해골 사진이 실려 있었다. 신기하네.

앨비는 헴슬리 씨가 그녀를 위해 잡지를 가져온 건지 아니면 프래프 마법사가 보낸 건지 의아해하며 잡지를 넘겼다. 아마도 마법사님이겠지. 앨비는 전기와 전화에 관한 기사를 읽고 연례 재료공학 발견 대회에 관한 광고도 보았다. 앨비는 홀린 듯이 광고를 응시했다. 그녀도 발견 대회는 알고 있었다. 모든 마법 분야에 개방되어 있지만 특히 플라스틱 마법사들에게는 전 세계에서 가장 큰 공개 행사였다. 내년엔 옥스퍼드에서 열릴 예정이다. 다양한 출신의 마법사 발명가들이 자신들의 창조물을 전시하고 지식을 나누러 올 것이다. 과학자들은 보조금을 얻을 수 있고 마법사들은 자신들의 이름을 알릴 수 있었다. 프래프 마법사가 한 것처럼 말이다. 그런데 프래프 마법사가 그녀를 보내줄까? 가고 싶다면 앞으로 이 가족에게 말조심해야 하리라.

그녀는 다음 장으로 넘겼다가 머리가 벗어지고 콧수염이 난 낯익은 검은 머리 남자의 흑백사진을 발견했다. 재킷 스타일은 마법사의 제복이었고, 사진 아래 설명에는 "마법사 로스코 에젤, 플라스틱 전문"이라고 쓰여 있었다. 그녀는 잠시 머릿속을 뒤졌고 마침내 이름과 사진, 기억이 하나로 합쳐졌다. 바로 열차에서 그녀에게 말을 건 남자였다. 그녀에게 잘못된 역을 가르쳐줬던 사람.

앨비는 기사로 시선을 돌렸다. 에젤 마법사는 온도계에 색깔이 변하는 플라스틱을 사용하는 실험을 하는 모양이었다. 흥미를 느낀 앨비는 기사를 끝까지 읽었지만, 실험에서 아직 확실한 돌파구는 발견되지 않은 듯했다. 앨비는 흠, 소리를 냈다. 이 플라스틱 마법사가 사용하는 주문들을 그녀도 배우고 싶었다.

플라스틱 연구실 문이 삐걱거렸다. 작업복 차림의 프래프 마법사가 발로 방문을 살짝 열고 들어왔다. 그녀가 잡지를 들고서 황급히 그에게 달려갔다.

"이거 보셨어요, 마법사님?"

그녀가 〈디스커버리 투데이〉를 들어 올리며 물었다. 그는 허리에 양손을 올렸다.

"그래, 봤지. 자네도 그걸 봤으면 해서 보낸 거야. 흥미로운 거라도 있었나?"

"전부 다 흥미로워요! 전화, 온도계, 발견 대회 – "

프래프 마법사가 손가락을 튕겼다.

"그건 훌륭한 대회지. 내년엔 영국에서 열려. 견습생에게는 아주 좋은 기회이기도 하고."

앨비가 손으로 잡지를 꽉 쥐었다.

"정말로요? 저희도 가나요?"

"난 매년 가려고 한다네."

프래프가 말했다. 하지만 그의 목소리에서 흥분이 약간 식었다. 그는 앨비가 교육을 받는 앞쪽 실험실을 가리키며 가운데로 앞장서서 걸어갔다.

"1904년 대회에서 마법사님이 이미지돔을 선보이셨죠."

앨비가 말했다. 그는 자신의 가장 유명한 발명품에 관해 아직 그녀에게 말해주지 않았다. 그녀는 이제 그가 이야기 해주기를 바랐다.

그가 미소를 지으며 고개를 끄덕였다.

"자네도 들어본 모양이군."

"글을 읽을 줄 아는 사람이면 누구든 들어봤을걸요."

그가 낄낄 웃었다.

"그렇게 말해주다니 고마워. 엄청난 공이 들어갔고, 좋은 반응을 얻었지."

좋은 반응이라니? 좋은 반응을 넘어 그건 그 대회에서 최고의 주역이었다! 수십 가지 주문이 가짜 현실을 만들어서 이미지돔에 들어간 사람이 마치 전혀 다른 곳에 있는 듯한 느낌을 준다고들 했다.

"그럼 올해는요?"

"몇 군데를 수정해서 다시 제출했어. 몇 명은 감탄했지만 그게……."

그들은 실험실의 커다란 대리석 아일랜드탁자 앞에 다다랐고 앨비는 거기 있는 세 개의 의자 중 하나에 앉았다.

"음, 솔직히 봄에 열릴 대회에 제출할 만한 건 아무것도 없다고 말해야겠어. 난 좀 발전이 없는 상태야. 우리 기술은…… 워낙 새로워서 살펴볼 만한 것들이 아주 많은데 난 새로운 걸 발견하지도, 옛날 걸 새롭게 바꾸지도 못하고 있지. 자네와 함께 기초를 다시 살펴보며 아이디어를 얻을 수 있으면 좋겠군."

"뭔가를 떠올리실 수 있을 거예요. 대회까지는 아직 여러 달 남았잖아요."

오늘은 9월 26일이고, 앨비가 광고를 제대로 기억하고 있다면 대회는 3월 19일이었다. 그러면…… 174일이 남은 셈이다. 174일 동안 앨비가 얼마나 많은 걸 배울 수 있을까? 지금 그녀는 일주일에 평균 두 번씩 수업을 받고 있고, 대충, 음…… 발견 대회까지는 25주가 남았다. 그럼 수업이 50번이다. 그중에서 프래프 마법사의 창조성을 자극할 뭔가가 있겠지! 그리고 그녀가 수업 한 번에 두세 개의 마법을 배우면 그때까지…… 어디 보자, 3월까지 몇 개의 주문을 배울 수 있으려나 –

"앨비? 듣고 있나?"

앨비는 정신을 차리고서 마치 자다 깬 것처럼 자신이 실험실에 있음을 뒤늦게 깨달았다.

"오, 음, 아뇨. 죄송해요. 숫자를 생각하고 있었어요."

"무슨 숫자?"

"음. 중요한 건 아니에요."

그녀가 미소를 지었다. 종종 딴생각에 빠져 곤란한 상황을 겪을 때마다 미소는 도움이 되었다.

프래프 마법사가 돌로 된 카운터 위에 팔꿈치를 기댔다.

"방금 말했듯이 공부를 좀 더 하는 게 우리 둘 다에게 도움이 될 거라고 생각해. 난 좀 새로운 방식으로 생각할 필요가 있고, 자네는 지금으로서는 전통적으로 생각할 필요가 있지."

그가 몸을 펴고 앨비가 아직 사용법을 배우지 않은 약병과 튜브들이 가득한 카운터 아래쪽에 있는 여러 개의 서랍 중 하나로 갔다. 줄자 모양의 플라스틱을 여러 개 꺼내 앨비 앞에 내려놓았다.

"오늘은 형태 만들기 주문을 배워보면 어떨까 싶군. 하나를 골라봐. 그래, 그거야. 형태 만들기 주문은 먼저 플라스틱을 부드럽게 만들어야 해. 안 그러면 플라스틱이 그냥 부러질 테니까 말이야."

그가 손안의 플라스틱에 집중하며 말했다.

“말려라.”

플라스틱이 부르르 떨리다가 세 개의 울퉁불퉁한 조각으로 부서졌다.

그는 앨비를 쳐다보며 자신의 말을 이해했는지 확인하고서 세 조각을 집었다.

“부드러워져라.”

그가 명령을 내린 다음 금방 덧붙였다.

“멈춰라. 지나치게 부드러워지면 안 되지. 그럼 엉망이 되니까. 말려라.”

플라스틱이 돼지의 두툼한 꼬리처럼 꼬였다.

“굳어라.”

프래프 마법사가 말하자 플라스틱이 그의 손가락 아래에서 딱딱해지며 새로운 모양으로 굳어졌다.

“이렇게 하면 완성이지. 자네도 해보고, 그다음에 말리는 정도를 조절하는 방법을 알려주지.”

앨비는 프래프 마법사가 가르쳐준 대로 해봤다. 자신의 첫 시도가 프래프 마법사가 만든 모양과 비슷한 것을 보고 만족감을 느꼈다. 플라스틱은 결합을 맺은 이래 모든 플라스틱이 그렇듯이 그녀의 손가락에 닿을 때마다 살짝 따끔거리는 느낌을 주었다.

"정말 잘했어. 이제 세게 말려라, 더 세게 말려라, 아주 세게 말려라, 라고 하면 더 빽빽하게 말리는 모양을 만들 수 있지. 마지막 주문은 동그란 고리 안쪽으로 공간이 거의 생기지 않아. 명령하기 전에 수식어를 먼저 말해야지, 안 그러면 플라스틱이 보통의 모양대로 말리고서 나머지는 무시할 거야. 플라스틱이 부드러울수록 더 세게 말릴 수 있지. 익숙해지려면 연습을 해야 할 거야."

앨비는 고개를 끄덕이고 그가 가르쳐주는 것을 받아 적었다.

"펼 때는 ─ "

"질문 하나 해도 될까요?"

"하게."

"색깔 변화 주문은 언제 배우죠? 꽤 기초적인 것 같은데, 맞나요? 잡지에서 보니까 색깔 변화 플라스틱을 온도계에 사용하는 얘기가 나오던데……."

프래프 마법사가 낄낄 웃었지만 표정은 그리 즐거워 보이지 않았다.

"아, 그래, 에젤 마법사의 연구 말이군."

앨비는 그가 그녀 때문에 불쾌한 건지 아닌지 확인하려고 그의 얼굴을 잠깐 바라보다가 물었다.

"그분을 아세요?"

"아, 에젤 마법사와는 잘 아는 사이야. 우리는, 음, 일종의 라이벌이라고 할 수 있지. 최소한 그 친구는 그렇게 말할 거야."

"라이벌이요? 정말로요?"

열차에서의 실수는 사실 의도적인 거였나? 에젤 마법사가 앨비에게 프래프 마법사에게 실망할 거라고 하지 않았었나?

프래프 마법사가 의자를 당기고서 앉았다. 그리고 손가락을 깍지 끼고 그 위에 턱을 올렸다.

"플라스틱 마법은 굉장히 새로운 분야라서 아직은 마법사들이 많지 않아. 대부분 플라스틱 마법사들은 경험이 그리 많지도 않고. 이 분야를 넓히는 걸 일종의 경쟁으로 보는 경우가 많아. 누가 뭘 먼저 발견하는지를 놓고 시합하는 거지. 누가 가장 많은 점수를 얻는지 말이야."

앨비가 씩 웃었다.

"신나는데요."

"어떤 사람들은 그렇게도 생각하지."

"마법사님은 아니세요?"

플라스틱 마법사의 입가가 살짝 비틀렸다.

"글쎄. 난 겸손한 과학자인 척하려고 노력하지만. 그래, 나도 신나는 일이라고 생각해. 그렇지 않았다면 발견 대회를 이렇게 걱정하지도 않았겠지."

"저는 마법사님만큼 유명한 다른 플라스틱 마법사는 전혀 모르는걸요. 제가 이렇게 말해도 괜찮은지 모르겠지만요."

앨비가 안경을 코 위로 올리면서 말했다. 그가 미소를 지었다.

"고마운 말이군. 하지만 경쟁을 하면 문제가 생기는 법이야. 두 명, 세 명, 심지어 네 명의 플라스틱 마법사가 같은 이론을 좇다가 비슷한 발명품을 만들거나 같은 주문을 발견하는 수가 있지. 그러면 제일 먼저 등록한 사람이 모든 영광을 차지하고, 같은 결과에 도달한 나머지 사람들의 힘든 노력은 그냥 사라지는 거야. 그건 한때 동료였던 사람들에게 쓰라린 감정을 남기지."

그녀는 그 말을 곱씹었다.

"에젤 마법사님처럼 말이죠."

그가 고개를 끄덕였다.

"에젤 마법사처럼. 그 친구와 나는 비슷한 관심사를 가졌고, 우리의 길은 여러 차례 엇갈리곤 했지. 내가 2년 전 발견 대회에서 이미지돔을 공개했을 때 내 발로 내 무덤에 들어갔던 셈이야."

앨비는 미간을 찌푸린 채 계속 설명해주기를 기다렸다.

프래프 마법사가 허벅지 위에 양손을 올렸다.

"에젤 마법사와 나, 그리고 스미스라는 다른 친구까지 모두 플라스틱을 시각 신호용으로 사용하는 방법을 찾고 있었어. 내가 이미지돔을 전시했던 해에 에젤 마법사는 일종의 마법 만화경을 만들었지. 이론상 이미지돔과 굉장히 비슷한데, 타일 하나에 영상이 뜨고 만화경이 돌아가면 세 개의 그림이 번갈아 나타나는 거였어. 그 친구가…… 불행히 관심을 못 받았다고 말해야겠지."

앨비는 자신이 그런 입장이 되면 어떨까 상상하곤 인상을 찌푸렸다.

"굉장히 실망스러웠겠네요……. 하지만 이미지돔이 더 훌륭한 발명품이었잖아요. 마법사님은 하나의 이미지를 수

백 개의 타일에 나타나게 하셨는걸요. 움직임이랑 그 모든 것들까지요."

그의 입가에 옅은 미소가 떠올랐다.

"그래, 그리고 난 샬로트가 이혼하자고 할 정도로 엄청난 시간을 거기에 쏟아부었지."

앨비의 얼굴이 창백해졌으나 프래프 마법사는 그저 웃기만 했다.

"지금은 다 괜찮아. 걱정하지 말게. 하지만 자기 분야의 리더가 되고 나면 그 상태를 유지해야 한다는 엄청난 압박이 있고, 그 자리를 빼앗으려는 사람도 계속해서 늘어난다네."

그가 코로 길게 숨을 내쉬었다.

"에젤 마법사는 아직 교묘함이라는 기술을 배우지 못했다고만 해두지. 그 친구는 온도계를 다음번 도약으로 삼으려는 것 같은데, 내가 아는 고분자 열역학을 바탕으로 봤을 때 그건 못 만들 거야. 최소한 그가 원하는 식으로는 말이지. 그 친구도 벌써 몇 년째 그리 대단한 걸 보여주지 못해서 다급해진 게 아닌가 싶어."

앨비는 의자에서 몸을 펴고 플라스틱 더미에서 하나를

106

집었다.

"자, 프래프 마법사님, 전 배울 준비가 됐어요. 마법사님이 뭔가 새로운 걸 찾으실 수 있도록 제가 도울게요. 그게 제가 플라스틱을 선택한 가장 큰 이유예요. 새로운 걸 발견할 기회요."

플라스틱 마법사의 얼굴이 미소로 따스해졌다.

"그 말을 들으니 기쁘군. 그렇다면 펴기 마법을 배워보자고. 그런 다음에 자네의 영리한 머리에 공간이 남는다면 색깔 변화의 기초도 한번 해보지."

5

운전사가 프래프 부인의 심부름을 하느라 바빠서 앨비는
자동차, 아니 '마차'를 불렀다. 마차라고 하면 앨비는 언제
나 말이 끄는 마차를 연상하곤 했다. 차는 그녀를 아침 아홉
시가 되기 몇 분 전에 우슬리 특수 치료 병원 앞에 내려주었
다. 앨비는 여전히 영국 화폐의 가치를 잘 몰랐지만 프래프
부인이 미리 모든 것을 계산해두고서 엄격하게 경고했다.

"절대로 이 이상은 주면 안 돼. 이거면 거기까지 충분하
니까."

다행히 운전사는 그녀가 건넨 동전 이상을 요구하지 않

왔고, 모든 게 잘 끝났다. 앨비는 프래프 부부가 마차 타는 것을 허락해줘서 정말로 안도했다. 열차는 병원을 지나쳐 가고, 게다가 그녀는 런던에서의 첫날 밤 일을 반복하고 싶지 않았기 때문이다.

병원 건물은 꽤 컸다. 프래프 마법사는 여기가 한때 수도원이었다고 했다. 건물은 넓고 직사각형이었으며 노르스름한 벽돌 외관에 기다란 창문들이 나 있었다. 그녀는 건물 계단을 올라가서 안으로 이어지는 무거운 문을 열었다. 내부는 광택제를 새로 발라야 할 것 같은 짙은 색 나무로 되어 있었지만 그 외에는 깨끗하고 잘 정돈되었다. 입구 왼쪽의 책상 앞에 안내원이 앉아 있고, 오른쪽에는 기다리는 사람들을 위해서 뼈대가 노출된 소파와 의자 몇 개가 있었다. 방이 복도로 이어지는 맞은편 구석에는 이파리가 넓고 키가 큰 식물이 놓여 있었다.

"무슨 일이시죠?"

안내원이 물었다. 안내원은 앨비의 어머니 나이 정도로 보였다.

"어, 전 앨비 브레켄마커예요. 자원봉사를 하러 왔는데요."

여자가 장부를 내려다보며 몇 장을 넘겼다.

"오, 그렇군요. 잠시만요."

그녀가 다른 장부를 집었다. 앨비는 그 장부의 아래쪽이 찢어진 것을 알아보았다. 종이 마법사들이 만든 '모방하기' 마법 통신 책자였다. 종이가 각각 반으로 찢어져 있고, 거기에 메시지를 쓰면 나머지 반을 가진 사람이 그 메시지를 받게 되었다. 안내원은 글이 한 줄 쓰여 있는 장부를 위쪽으로 넘긴 다음 선을 그어 지웠다. 그리고 그 아래에 '팻슨 간호사님의 자원봉사자가 입구에 도착함'이라고 적었다. 그녀는 잉크가 마르기를 잠깐 기다렸다가 장부를 덮었다. 종이의 나머지 절반은 아마 어딘가에 있는 게시판에 압정으로 고정되었을 것이다.

앨비는 소파에 앉아서 그녀의 돈과 신분증, 혹시 몰라서 넣어 온 몇 개의 플라스틱 구슬과 플라스틱 연구소 열쇠가 든 작은 가방의 끈을 만지작거렸다. 언제든지 하인이 문을 열어주기 때문에 집 열쇠는 없었다.

그녀는 자신의 줄무늬 바짓단을 응시했다. 오늘은 견습생용 앞치마를 입지 않았다. 프래프 마법사가 필요 없을 거라고 말했기 때문이다.

"거기서 보내는 시간은 자네 마법이 아니라 환자를 위

한 거야."

그 이유면 충분했다.

"아, 당신이 프래프 마법사님의 새 견습생인가요?"

밝은 파란색 원피스에 하얀 앞치마, 하얀 모자 차림의 간호사가 방으로 들어오자 앨비는 고개를 들었다. 구두가 바닥에서 달칵달칵 예쁜 소리를 냈지만 앨비는 좋은 구두와 하얀 앞치마는 오랜 시간 서 있고 피를 봐야 하는 직업에는 부적절하지 않나 생각했다. 하지만 그녀는 아무 말도 하지 않고 일어서서 손을 내밀었다.

"네, 전 앨비예요. 여기 자원봉사를 하러 왔어요. 어떤 일일지는 모르겠지만요."

간호사가 미소를 띠었다. 그녀는 옅은 빨간색 립스틱을 발랐고 피부색은 대부분 영국인보다 좀 더 가무잡잡했지만 앨비는 그게 잘 어울린다고 생각했다. 겉보기에 여자는 앨비보다 다섯 살 이상 많아 보이지는 않았다. 간호사가 그녀의 손을 흔들고서 말했다.

"난 팻슨 간호사예요. 만나서 정말 반가워요, 앨비. 독일식 이름 맞죠?"

그녀는 고개를 끄덕였다.

"이쪽으로 와요. 굉장히 힘든 일을 시키지는 않을 거니까 걱정 말아요. 바닥 물걸레질 말고는 말이죠."

그녀가 웃었다. 앨비는 농담을 잘 이해하지 못했지만 어쨌든 따라 웃었다.

"우리 환자들 대다수가 집중 치료를 받거나 엄청난 고통을 겪는 사람들이에요. 그들에게 무엇보다도 필요한 게 기운을 낼 만한 일이죠. 바로 사교생활. 그게 당신이 할 최선의 일이에요."

"사교요?"

팻슨 간호사가 세면대 두 개와 타월, 비누, 다른 물품들로 가득한 선반이 있는 방문을 열었다.

"네. 그리고 그들이 편안한지 봐주는 거예요. 우리가 이불과 음식, 물 같은 것들을 어디에 두는지 한 바퀴 구경을 시켜줄게요. 작은 도서관이 있어서 환자들이 거기서 책을 빌려볼 수도 있어요. 환자들이 요청하면 당신이 환자들 대신 물품을 갖다 줄 수도 있고요. 간식에는 제한이 있고, 약은 절대로 받아 올 수 없지만 환자들 대부분이 그 사실을 아니까 굳이 부탁하지 않을 거예요. 자, 팔꿈치까지 씻어요."

앨비는 세면대로 가서 소매를 걷고 팔을 씻었다. 팻슨 간호사가 건네는 하얀 앞치마를 하는 동안에도 내내 소매는 걷은 채였다. 그들은 예정대로 병동을 돌아보았다. 앨비는 우슬리 병원이 브라이어 홀보다 훨씬 작고 이해하기 쉽다는 사실에 안도했다. 앨비에게 작고 외우기 쉬운 구역만 다니도록 허용된 덕분이었다.

"자는 환자들은 가능하면 깨우지 말아요."

팻슨 간호사가 앨비를 양쪽 벽에 각각 여섯 개씩 열두 개의 침대가 있는 큰 병실로 데려갔다. 하얀 커튼이 사이사이에 쳐져 다른 환자들로부터 사생활을 보호할 수 있었지만, 침대는 여전히 간호사와 방문객에게는 노출된 상태였다.

"여기는 회복실이고, 당신이 대부분 시간을 보낼 곳이죠. 가끔 아무도 원하는 게 없을 때도 있는데, 그러면 누가 부를 때까지 그냥 돌아다니는 게 좋아요. 세탁할 거리나 바닥 청소할 만한 데는 늘 있으니까요. 설거짓거리도 있고요."

앨비는 고개를 끄덕이고 칸막이 사이를 힐끗 보았다. 자는 듯한 남자 한 명은 머리와 한쪽 눈에 붕대를 감고 있었다. 그 광경에 앨비는 몸을 떨었지만 티 내지 않으려고 노력했다. 어쨌든 그녀가 병원을 봉사 장소로 정했으니까. 또 다른 남자는 몸을 거의 담요로 덮고 있어서인지 눈에 띄는 병증은 없었고 낡은 책을 읽고 있었다. 고개를 들이밀지 않으면 제목까지는 보이지 않았다. 금발 머리를 땋은 여자는 앨비가 지나가자 빤히 쳐다보았고, 또 다른 남자는 목에 붕대를 감고 있었다. 예쁜 보라색 모자를 쓰고 재킷을 입은 나이 든 여자가 남자의 옆 의자에 앉아 조용히 이야기하고 있었다.

"질문 있나요?"

팻슨 간호사가 물었다.

앨비는 잠깐 머뭇거리다가 몸을 돌려 병실을 둘러보았다.

"딱 하나요…… . 간호사님이 필요하면 어디서 찾을 수 있나요?"

"난 회복 병동을 왔다 갔다 할 거예요. 내가 여기 없으면 위층에 가서 거기 있는 간호사에게 이야기해요. 열한 시에 점심 식사를 나눠주는 걸 도우러 식품 저장실로 돌아올 거예요. 당신도 도와주면 고맙고요."

앨비의 봉사 시간은 정확하게는 열한 시까지였지만 그녀는 고개를 끄덕였다.

"알았어요. 쉬운 일 같네요."

팻슨 간호사는 미소를 지어 보이고 구두를 또각거리며

병실을 나갔다.

앨비는 병실을 좀 더 둘러보았다. 환자 두 명이 더 자고 있고, 또 한 명은 책을 읽고 있었다. 한 명은 침대에 앉아서 편지를 쓰는 중이었다. 끝자리의 두 명은 칸막이를 걷어놓고 나폴레옹에 관해 열띤 대화를 하며 뭔가에 웃음을 터뜨렸다. 앨비는 지시대로 그냥 돌아다니려고 몸을 돌려 원래 자리로 돌아갔다. 최소한 이게 운동은 될 것 같았다.

"자원봉사자예요?"

앨비는 걸음을 늦추고서 금발 머리를 땋은 여자를 보았다.

"네. 오늘이 첫날이죠. 뭐 도와드릴까요?"

여자가 미소를 지었다. 여자는 팻슨 간호사와 비슷한 나이 같았다. 약간 창백하고 피곤해 보였지만, 예뻤다.

"필요한 게 뭔지 생각해보죠."

"책은 어떠세요?"

여자가 한숨을 쉬었다.

"책은 잘 안 봐요. 책을 들고 있기가 힘들어서."

여자가 담요 아래서 왼팔을 들어 올렸고, 앨비는 깜짝 놀라 숨이 터져 나오는 걸 막으려고 배에 힘을 주었다. 이 불쌍한 여자의 팔은 팔꿈치 아래에서 잘린 상태였다. 사라진 팔뚝과 손의 자리에 미색 붕대가 감겨 있었다.

"이런 세상에. 정말로 죄송해요."

앨비가 말했다.

여자는 어깨를 으쓱하고 팔을 다시 매트리스 위에 내려놓았다.

"다들 그러죠."

침대 옆에 의자가 있는 것을 보고서 앨비는 거기 앉았다.

"제 이름은 앨비예요."

여자는 옅게 미소를 지었고 그 표정에 앨비의 마음이 따뜻해졌다.

"난 에델이에요. 당신이 바지를 입은 거 마음에 들어요. 난 일할 때만 브리치스(무릎 아래서 여미는 타입의 반바지-옮긴이)를 입어요. 여기 사람들은 미국 사람들만큼 합리적이지 못하다니까요."

앨비는 자신의 억양 때문에 고향이 드러났음을 상기하며 고개를 끄덕였다. 익숙해져야 하는 일이었다.

"사실 제 고향에서도 별로 인기가 있진 않아요."

그녀는 잠깐 생각한 후에 덧붙였다.

"무슨 일을 하세요?"

"이젠 못 하죠."

여자는 인상을 살짝 찌푸리며 말했다.

"아빠가 고무 제조 공장을 갖고 계세요. 거기서 일했어요. 난 일을 하고 싶었고, 그건 굉장히 흥미로운 선택지 중하나였거든요."

"아버님이 고무 마법사세요?"

"아뇨."

여자가 웃으면서 설명했다.

"고무 마법사들을 위한 물품을 만드는 공장을 운영하실뿐이에요. 고무 단추와 줄, 타이어, 뭐 그런 것들이요. 난 조립 라인을 감독했죠. 그러다가 제대로 안전 규정을 지키지 않은 새 직원이랑 얽혔어요. 기계에 너무 가까이 다가갔고……."

그녀가 다시 잘린 팔을 들어 올렸다. 앨비는 인상을 찌푸렸다.

"유감이네요. 새 직원은 괜찮았나요?"

"네. 그렇게 들었어요."

여자는 약간 안도하는 얼굴이었다.

"오른손잡이신가요?"

"다행히도 그래요. 하지만 난 연주하는 걸 좋아하거든요. 피아노요. 거기엔 양손이 필요하죠."

"이런."

앨비는 무릎을 긁으며 뭐라고 할까 고민했다. 좀 긴 시간이 흐르고서야 말이 나왔다.

"음, 에델이 한 손으로 치는 게 제가 두 손으로 치는 것보다 더 나을걸요."

에델이 킥킥 웃었다.

"음악가는 아닌가 보네요."

"오, 아니에요. 전 그쪽으론 재능이 없어요. 저희 엄마가 늘 그러시죠. 사실 전 플라스틱 마법사가 되려고 견습 중이에요."

"그래요? 그거 굉장하군요. 내 동생도 견습생이에요."

에델이 침대에서 좀 더 몸을 일으켰다.

"어머, 어떤 분야인데요?"

남자 목소리에 앨비는 깜짝 놀랐다.

"늦어서 미안해, 에델 누나. 난 그냥ㅡ 아, 미안. 내가 방해했어?"

앨비는 자리에서 일어나 새하얀 셔츠에 잘 다린 갈색 바지 차림으로 한쪽 팔 아래 분홍색 카네이션 꽃다발을 낀 남자를 보았다. 짧고 곧은 머리는 짙은 갈색 눈 위로 햇살처럼 보였다.

앨비는 눈을 깜박였다.

"당신?!"

그가 런던의 다른 지역에 산다는 사실 때문에 그를 다시 만나게 될 줄은 상상도 못 했다. 영국은 생각보다 더 좁은 곳인가 보다. 그녀는 뺨이 아플 만큼 활짝 웃었다.

베넷의 얼굴이 부드러워졌다.

"당신 기억나요. 유스턴 역이었죠? 앨리스였나?"

"앨비야."

에델이 정정해주었다.

"이쪽은 내 동생 베넷이에요. 내가 막 이야기하던 당사자죠."

"종이 마법."

앨비가 에델의 질문에 대한 답을 큰 소리로 말했다. 베넷이 눈썹을 치켜 올렸다.

"아, 그게 방금 당신 누님한테 당신의 마법 분야가 뭐냐고 물었거든요. 하지만 난 이미 알고 있죠. 그런데 그게, 어, 당신인 줄은 몰랐고요. 에델의 동생이라는 사실 말이에요."

그녀는 침을 삼키고 목 뒤를 문질렀다.

"친동생이에요?"

베넷은 미소를 지으며 침대 반대편으로 빙 돌아와서 누나에게 카네이션을 내밀었다. 그녀는 오른손으로 그것을 받아들고 활짝 웃었다.

"친동생이죠. 누나는 다음 달에 스물여섯 살이 돼요. 난 스물두 살이고요."

"그때쯤엔 여기서 나가면 좋겠는데, 음, 두고 봐야겠지."

에델의 미소가 사라졌다. 앨비가 의자에서 일어섰다.

"꽃병 가져올까요, 에델? 제가 가져올게요."

"아, 그래요, 부탁해요. 고마워요, 앨비."

앨비는 고개를 끄덕이고 서둘러 병실을 나간 다음 길을 잃지 않도록 천천히 걸어갔다. 병원을 둘러보는 동안 꽃병의 위치를 기억하고 있었다. 무사히 찾아서 물을 반쯤 채웠다. 돌아와 보니 베넷은 앨비의 자리를 차지하기가 좀 그랬는지 여전히 서 있었다. 앨비는 에델의 머리 옆에 있는 작은 탁자에서 몇 가지 물건을 정리하고 꽃병을 내려놓은 다음 잠든 환자 자리로 가서 그의 침대 옆에 있는 의자 하나를 빌려왔다.

"여기요."

그녀가 의자를 베넷에게 놓아주며 말했다. 그는 깜짝 놀란 얼굴이었다.

"그럴 필요까지는―"

"난 자원봉사자예요. 이게 내 일인걸요."

그녀는 싱긋 웃었고 베넷 역시 미소를 짓자 가슴이 살짝 떨렸다.

에델이 그녀에게 말했다.

"갈 필요 없어요. 난 당신이 좋아요. 내 기분이 어떤지, 고통이 어느 정도인지 말고는 딱히 다른 여자랑 별로 대화할 일이 없었거든요."

떨림이 멈췄다. 부드럽게 앨비가 말했다.

"아주 많이 아픈가요?"

에델은 어깨를 으쓱했다.

"가끔은요. 가끔은 그냥…… 아직 손이 거기 있는 것 같고 거기가 아픈 것 같은데, 내가 어떻게 할 수 있는 건 아무것도 없어요. 왜냐하면, 음, 손이…… 없으니까요."

베넷의 얼굴에 고통스러운 표정이 떠오르며 이마에 주름
이 잡혔다. 앨비는 그 주름을 펴주고 싶은 충동을 느꼈지만,
당연히 말도 안 되는 행동이다. 그래, 말도 안 되지.

"의사 선생님이 시간이 지나면 나아질 거라고 했어. 겨우
일주일 됐잖아."

베넷이 누나에게서 앨비 쪽으로 시선을 옮기며 말했다.

"여드레야. 수술로 더 잘라내야 했어. 아, 앨비, 미안해요.
이런 이야기는 듣고 싶지 않을 텐데."

"전 상관없어요. 그게 에델이 하고 싶은 얘기라면요. 어떤
면에서는 묘하게 흥미로운걸요."

앨비는 그렇게 말하다 얼굴이 창백해졌다.

"어, 죄송해요. 그렇게 말하면 안 되는 건데 – "

에델이 웃음을 터뜨렸다.

"아니, 걱정하지 말아요. 다들 내 주위에서는 너무 조심하
거든요. 그렇게 행동하진 말아요. 사실 묘하게 흥미롭기도
하겠죠. 난 그저……."

그녀는 문장을 끝내지 못하고 자신의 팔과 손이 있어야
하는 자리만 쳐다보았다.

그때 앨비의 머릿속에 뭔가가 떠올랐다.

아이디어.

바로 아이디어였다.

앨비의 어깨가 따끔거렸고 그 감각이 팔과 가슴을 타고
퍼져서 다리에까지 닿았다. 바로 이거다. 발견. 그녀는 이
걸 할 만큼의 지식이 없지만, 프래프 마법사는 다르다. 이
런 일이 가능할까?

"앨비?"

베넷이 물었다.

"음. 미안해요. 뭘 좀 적어야겠어요. 금방 돌아올게요."

마지막 말은 에델을 향한 거였다.

"두 사람은, 음, 잠깐 둘만의 시간을 보내세요."

절을 해야 하나? 아니, 여기는 병원이니까. 그리고……
아, 모르겠다. 상관없어!

앨비는 병실을 황급히 빠져나와서 안내대에서 종이를 좀
달라고 애걸한 다음 떠오른 생각을 쓰기 시작했다.

"프래프 마법사님!"

앨비는 타고 온 마차에서 내려 브라이어 홀의 진입로를
따라 현관까지 달려오며 소리를 질렀다. 그녀가 무거운 문

을 열고 현관을 가로질러 달려가는 바람에 집사는 깜짝 놀랐다. 그는 지나가는 그녀를 보고 인상을 썼다.

"프래프 마법사님!"

가정부인 콘웨이 부인이 화랑에서 달려 나왔다.

"앨비 양! 무슨 일이죠?"

앨비는 춤을 추었다. 가만히 있을 수가 없었다.

"프래프 마법사님 어디 계세요? 그분과 얘기해야 해요."

"아마도 마지막으로 뵌 게 서재였던 것 같은데……."

앨비는 중앙 홀로 달려가다가 멈추고서 빙 돌아섰다.

"서재가 어디였죠?"

콘웨이 부인이 손가락으로 가리켰고 앨비는 복도를 달려가다가 마침내 찾아냈다. 그녀가 문을 두드렸다. 대답이 없었다. 안을 살짝 들여다보니 서재는 비어 있었다. 머리카락을 넘기고 안경을 밀어 올리고서 그녀는 온 길로 다시 달려가 음악실과 응접실을 확인했다. 그런 다음 금속 마법이 걸린 길을 따라 플라스틱 연구실까지 전속력으로 달렸다. 금속 타일의 변화 마법이 그녀를 따라잡지 못할 정도였다.

연구실은 열려 있었다. 그녀가 안으로 벌컥 들어갔다.

"프래프 마법사님!"

"앨비?"

그가 중앙 실험실에서 외쳤다. 앨비는 문으로 달려갔다. 그가 그녀를 맞이했다.

"자네, 괜찮은 거야?"

그가 걱정스러운 표정으로 그녀를 위아래로 살폈다.

"전 멀쩡해요! 프래프 마법사님, 저 발견 대회를 위한 근사한 아이디어가 떠올랐어요! 병원에서 에델 쿠퍼라는 여자를 만났어요. 공장 사고로 한쪽 팔을 잃었대요."

"끔찍한 일이군. 그런데 –"

"그런데 에델은 피아노를 쳐요. 한 손으로는 피아노를 칠 수가 없죠. 그러니까, 잘은요."

"그래, 그런데 –"

"프래프 마법사님."

앨비가 그의 양쪽 팔꿈치를 잡고서 그를 열렬하게 쳐다보았다.

"플라스틱은 가볍고 유연하고 마법을 걸 수 있어요. 모르시겠어요? 우리가 에델에게 의수를 만들어줄 수 있어요! 에델이 다시 움직일 수 있게요. 그녀가 팔이 있는 것처럼 느끼도록 도와줄 만한 거요. 부품이 제대로 움직이고, 저희가 제대로 된 주문을 찾아낸다면 그건 진짜 손처럼 움직일 수도 있어요. 잡지에 나온 그 종이 해골처럼요!"

프래프 마법사의 얼굴이 멍해졌다. 앨비가 그를 흔들었다.

"어떠세요? 저 혼자서는 할 수가 없어요. 전 그만큼의 지식이 없어요! 대강의 구상이랑 아이디어랑 거기다 - "

"앨비."

앨비는 입을 딱 다물었다. 자신이 여전히 그의 팔을 손톱으로 찌르고 있음을 깨닫고는 황급히 손을 옆구리로 내렸다.

프래프 마법사는 뻣뻣한 동작으로 그녀에게서 실험실로, 현관으로, 다시 그녀에게로 시선을 옮겼다. 천천히, 아주 천천히 그의 얼굴에 웃음이 피어올랐다.

"앨비, 자네는 천재야."

그가 그녀를 지나쳐 벽에 있는 플라스틱 전시용 해골 쪽으로 걸어갔다. 그는 그것을 잡고 바닥에서 들어 올려 비스듬히 기울여서는 실험실로 갖고 들어왔다. 앨비는 황급히 아일랜드탁자 쪽으로 와서 가방에서 자신이 휘갈겨 쓴 메모와 스케치들을 꺼냈다.

"인공신체. 난 인공신체는 생각해본 적도 없어."

프래프 마법사가 해골을 아일랜드탁자 옆에 내려놓았다.

"팔, 손, 발, 다리…… 다리가 가장 간단한 구조이고 - "

"에델에게 다리는 필요하지 않아요."

앨비가 말하자 프래프 마법사가 앨비를 날카롭게 쳐다보며 답했다.

"에델은 차치하고, 다리가 시작하기에 딱 좋아 - "

"다리는 덜 복잡해요." 앨비가 맞받아쳤다.

앨비가 실험실의 긴 방향을 따라 쭉 걸어갔다가 돌아오며 자신의 발을 가리켰다.

"발목, 발가락…… 이 기제는 손목과 손가락보다 훨씬 간단해요. 중요하긴 하지만, 더 쉽죠. 획기적이지는 않아요."

그녀는 조심스럽게 말을 골랐다.

프래프 마법사는 그녀의 동작을 잠깐 보다가 엄지와 검지로 자신의 턱을 문질렀다.

"그래, 자네 말이 맞아. 손과 손목의 복잡함은…… 그걸 재현하는 게 더 가능성이 크지. 과학과 의학이 아직 탐색하지 못한 부분이지. 하지만 - "

그가 해골을 쳐다보며 말을 이었다.

"거기에는 엄청난 노력이 들 거야. 나도 벌써 아이디어가 떠오르는군. 우선은 마법을 걸지 않고 손을 만들어봐야 해. 손이 어떻게 움직이는지를 알아내야지. 흠…… 새고든 박물관? 거기가 좋을까? 아냐, 더 나은 데가 있어. 시체 안치소야!"

"시체 안치소요?"

앨비가 물었다. 그 말이 혀끝에서 무겁게 느껴졌지만 프래프 마법사는 그녀의 말이 들리지 않는 것 같았다.

그는 앨비의 메모를 밀어놓았다. 그녀의 머릿속에서 떠오른 것들보다 훨씬 단순한 게 분명했다. 그가 고개를 끄덕였다.

"책이 있어."

그가 현관 계단으로 가면서 말했다. 그는 한 번에 두 계단을 올라갔고, 앨비는 그를 따라가느라 숨이 턱에 걸렸다. 2층에 있는 세 개의 방 중 하나가 소박한 도서관이었다. 프래프 마법사는 책장을 한참 동안 쳐다보다가 머리 위쪽에 있는 회색 책을 꺼냈다.

"이거야. 여기. 이걸 읽어봐. 특히 근육의 움직임, 관절, 손, 팔 부분을 공들여서. 전부 다 거기에 있을 거야. 그런 다음에 내일 아침에 계획을 짜보자고."

앨비는 무거운 책을 받아서 제목을 읽어보았다.《인체 해부학 제1권》이었다. 당장이라도 읽고 싶어서 안달이 날 지경이었다.

"저도 같이해도 되나요?"

그는 그녀의 머리에서 뿔이 돋기라도 한 것 같은 표정으로 쳐다보았다.

"당연히 같이해야지. 자네는 내 견습생이야. 그리고 이건 *자네* 아이디어야, 앨비. 우리 둘 다 앞으로 수두룩하게 밤을 새워야 할 거야. 대회는 여섯 달 남았고, 난 최소한 샘플이라도 제출하고 싶어!"

앨비의 목에서 새된 비명이 터져 나왔다. 그녀는 손으로 입을 막다가 책을 떨어뜨릴 뻔했다.

"네, 물론이죠. 지금 당장 책을 읽을게요."

그녀가 손가락 사이로 말했다.

"시험도 볼 거야."

"네, 좋아요!"

가슴에 책을 꼭 껴안고서 앨비는 서둘러 계단을 내려가 자신의 작업실 문을 열었다. 그녀는《인체 해부학》책을 카운터 위에 놓고 목차 부분을 펼쳤다. 자리에 앉지도 않았다. 온몸에 피가 너무 빠르게 돌아 도저히 앉을 수가 없었다.

그녀는 쭉 살펴보다가 자신이 원하는 부분을 발견하고 책장을 넘겼다. 그리고 안경을 고쳐 썼다.

"4장. 몸 내부의 작동: 근육계.'"

그녀가 큰 소리로 읽었다.

그리고 약속대로 밤늦게까지 책을 읽었다. 밤늦게까지 일하게 될 수많은 날 중 첫날이었다.

6

프래프 마법사가 전날 밤에 시체 안치소에 관해 이야기
한 것은 정말로 진심이었다. 그와 앨비는 다음 날 아침 일
찍 출발해서 도심으로 들어가 커다란 묘지를 지나 바로 옆
에 있는 거대한 콘크리트 정육면체 같은 네모난 건물로 들
어갔다. 프래프 마법사가 미리 새를 통해 편지를 보냈거나
전신을 친 모양이었다. 장의사가 그들을 기다렸다.

"이건 상당히 이례적인 일입니다만, 저희에게 연구를 위
해 기부된 시신이 있어요. 옥스퍼드 의대생들은 손에는 별
로 관심이 없는 것 같더군요."

그는 계단을 내려가서 유리 마법사가 만든 것과는 다른 불 마법사의 조명이 밝혀진 방으로 그들을 안내했다. 대부분의 불 마법사 조명도 여전히 유리로 둘러싸여 있지만, 유리에 마법적 특성이 전혀 없었다. 앨비는 시체 안치소가 냉기를 없애려고 이걸 사용하는 게 아닐까 추측했다. 지하실이 끔찍하게 추웠기 때문이다.

"여기 같이 있으면서 내 질문에 대답을 좀 해주겠습니까? 난 시신에 별다른 해를 입히지는 않을 겁니다."

프래프 마법사가 말했다.

장의사는 앨비와 프래프 마법사에게 장갑을 주고 벽에 있는 서랍장으로 다가갔다. 그가 서랍장을 열고 받침대를 꺼내자 그 위에 하얀 천으로 덮인 시체가 놓여 있었다. 앨비의 뱃속이 약간 조여들었다. 물론 그녀도 시체를 본 적은 있었다. 두 번의 장례에 참석해봤다. 하지만 인체 구조를 아무 제약 없이 연구할 기회라는 게 유혹적이면서도 한편으로는 좀…… 비정상적으로 느껴졌다.

그리고 냄새도 불쾌했다.

그녀는 장의사가 창백한 왼손만을 드러낸 채 사후경직이 어떻게 풀리는지 설명하는 것을 들었다. 그는 프래프 마법사가 팔을 들어 올리고 이쪽저쪽으로 움직이고 손가락 관절을 아플 정도로 손으로 꾹 누르는 동안 손가락과 손목 관절들의 움직임에 관해 이야기했다. 그래서 죽은 표본이 필요한 거였다.

작업을 마치고서 마법사가 물었다.

"자네도 보겠나, 앨비?"

그녀가 대답했다.

"집에 있는 해골로도 저에겐 충분한 것 같아요, 마법사님."

장갑을 벗고 프래프 마법사는 몇 가지 메모를 적고 장의사에게 십여 가지 질문을 던졌다. 그 후 그들은 떠날 준비를 했다.

앨비와 함께 자동차에 탄 프래프 마법사가 운전사에게 말했다.

"프레드, 창고에 좀 들러주겠나? 몇 가지를 챙겨서 집에 가져가야겠어."

프레드는 고개를 끄덕이고 자동차를 돌렸다.

"창고요?"

앨비가 물었다.

"서런던 고분자 보관소야. 플라스틱 마법 실험에 필요한 모든 섬유를 보관하고 있지."

그가 낄낄 웃으며 말을 이었다.

"솔직히 말해서 나도 내가 뭘 하는지 반밖에 모르겠어. 일단은 관절들을 가장 잘 모방하기 위해서 다양한 종류의 플라스틱을 준비해두는 게 좋을 것 같아서 말이야. 그리고 견습생이 가볼 만한 장소이기도 하고. 앞으로 최소한 두 번은 거기서 수업할 거야. 2년 전에 새로운 동을 증축해서 건물이 굉장히 크거든."

"정말로요? 플라스틱 마법사들을 위한 보관품이 많이 있나요?"

"불행히 그렇진 않아. 하지만 서런던에서 구매해줄 거야."

보관소까지는 삼십 분쯤 걸렸다. 그곳은 앨비의 상상만큼 크지는 않았다. 창문이 여러 개 달린 벽돌 전면부로 되어 있는 걸 보면 예전에 공장이었는지도 모르겠다. 뒤쪽으로는 훨씬 새것으로 보이는 동이 자리했다. 새 동의 벽돌은 원래 것과 완전히 같지는 않았다. 창고 앞에 자동차가 주차할 수 있도록 포장된 작은 공간도 있었으나 프레드는 그들이 걷는 거리를 최대한 줄이기 위해서 문 근처에 차를 세웠다.

건물 안쪽은 천장까지 탁 트여 있었다. 천장에는 금속 마법으로 만든 환풍기가 저절로 돌아가며 온도를 유지했다. 거대한 선반에는 상자와 받침대와 서랍과 가방들이 가득했다. 단순한 모양의 책상이 문 앞쪽에 놓여 있고 그 뒤로는 앨비의 안경과 꽤 비슷한 안경을 쓴 뚱뚱한 남자가 있었다.

"프래프 마법사님! 들어오십쇼. 마법사님은 당연히 통과죠. 이쪽은 서류 작업을 시킬까요?"

그가 앨비 쪽으로 고갯짓을 하며 물었다.

"아직은 아닐세. 고맙네, 해리."

남자는 앨비가 지나가자 가볍게 고개를 끄덕였다. 생각해보면, 그녀가 런던에 머문다면 이런 곳에 드나들게 될 거고 직원들이 그녀의 이름을 알게 해야 할 수도 있다. 서류 작업은 유명한 사람과 여기에 함께 오지 않는다면 아마 해야 하는 일이라고 짐작했다.

"관절에는 신장성과 유연성이 있어야 해."

첫 번째 선반으로 다가가며 프래프 마법사가 말했다.

"관상 관절이요."

그녀가 말했다. 그가 머뭇거렸다.

"난…… 그래, 그게 장의사가 한 말이지. 잘 새겨들었군."

"그 책도 읽었어요, 마법사님."

그가 눈썹을 치켜 올렸다.

"전부 다?"

"손 부분은요."

그가 미소를 지으며 고개를 끄덕였다.

"자네는 점점 더 귀중한 존재라는 걸 증명하는군, 앨비."

"정말 신나요, 마법사님. 우리가 의학의 모든 면을 바꿀수도 있다는 생각만으로도 - "

프래프 마법사가 한 손을 들어 앨비의 말을 막고 그녀 뒤쪽을 향해서 말했다.

"안녕하신가, 로스코. 자네를 만나면 늘 반갑지."

앨비는 홱 돌아섰다. 열차에서 본 남자가 입가를 비틀며 인상을 쓴 채 다가왔다. 그는 뭔가를 하다가 들킨 표정이었다. 엿듣기라도 한 건가?

앨비는 이미 내뱉은 말을 입안에 가두기라도 할 것처럼 입을 꾹 다물었다. 이 프로젝트는 발견 대회의 모든 사람을 놀라게 할 것이다……. 그들이 이걸 비밀로 할 수만 있다면. 그녀가 너무 많이 말했나?

에젤 마법사는 앨비를 무시하듯 쳐다보고서 엄격한 시선

을 그녀의 스승에게로 향했다.

"좀 더 큰 걸 노려보기로 했나, 매리언?"

"내 견습생에게 밧줄을 보여주러 왔을 뿐이야."

"흐음. 늘 내숭이지."

"이런 말 해도 될까 모르겠지만, 자네는 발소리가 유난히 작기도 하군."

앨비의 시선이 두 마법사 사이를 오갔다. 방 안 온도가 몇도쯤 올라간 것 같았다. 그녀는 마법이 걸린 환풍기가 여전히 돌아가고 있는지 확인하려고 위를 힐끗 보았다.

마법사들은 파란 작업복 차림의 직원이 지나가는 동안 침묵을 지켰다. 그가 멀어지자마자 에젤 마법사가 집게손가락을 프래프 마법사 쪽으로 내밀고서 중얼거렸다.

"자네의 지배는 곧 끝날 거야. 대비할 수 있게 지금 경고라도 해주고 싶군. 내가 대회의 관심을 사로잡고 전 세계가 매리언 프래프에 대해 잊어버리게 할 거야. 자네 삼촌의 명성으로 인정받는 데는 한계가 있을걸."

프래프 마법사가 몸을 쭉 폈다.

"내 업적이 그저 태기스 프래프에 대한 칭송의 연장일 뿐이라고 믿는 게 자네 마음이 더 편안하다면 기꺼이 그렇게 생각하게."

에젤 마법사의 얼굴이 시뻘게졌지만 그의 표정은 여전히 엄격했다.

"두고 보자고, 매리언."

그가 몸을 홱 돌리더니 문으로 가서는 직원에게 그의 물품들을 자동차로 가져가라고 소리쳤다. 앨비는 그가 떠나는 것을 지켜보았다.

"성질이 참 고약한 사람이네요. 저한테는 라이벌이 절대로 생기지 않았으면 좋겠어요."

그녀가 말했다. 프래프 마법사가 한숨을 쉬었다.

"나도 마찬가지야. 혹시 모르니까 사람들 앞에서는 침묵하는 편이 좋겠어."

프래프 마법사는 자신들 쪽으로 몸을 기울인 채 선반의 상자들을 정리하는 척하는 창고 직원을 힐끔 보며 말했다.

"하지만 에델에게는 이야기해도 되겠죠?"

그가 미소를 지었다.

"물론이지. 우리에겐 그녀의 협조가 필요할 테니까."

그녀의 어깨가 안도감에 늘어졌다.

"멋져요."

"자, 이제 우리는 구경이나 계속할까. 이쪽에서는 진공흡착 형태용 시트를 찾을 수 있고……."

"하지만 *아무한테도 말하면 안 돼요.*"

앨비는 손가락을 까딱까딱 흔들어 경고했다. 병원 봉사 날이 올 때까지 나흘 동안 기대감으로 가슴이 터질 뻔했다. 프래프 마법사가 그녀를 계속 바쁘게 만들어서 더 일찍 방문할 틈을 낼 수도 없었다.

에델은 성한 쪽의 팔꿈치를 대고서 커다란 갈색 눈으로 앨비를 쳐다보았다. 베넷과 똑같은 눈 색깔이었다.

"정말로 그게 가능할 거라고 생각해요? 마법으로 움직이는 팔이?"

"그러길 바라지요. 플라스틱 마법에 관해 다 아는 건 아니지만, 공학이랑 물체가 어떻게 작동하는지는 꽤 많이 알아요. 아버지 덕분에 작업실에서 이것저것 만지작거릴 수 있었거든요. 설령 안 된다고 해도 현재 있는 것보다는 더 나은 걸 만들 수 있을 거예요."

현재 어떤 종류의 의수가 있는지는 앨비도 잘 모르지만 말이다. 그 부분은 프래프 마법사가 도맡았다. 부디 그가 샘

풀을 좀 가져오기를 바랄 뿐이었다.

에델은 침대에 몸을 다시 기댔다. 그녀의 눈이 반짝였지만, 울지는 않았다.

앨비의 목이 조여왔다. 어쩌면 아무 말도 하지 말았어야 했는지도 모른다. 원하는 방식으로 팔을 만들지 못하면 어쩌지? 에델에게 괜히 말해서 헛된 희망만 품게 한 거라면?

에델이 말했다. 그녀의 입가에 미소가 떠올랐다.

"당신은 할 수 있을 거예요, 앨비. 정말로요. 우리가 서로를 잘 아는 건 아니지만, 당신의 열정이 보여요. 그런 열정을 가진 사람들은 굉장한 일을 해내죠."

앨비는 손가락을 꽉 깍지 꼈다.

"당신 말이 맞았으면 좋겠어요, 에델. 우리 둘 다를 위해서요. 그리고 물론 프래프 마법사님을 위해서도요."

에델이 키득키득 웃었다.

"그분도 내 기도에 넣도록 하죠! 받을 수 있는 모든 도움이 필요하니까요."

발소리가 침대로 가까워졌다. 앨비가 고개를 돌리자 베넷이 이번에는 쇼핑백을 들고 다가오고 있었다.

"안녕."

그의 미소는 머리 색만큼이나 환했다. 앨비의 맥박이 빨라졌고 베넷이 자신의 목 가장자리 혈관이 펄떡이는 것을 볼 수 있기라도 한 것처럼 그 부분을 손으로 눌렀다.

"베일리 마법사님의 심부름 중에 잠깐 들렀어요. 앨비, 만나서 반가워요."

그녀가 고개를 끄덕였다.

"난 길을 잃지도 않았어요."

그가 낄낄 웃었다.

"그거 다행이네요."

"베넷, 앨비가 나한테 무슨 얘기를 해줬는지 상상도 못할걸."

에델이 말했다.

앨비는 손을 내리고서 에델을 향해 홱 돌아섰다.

"*아무한테도 말하지 말랬잖아요!*"

"베넷은 이 일의 일부인걸요! 얘까지 모르게 할 수는 없어요."

에델은 몸을 밀어 침대에서 일어나려다가 왼쪽으로 기울어졌다. 그녀가 오른손으로 매트리스를 붙잡고 남은 왼팔을 짚었다. 그녀의 표정이 일그러졌다.

"가끔 손을 잃었다는 걸 까먹는다니까요."

앨비는 엉망진창이 된 기분이었다.

"미안해요. 당연히 말해도 돼요. 당신 가족은 알아야죠."

"무슨 말이야?"

그가 물었다.

베넷에게 앨비와 프래프 마법사의 의수 계획에 대해서 낮은 목소리로 말하는 동안 에델의 표정이 조금 밝아졌다. 이야기를 듣는 동안 베넷의 입술이 벌어졌고, 가끔씩 그의 눈이 앨비 쪽을 향했다. 그는 정말로 예쁜 속눈썹을 가졌다. 남자의 속눈썹을 예쁘다고 하는 건 이상한가? 그 말은 하지 않는 편이 낫겠지.

"정말이에요, 앨비? 정말로 가능해요?"

그가 그녀를 바라보았다.

"시도는 해봐야죠. 인체 구조랑 플라스틱을 움직이는 법에 관해 읽느라고 눈이 빠질 지경이에요."

프래프 마법사는 그녀에게 오늘 플라스틱 창조물을 움직이게 만드는 기초를 가르쳐주었다. 그녀의 원래 공부 일정으로 보면 앞으로 8개월쯤 후에나 나오는 내용이었다. 베넷이 계속해서 바라보자 그녀가 덧붙였다.

"난, 어, 어쩌면 색깔도 바꿀 수 있을 거예요. 초록색 팔을 원한다면요. 아니면 분홍색이나, 아니면…… 어떤 색을 좋아해요, 에델?"

에델이 웃음을 터뜨렸고 베넷이 눈길을 뗐다. 뭘 해야 할지 몰라서 앨비는 안경을 벗어서 블라우스로 닦았다.

"파란색을 좋아해요."

에델이 얼굴에서 머리카락 한 가닥을 넘겼다. 안경을 벗은 앨비는 흐릿한 형상이 그렇게 하고 있다고 생각했다.

"하지만 파란색 팔을 좋아할 것 같지는 않아요."

앨비는 안경을 다시 썼다.

"그래도, 어, 파티 같은 데서는 재미있지 않을까요?"

앨비는 베넷 쪽으로 시선을 돌렸다.

"그거 다른 건가요?"

"네?"

"당신 안경이요."

그가 그렇게 말하고 낄낄 웃으며 목 뒤를 문질렀다.

"전에 쓴 것과 다른 거예요? 기차역에서는 그게 음, 훨씬 더 도수가 높았던 것 같아서요."

앨비가 웃었다.

"프래프 마법사님이 플라스틱 렌즈를 만들어주셔서 좀 덜 금붕어처럼 보이게 됐어요. 아니면, 어, 덜 튀어나와 보인달까요. 훨씬 가볍고요."

"아가씨?"

통로 맞은편에서 환자 한 명이 불렀다.

"아가씨, 물 좀 마실 수 있을까요?"

"네! 가요."

그녀가 일어나서 바지를 털었다. 이건 새 바지였다. 짙은 밤색으로 발목에서 좁아져서 앨비가 발을 모으고 서면 *거의 치마*를 입은 것처럼 보였다. 앨비가 동네에서 여성용 바지를 찾으려다 실패한 후에 그녀의 어머니가 거울 운송으로 보내준 거였다.

"계속 소식 알려줄게요."

그녀가 에델에게 말하고서 베넷 쪽으로 몸을 돌리고 덧붙였다.

"그리고 당신을 위해 의자를 데워놨어요."

베넷이 웃었고 앨비는 조용히 자리를 떠서 도움을 기다리는 다른 환자들에게로 향했다.

2주 후, 앨비는 실험실 아일랜드탁자 위에 흩어진 흐릿한 색의 줄자 형태 플라스틱 조각들을 바라보고 서 있었다.
프래프 마법사가 플라스틱 조각 하나를 손가락 사이에 잡
고서 말했다.

"부드러워져라…… 멈춰라."

플라스틱이 그의 손에서 늘어졌다.

"자, 이게 만약 종이 마법이었다면 창조물이 인체 모양이
기만 하면 간단히 '숨 쉬어라' 명령으로 여기에 생명을 불
어넣을 수 있어."

앨비는 고개를 끄덕였지만 받아 적지는 않았다. 그녀는
종이 마법사가 아니니까.

"하지만 플라스틱으로 개구리나 물고기를 만들고 그게
움직이기를 바라서는 안 돼. 플라스틱은 너무 단단하고, 이
걸 부드럽게 하면 물체의 형체를 잃게 되지. 창조물이 부분
부분 움직여야 하고, 부분이 전체를 구성해야 해."

그가 늘어진 플라스틱의 끝부분을 잡았다. 앨비는 그가
중심부만 연화시켰다는 것을 알아챘다. 그가 그 부분을 앞
뒤로 움직였다.

"기억해라."

그가 그렇게 말한 다음 끝부분을 놓고 덧붙였다.

"숨 쉬어라."

플라스틱이 프래프 마법사가 알려준 방식 그대로 저절로 움직였다.

"굉장해요."

앨비가 손을 내밀었고 프래프 마법사가 그녀에게 흔들거리는 플라스틱을 건넸다.

"이게 관절에 가장 적당할 거야. 내일은 구체관절을 만드는 방법을 알려주겠지만, 우선은 이걸 연습하게. 우리는 약간 단계를 뛰어넘는 중이지만, 혁신을 위해서 자네의 교육을 위태롭게 하고 싶지는 않으니까. 질문 있나?"

앨비는 자신의 메모를 힐끗 보았다.

"다 이해한 것 같습니다."

손안에 있는 구부러진 플라스틱에 집중하고서 그녀가 말했다.

"멈춰라."

플라스틱은 꼼짝 않고 원래의 엄숙하고 늘어진 형태로 돌아갔다.

"훌륭해."

프래프 마법사가 일어나서 의자를 아일랜드탁자 안으로

밀어 넣었다.

"이제 이쪽으로 오면 실험실의 이 구역이 어떤 식으로 쓰이는지 설명해주지."

그가 온갖 종류의 화학 도구들이 있는 카운터 쪽으로 다가갔다.

"이건 플라스틱 제작과 정화를 위한 거야. 물론 미리 만들어진 플라스틱을 사는 게 더 쉽지만, 종종 플라스틱 마법사는 특정한 성질을 가진 플라스틱이 필요할 때가 있고, 특별주문을 하고서 다른 사람이 제대로 만들기를 바라는 것보다 직접 만드는 게 더 빠르니까."

그가 긴 비커를 가리키며 말했다.

"자, 이것의 이름은 –"

열린 실험실 문을 두드리는 소리에 두 사람의 시선이 실험 도구에서 떨어졌다. 집사 헴슬리 씨가 등 뒤로 손을 잡고서 코를 살짝 들어 올리고 꼿꼿하게, 정자세로 서 있었다.

"방해해서 죄송합니다, 프래프 마법사님. 브레켄마커 양에게 손님이 왔습니다."

"저요?"

앨비가 물었다. 도대체 누가 찾아온 거지?

누굴까 따져보느라 머릿속이 핑핑 돌고 냉기가 등을 따라 흘러내렸다. 마차 운전사에게 자신도 모르게 잘난 척했었나? 아니면 설마 에이비오스키 마법사가? 그녀가 쿠퍼 일가에게 연구 내용을 말한 게 실수였고, 누군가 병원에서 그 내용을 엿듣고 에이비오스키에게 신고했다든지……

"앨비?"

프래프 마법사가 그녀의 어깨를 두드렸다.

"네."

앨비는 스승에게서 집사 쪽으로 시선을 돌렸다.

"정확히 누가 온 거죠?"

"베넷 쿠퍼라는 젊은 남자분입니다."

앨비는 공책을 떨어뜨렸다. 황급히 몸을 굽혀 집어 들다가 이번에는 프래프 마법사에게 엉덩이를 부딪쳤고, 마법사의 팔꿈치가 플라스크에 부딪히는 바람에 플라스크가 쓰러졌다. 앨비는 사과의 말을 연신 중얼거리며 공책을 팔 아래 끼고 물러섰다.

베넷 쿠퍼가? 여기에? 그녀를 보러 왔다고? 왜? 그녀가 누나의 희망을 너무 부풀려서 화가 났나? 직접 연구를 보고 싶은 걸까? 그녀는 그에게 보여줄 게 아무것도 없었다,

아직은…….

"저 - 저 가봐도 될까요? 금방이면 될 거예요."

그녀는 마음을 가라앉히려고 애쓰며 말했다. 프래프 마법사는 고개를 끄덕였다.

"그래, 가보게. 어차피 나도 좀 확인해보고 싶은 게 있거든. 헴슬리, 앨비를 데려다주겠나?"

"알겠습니다."

헴슬리 씨는 앨비 쪽을 거의 쳐다보지도 않고 나갔다. 앨비는 작업실에 공책을 놔두고서 서둘러 그를 따라갔다. 집사는 출구에서 기다렸다. 그녀가 입은 옷을 보면서 콧방귀를 뀌고는 앨비를 위해 문을 열어주었다.

앨비는 헴슬리 씨가 자신을 좋아하지 않는다는 인상을 받았지만, 이유를 알 수가 없었다. 어쩌면 그녀가 플라스틱 연구실로 아침 식사 배달을 시켜서 그의 일에 방해가 되어서일지도 모른다. 아니면 그저 그녀가 바지를 입기 때문일 수도 있었다. 그건 누군가를 싫어하는 이유로는 말도 안 되지만, 헴슬리 씨만큼 그녀의 다리를 많이 쳐다보는 사람도 없으니까 충분히 이유가 될 만했다. 하지만 날씨가 점점 추워지니까 그녀는 어느 때보다도 치마보다 바지가 더 좋았다.

앨비는 헴슬리 씨를 따라 집으로 가는 동안 베넷 쿠퍼와 그가 여기 온 이유를 번갈아 생각했다. 베넷 쿠퍼와 병원에 있는 그의 불쌍한 누나. 베넷 쿠퍼와 그의 햇살 같은 머리카락과 웃는 눈.

헴슬리 씨가 앞서서 계단을 오르는 동안 그녀는 안경을 고쳐 썼다.

"어디에 있나요?"

그녀가 물었다.

"객실에 계십니다. 거기가 손님을 받는 곳입니다."

"오."

그녀는 거기가 어딘지 희미하게 기억했다. 손님만 받는 방이라니 좀 과한 것 같았지만, 브라이어 홀 자체가 과했다.

집사는 문 앞에 멈춰서 문을 열었다. 앨비가 들어가려는데 그가 그녀의 도착을 알렸다.

"브레켄마커 양 오셨습니다."

헴슬리 씨는 그녀를 엄하게 쳐다보았다. 그가 호명하는 걸 기다렸어야 하는 건가?

그녀는 헴슬리 씨의 광나는 구두에 몸이 걸려 비틀거리

다가 재빨리 바로 섰다. 그리고 안경을 밀어 올렸다.

앨비가 집을 구경할 때 객실도 들렀지만 그 이후로 온 적이 없었다. 벽은 체리나무로 된 체커 판처럼 정사각형으로 다듬은 매끄러운 나무로 되어 있었으나 제일 윗부분은 아이보리색의 거대한 징두리 벽판을 대놓았다. 하도 정교하게 세공되어 있어서 앨비는 무슨 그림인지조차 알 수가 없었다. 벽난로가 두 개나 있었고 인도산 같은 카펫이 깔려 있고 앉을 수 있는 가구들이 배치되어 있었다. 그야말로 손님을 맞을 만한 공간이었다.

베넷은 정말 거기에 있었고 초록색 의자에 앉아 있다가 앨비가 들어오자 일어섰다. 그녀가 비틀거리는 걸 그도 봤을까? 아마 그렇겠지.

등 뒤로 문이 닫히는 바람에 그녀는 정신을 차렸다. 헴슬리 씨가 떠났다. 갑자기 방이 대단히 크게 느껴졌다.

"음, 안녕하세요."

그녀가 곱슬머리를 귀 뒤로 넘기면서 말했다. 하지만 머리카락은 도로 튀어나왔다. 그녀의 귀 뒤는 이미 안경다리가 차지하고 있기 때문이었다. 쿵쾅거리는 심장을 억누르려고 노력했지만 몸이 플라스틱이나 기계처럼 말을 듣지 않았다. 에잇, 관두자.

"미리 서신을 보냈어야 했는데, 미안해요."

그가 손에 든 모자 가장자리를 비틀며 말했다. 그녀는 그
가 모자를 쓴 걸 한 번도 본 적이 없었다. 베넷처럼 멋진 머
리카락을 가진 사람이 왜 모자를 써서 가리려고 할까? 그녀
는 입 밖으로 말할 뻔했지만 베넷이 말을 이었다.

"당신이 프래프 마법사님 밑에서 공부한다는 걸 알고
있어서 찾기 어렵지 않았어요. 새를 보낼 수도 있긴 했지
만요."

편지 새 말이겠지. 종이 마법사들은 종이를 온갖 종류의
생물로 접어서 전 세계로 보낼 수 있었다. 편지 새는 복잡한
주문이지만, 날씨가 나쁘면 아무 소용이 없었다.

"오, 아니에요. 괜찮아요."

솔직히 말해서 자원봉사 시간에 병원에 갔다가 베넷이
없는 걸 발견하면 실망하곤 했다. 에델이 재미없는 상대는
아니었다. 오히려 그 반대였다. 앨비에게 그녀는 런던에서
가장 친한 친구였다. 서로 잘 알지도 못하지만 아무튼 그랬
다. 그 생각에 문득 향수병이 느껴졌다. 그녀는 20년 치의
우정을 두고 떠나왔다. 이제 학교나 이웃집 파티 같은 사교

의 구실 없이 새롭게 시작해야 했다.

베넷이 미소를 지었다.

"다행이네요."

"내 말은, 당신이 더 귀찮은 거 아닌가요? 여긴 외곽이잖아요. 열차 타는 걸 정말 좋아하나 봐요."

베넷이 웃음을 터뜨렸다.

"딱히 싫어하진 않지만, 여기엔 스승님의 자동차를 타고 왔어요."

"정말로요? 운전할 줄 알아요?"

앨비는 아침 햇살 아래 튤립처럼 활기를 띠고 물었다.

"네."

그녀는 몇 걸음 앞으로 다가가며 두 사람 사이의 거리를 좁혔다.

"그분은 어떤 차를 갖고 계세요?"

"두 대가 있어요. 난 벤츠를 타고 왔어요."

"벤츠요? 정말로요? 여기까지요?"

앨비가 양손을 짝 마주치며 외쳤다. 모자를 그러쥔 그의 손에서 힘이 좀 빠졌다.

"네, 밖에 있어요."

그녀의 근육이 따끔거렸다.

"혹시 봐도 되나요?"

그가 씩 웃었다.

"그럼요. 앞장서요. 난 진입로로 가는 길이 잘 기억나지 않아서요."

앨비는 기뻐서 펄쩍펄쩍 뛰고 싶은 마음을 억누르며 객실을 나섰다. 베넷이 그녀의 뒤를 따랐다. 그녀는 계단을 찾았고 곧 그들은 중앙 홀에 도착했다.

"베일리 마법사님의 집도 큰가요? 그게 그분 성함 맞죠?"

현관으로 가면서 그녀가 물었다.

"네, 커요. 좀 더 현대적인 스타일에 하인은 좀 더 적고요. 그분은 그런 면에서 좀 특이하시죠."

앨비는 그의 얼굴을 힐끗 보았다. 그녀는 그의 옆얼굴이 좋았다.

"친절하세요?"

베넷이 코웃음을 쳤다.

"그분은 아주…… 유능하세요."

얼버무리듯 대답했다. 그녀는 그 얘기를 그만두었다.

노랗게 물들어가는 가을 나무들을 배경으로 진입로에 정

말로 1901년형 벤츠가 아름답게 서 있었다. 하얀색 차체에 미끈한 펜더(자동차 바퀴 덮개-옮긴이), 아코디언처럼 뒤로 접혀 있는 가죽, 아니, 고무 마법이 걸린 고무로 된 뚜껑이 달려 있었다. 붙박이 주문으로 비가 올 경우에 지붕이 저절로 위로 올라올 것이다. 운전대와 클러치는 가죽으로 싸여 있었다. 노출된 모든 금속은 광이 났다. 발화장치와 조절판 레버 막대까지도.

앨비는 천천히 다가가서 유리 마법이 걸린 헤드램프를 건드려보았다.

"이건…… 내가 본 자동차 중에서 가장 아름다워요."

"한번 타볼래요?"

"엔진을 보고 싶어요!"

그녀가 몸을 홱 돌리며 외쳤다.

"엔진을 봐도 될까요?"

엔진은 뒤가 아니라 앞에 있었다. 굉장해.

그는 잠깐 망설이다가 말했다.

"그럼요."

앨비는 기쁨의 비명을 질렀다. 베넷이 후드를 열려고 움직였으나 앨비는 걸쇠가 어디 있는지 알고 있어서 직접 했다. 경이로운 기계가 그녀를 향해 윙크했다. 라디에이터는 그녀가 자동차에서 본 것 중 가장 작았다. 라디에이터와 팬은 앞쪽으로, 브리더 파이프와 정류자 위쪽으로 밀려 나와 있었다. 파이프, 크랭크실, 연소실, 그 모든 게 최적의 효율을 발휘할 수 있게 배치되었다.

그 어떤 것도 마법은 걸려 있지 않았다. 순수한 기술의 집약체였다.

그녀는 라디에이터 필러 플랜지 위로 몸을 기울이고 손을 엔진 안으로 밀어 넣고서 카뷰레터를 더듬어보았다.

"이 말을 이상하게 받아들이지 말아요. 이걸 잔디밭에 다 늘어놓고 보면 정말 좋겠네요."

그녀가 손을 꼼지락거리며 빼낸 다음 바닥에 내려서서 말했다.

"뭐라고요?"

"이건 마치 퍼즐 같아요. 다 분해한 다음에 다시 맞춰보고 싶어요."

"아."

베넷이 고개를 끄덕이며 말을 이었다.

"그 기분 이해해요. 당신이 나보다 훨씬 더 열정이 넘친

다는 느낌이 들지만요. 날 놀라게 만드네요, 앨비. 이런, 당신 손이요."

앨비는 손을 내려다보았다. 검은색과 갈색 얼룩이 그녀의 손가락과 손목 한쪽을 뒤덮고 있었다. 그녀가 몸을 구부려 풀에 손을 닦는데 베넷이 손수건을 꺼냈다.

"아, 미안해요. 숙녀답지 않은 행동이죠."

그녀가 손을 들어 올렸다. 이 정도면 깨끗했다. 그가 웃음을 터뜨렸다.

"난 상관없어요."

"이걸 타보면 정말 재미있겠어요. 이게 어떻게 움직이는지 눈으로 보면요."

그녀의 머릿속이 자동차 부품들로 가득 찼다. 이 얘기를 하면 아버지는 엄청나게 부러워하실 것이다.

"물론이죠. 하지만 내가 여기 온 이유가 있어요, 앨비."

그녀가 눈을 깜박이다가 자동차가 거대한 거미로 변하기라도 한 듯 펄쩍 뛰며 물러났다.

"어머, 정말 미안해요. 당신이 온 이유도 안 물었네요. 저기, 아직은 에델을 위한 연구에 관해 확실하게 보여줄 만한 게 없어요. 하지만 뭔가 만들게 되면 어차피 맞는지 맞춰봐야 하니까 그때 – ”

“누나 생각을 해주다니 고마워요.”

베넷이 다시 모자를 비틀었다. 계속 저러다간 모자가 완전히 망가질 텐데.

“하지만 에델 누나 때문에 여기 온 게 아니에요. 그게⋯⋯.”

그의 목이 조금 붉어졌다. 꽤 날씨가 추운데 기묘한 일이었다. 종종 그러하듯 영국 하늘은 맑을 때보다 구름 낄 때가 더 많았다.

“음, 내일 나와 함께 그린파크에서 오후를 보낼 생각이 있는지 물어보려고요. 일종의 피크닉이죠. 원한다면 이 차로 당신을 데리러 올 수도 있어요.”

그가 자동차 쪽을 가리켰으나 앨비의 시선은 그의 얼굴에 진공흡착 된 상태였다. 그녀는 자신이 입을 딱 벌리고 있다는 걸 알았지만, 도저히 다물 수가 없었다.

베넷 쿠퍼가 그녀에게⋯⋯ *데이트*를 신청하는 건가?

아무도 앨비에게 데이트 신청을 한 적이 없었다. 남자아이들은 뭔가를 고치거나 학교 숙제에 도움이 필요한 경우가 아니면 그녀와 시간을 보내지 않았다. 남자들은 그녀의 옷 선택에 불만스러울 때만 그녀의 다리를 보았다.

베넷이 등 뒤로 모자를 옮겼다.

"그러니까, 당신이 원한다면요. 만약에, 음, 그냥 좀 아는 사이를 유지하고 싶다면 그것도 이해해요ㅡ"

"오. 아뇨. 그러니까, 네. 내 말은, 공원은 좋고 아는 사이로 지내는 건 아니라는 거예요."

그녀의 말이 지나치게 익은 국수 가락처럼 흘러나왔다.

"난 정말로 공원에 가고 싶어요. 당신이랑요. 그리고 벤츠도요. 그렇다고 벤츠 때문만은 아니고……."

베넷이 웃음을 터뜨렸다.

그의 어깨에서 긴장이 풀리고 모자가 다시 나타났다.

"음, 그거 다행이네요. 세 시쯤 들르면 될까요?"

앨비는 이제 안절부절못하는 손가락을 깍지 꼈다.

"어, 세 시에는 수업이 있어요. 하지만 취소하면 되니까ㅡ"

베넷이 한 손을 들어 그녀의 말을 막았다.

"당신 공부를 방해하고 싶진 않아요."

"당신 공부는요?"

그가 웃었다.

"베일리 마법사님은 내 공부를 한 달 앞당겨서 끝내셨어요. 자유 시간이 늘었죠. 이제는 거의 다 복습이에요."

"아! 곧 시험을 보겠네요!"

"그러길 바라요. 저녁에 만나는 건 어때요? 여섯 시?"

그가 미소를 지으며 물었다. 앨비의 입술에도 웃음이 퍼졌다.

"좋아요. 그때면 완벽할 것 같아요."

베넷이 다시 모자를 썼다.

"여전히 차는 타보고 싶어요?"

"아, 그럼요!"

그녀가 자동차 쪽으로 황급히 다가갔다. 앞쪽은 두 명이 탈 만큼 넓고 뒤쪽에도 좌석이 있었다. 운전석에 앉고 싶어서 몸이 근질거렸지만, 베넷이 시범을 보여주도록 놔두는 게 더 나을 것이다. 더 예의 바른 일일 테고.

그가 자동차 크랭크를 돌리고 브레이크를 풀고 올라타서는 레버를 당기고 페달을 밟아 엔진에 시동을 걸었다. 앨비는 모든 부품이 함께 작동하는 것을 상상했다. 펌프질을 통해서 오일과 연료가 들어오고, 카뷰레터가 이를 적당히 섞어서······.

바로 그거다. 펌프. 기체든 액체든 간에 그게 손가락을 움직이게 할 것이다. 그렇지 않은가? 펌프나 카뷰레터처럼 작동해서 의수에 기능을 더할 수 있는 그런 주문이 있을까? 좀 더 진짜 손처럼 만들 수 있게?

"그럼 이제 – "

"잠깐만요!"

베넷이 브레이크 페달을 밟고서 그녀를 쳐다보았다.

"터무니없는 생각이 떠올랐어요! 가야겠어요!"

그녀가 조수석에서 벌떡 일어났다.

"하지만 – "

"에델을 위한 거예요! 그녀의 손을 작동하게 만드는 방법을 알아낸 것 같아요! 내일 여섯 시 맞죠?"

그의 표정이 부드러워졌다.

"맞아요. 나중에 왜 그렇게 흥분했는지 꼭 얘기해줘요."

"네, 그럴게요. 우선은 이 도식을 알아내야 해요……. 프래프 마법사님이 – "

그가 낄낄 웃었다.

"들어가요, 앨비."

그녀는 고맙다는 뜻으로 양손을 흔들고 자동차에서 내려 중앙 홀을 가로질러 플라스틱 연구실 쪽으로 달려갔다. 프래프 마법사에게 이야기하기 전에 우선 그녀의 아이디어부터 조사해야 했다. 이게 가능하다면 그들은 에델을 돕는 데 *커다란* 진전을 이룰 것이다. 그리고 발견 대회에서 인기를 얻는 데도 그만큼 가까워지는 셈이다.

7

다음 날 아침 앨비는 책상 위의 양피지에 자를 대고 천천히 가장자리를 따라서 연필 끝으로 선을 그렸다. 하도 집중해서 그리느라 앨비는 프래프 마법사가 문을 두드리자 놀라서 펄쩍 뛰다가 연필 뒤쪽으로 눈을 찌를 뻔했다. 다행히 플라스틱 마법이 걸린 안경이 얼룩 말고 거의 모든 것으로부터 그녀를 보호해주었다.

"앨비? 열 시 반에 수업하기로 했었는데…… 도대체 여기서 뭐 하는 거지?"

마법사가 문을 살짝 열고 물었다.

앨비는 의자에서 몸을 폈다. 굳어 있던 등이 펴지며 뚜둑 소리를 냈다. 그녀는 프래프 마법사의 눈으로 자신의 작업실을 보려고 해보았다. 넘치는 쓰레기통, 바닥에 흩어진 구겨진 종이, 카운터 위에 널브러진 연필 깎은 부스러기와 양옆에 뚜껑이 열린 펜, 어젯밤 늦게 그녀가 해골에서 떼어낸 왼손.

"앗, 벌써 열 시 반이 넘었나요?"

그녀가 소매로 안경의 얼룩을 닦으며 물었다.

"열한 시인데……."

프래프 마법사가 작업실로 들어왔다. 그의 발밑에서 동그랗게 구겨진 종이가 밟혔다. 그가 그것을 주웠다.

"이게 다 뭐지?"

앨비는 미소를 억누를 수가 없었다.

"퍼즐의 빠진 조각을 찾았어요, 마법사님. 카뷰레터예요."

"뭐?"

그녀는 자신의 그림 쪽으로 몸을 돌리다가 연필이 미끄러진 자국을 보고 인상을 찌푸렸다. 자를 대고 줄을 마저 긋고서 두 개를 더 그었다. 프래프 마법사는 문가에서 기다렸다. 그녀는 다 끝낸 후 별로 완전하지 않은 그림을 그에게 건넸다.

"어제 자동차 엔진을 보던 중에 생각났어요. 벤츠요! 저를 보러 왔던 그 베닛 쿠퍼요, 그 사람이 에델의 동생이라고 제가 말씀드렸던가요? 그리고 종이 마법사고요. 아직 견습생이지만요. 어쨌든 그 사람이 벤츠를 타고 와서 제게 보여줬는데, 정말 환상적인 기계였고, 견고하고 순수하고 –"

"앨비."

"어쨌든 카뷰레터를 봤는데 문득 떠올랐어요. 카뷰레터가 어떻게 작동하는지 아시죠, 프래프 마법사님?"

그의 눈이 반짝였다.

"그럼. 물론 알지."

그가 앨비의 그림을 다시 응시했다.

"똑같은 원리를 의수에 적용하면 어떨까요? 빨대처럼 속이 텅 비어서 팔뚝에서 손가락으로 이어지는 관을 그려보려고 했어요. 관절에는 어떻게 넣는 게 가장 좋을지 아직 모르겠지만요. 그걸 먼저 알아내고 싶었어요. 어쨌든 가압 액체나 기체를 사용해서 –"

"손가락을 펴고 접는다는 거지."

프래프 마법사가 그녀의 말을 마무리하고서 턱을 문질

렸다.

"그건…… 그래, 그거 그럴듯한걸? 하지만 그렇게 작은 모터를 만들려면…… 그걸 팔의 신경과는 연결할 수 없어. 그런 대단한 일은 마법과 기술을 넘어서는 일이야. 하지만 비슷하게 할 만한 방법이 있을지도 모르지. 가압 액체 폴리에틸렌을 쓸 수 있을지도 몰라. 거기에 주문할 마법은…… 엄청나게 많은 실험이 필요할 거야!"

앨비가 의자에서 벌떡 일어났다.

"가능할 것 같으세요?"

"플라스틱 연구실로 점심을 가져오라고 해야겠어."

플라스틱 마법사가 씩 웃었다.

"제퍼슨 마법사에게 자네를 이곳에 보내준 데 대한 감사의 장미 꽃다발을 보내야겠어. 자네는 정말이지 여기에 꼭 필요한 불꽃이야!"

앨비의 가슴이 따뜻해졌다.

"고맙습니다, 마법사님."

점심 생각은 자연스럽게 저녁 식사 생각으로 이어졌고, 그러자 심장이 파르르 떨렸다. 오늘 밤에 그녀는 베넷과 피크닉을 갈 것이다. 여전히 알 수가 없었다. 베넷 쿠퍼처럼 근사하고 상냥한 남자가 그녀와 시간을 보내고 싶어 하다니. 이건 *데이트다.* 착각한 거라면 어떡하지? 하지만 어떻게 착각일 수 있겠어?

치마를 입어야 하나?

프래프 마법사는 그녀가 미처 듣지 못한 말을 뭐라고 중얼거리더니 작업실을 떠났다. 앨비는 프래프가 흥분하는 것도, 작동하는 의수를 만들기 위해 새로운 길을 탐색할 기회가 생긴 것도 기뻤다. 이것은 그녀가 제대로 이해할 수 없는 일, 심지어 믿기 어려운 데이트조차 잠시나마 잊게 만들어주었다.

앨비가 실험실로 들어왔을 때 프래프 마법사는 서랍을 뒤지고 있었다. 그는 차가운 빛을 내는 플라스틱 구슬이 가득한 주머니를 꺼내어 아일랜드탁자 위에 쏟았다. 몇 개가 바닥으로 떨어졌지만 그는 알아채지 못한 것 같았다.

"형태를 만드는 기술을 몇 개 보여주지. 진공흡착 형태와 아주 비슷해. 녹아라, 부드러워져라, 아니, 너희에게 말한 게 아니야!"

구슬이 자신들에게 명령하는 거로 생각해 그의 손안에서 녹았다. 프래프 마법사는 다시 굳으라고 명령한 다음 실험실 구석의 세면대에 던졌다.

지난주에 만든 모형 해골의 손 하나를 떼서 플라스틱 마법사가 여러 군데를 측정한 다음 평균적인 성인 손에 딱 들어갈 크기인 관을 만들었다. 아래쪽이 평평한 아주 가느다란 테스트 튜브 같은 모양이었다. 앨비는 홀린 듯이 쳐다보았다. 프래프 마법사가 이렇게나 빨리 작업하는 걸 본 적이 없었다. 그녀도 몇 년이 지나면 저렇게 움직일 수 있을까? 플라스틱을 두 번 생각하지도 않고, 메모를 보지도 않고, 프래프 마법사처럼 만들고 구부릴 수 있을까? 그는 그녀가 이해할 수 없는 몇 가지 명령을 사용했다. 그녀도 얼른 배우고 싶어서 몸이 움찔거렸다.

"버텨라."

프래프 마법사가 길고 가느다란 원통에 대고 말한 다음 앨비를 보았다.

"이렇게 주문하면 이 주형이 자네가 옆에서 다른 플라스틱에게 내리는 명령을 따르지 않을 거야. 이건 주형을 아주 많이 다루기 힘들게 하는 주문이라고 생각하면 돼. 손가락을 주형 위로 움직이면서 '항복해라' 명령을 내려야만 이 주문을 깰 수 있지."

앨비는 고개를 끄덕이고 명령을 머릿속으로 세 번 되뇌었다. 공책을 가져오지 않은 탓이다. 그렇다고 프래프 마법사의 작업 속도를 늦추고 싶지도 않았기 때문이다.

프래프 마법사는 주형에 맞춰 플라스틱을 길고 가느다란 빨대 모양으로 만드는 법을 보여주었다. 가늘기가 중요하지만, 그렇다고 너무 가늘어도 안 된다. 정확한 크기는 나중에 결정할 것이다. '유연해져라' 주문이 플라스틱을 연화시키지 않으면서 완성된 물건에 신축성을 줄 것이다.

"이걸 만들어. 아주 많이 만들어봐. 나는 이것의 속이 빈 버전을 만들 테니까."

그가 모형 팔과 손을 들어 올렸다.

"네, 마법사님!"

앨비는 의자를 바싹 당기고서 작업을 시작했다. 첫 시도는 실패했지만 두 번째는 쓸 만했고, 세 번째와 네 번째는 그보다 더 나았다. 하나씩 만들 때마다 점점 더 속도가 빨라졌다. 다행스러운 일이었다. 프래프 마법사가 종종 그녀가 작업한 더미에서 빨대를 집어서 플라스틱 손가락 주형으로 사용하다가 욕설을 내뱉고 버린 다음 다시 새것을 집었으니까. 그는 영국식 욕밖에 하지 않아서 앨비는 전혀 신경 쓰지 않았다. 그녀는 여전히 빌어먹는다는 말이 왜 그렇게 끔찍한 건지 잘 이해할 수가 없었다.

헴슬리 씨가 점심을 플라스틱 연구실로 가져왔으나 앨비와 그녀의 스승 둘 다 샌드위치 빵이 완전히 눅눅해질 때까지 손도 대지 않았다. 나중에 치수를 측정하고 플라스틱을 녹이는 사이사이에 한 입씩 먹을 뿐이었다. 앨비는 빨대를 만드는 일에서 《1904년까지 플라스틱 마법 주문 용어 사전》 공부로 넘어갔다. 뭔가 유용한 것을 찾을 수 있을지도 모른다는 생각이 들어서였다. 그녀는 가능성 있어 보이는 주문 몇 개를 적다가 그중 하나를 프래프 마법사가 나지막하게 중얼거리는 걸 듣고 목록에서 지웠다.

"아하! 앨비, 이걸 껴보게. 빨리."

앨비는 스승의 옆으로 서둘러 갔다. 그가 그녀의 팔에 둥글고 손이 빈 팔뚝과 손을 끼웠다. 그는 그녀의 엄지와 검지, 중지를 똑바로 펴게 하고, 약지와 새끼손가락은 구부리게 했다. 그가 플라스틱 주형을 만드는 동안 아주 한참 동안 그 자세로 버텼다. 그 후 그는 그것을 빼고 빨대를 가득 끼웠다. 앨비는 서둘러 원통형 주형을 더 만들었다. 프래프 마법사가 작업하는 것을 보고서 그녀는 빨대에 리벳을 추가하기 시작했다. 빨대가 유연하긴 하지만, 리벳이 있으면 흐름을 끊지 않고서도 더 많이 구부릴 수 있기 때문이다. 프래프 마법사도 그게 마음에 들었는지 한 번 써본 뒤로 아무 불평도 하지 않았다.

"압박해라. 가압해라. 밀어라. 흐으음."

플라스틱 마법사는 비커 가득 녹은 플라스틱과 시린지(액체 흡입기-옮긴이)를 갖고서 빨대 안으로 밀어 보내려고 해보았다.

"우리가 찾아내지 못한 주문이 분명히 있을 거야. 앨비, 위층에 가서 유의어 사전을 가져와!"

"네, 마법사님!"

앨비는 서둘러 실험실을 나가서 위층 도서관으로 올라갔다. 거의 한 달 동안 교육을 받으며 그녀도 도서관에 완전히 익숙해졌다. 그녀는 맞은편 벽에서 유의어 사전을 찾아 실험실로 갖고 내려오다가 헴슬리 씨가 또 다른 식사 쟁반을 들고 걸어오는 것을 발견했다.

앨비는 계단 중간에서 얼어붙었다. 그녀의 눈이 플라스틱 돔형 창문 쪽으로 향했다.

"헴슬리 씨!"

그녀가 계단을 뛰어 내려가며 소리쳤다.

"헴슬리 씨, 지금 몇 시예요?"

헴슬리가 한숨을 쉬었다.

"제가 부엌에서 나올 때가 일곱 시 오 분 전이었을 겁니다."

앨비는 온몸에서 피가 빠져나가는 것을 느꼈다. 그녀가 집사를 향해 달려가 그의 소매를 잡는 통에 저녁 식사 쟁반이 엎어질 뻔했다.

"베넷! 베넷이 왔나요? 여기 있어요? 베넷이 오기로 했었는데―"

"브레켄마커 양."

헴슬리 씨가 날카롭고 엄격한 어조로 그녀의 이름을 불렀다. 그러고는 그녀의 손을 팔에서 떨쳐냈다.

"한 시간 전에 손님이 오셨다고 알리러 실험실에 왔습니다만, 제 말을 무시하시더군요. 두 분 다 그러셨고, 그래서 저는 평소의 일과로 돌아갔습니다."

그가 콧방귀를 뀌며 말했다.

"그― 그랬어요? 난 못 들었는데……."

"네, 그러셨겠죠. 다른 사람 말을 무시하는 데 상당한 재

172

능이 있으시더군요. 그럼 실례하겠습니다. 프래프 마법사님께서 굶지 않으시도록 하는 것이 제 임무라서요."

그가 그녀를 밀어내고 쟁반을 실험실로 가져갔다.

앨비는 월요일의 교회처럼 텅 빈 기분으로 멍하니 서 있었다. 그러다가 유의어 사전을 떨어뜨리고서 플라스틱 연구실을 뛰쳐나갔다.

길을 따라 달려가는 동안 차가운 저녁 공기가 그녀를 휘감고 머리카락을 엉망으로 헝클었다. 음악실과 중앙 홀, 현관을 가로질러 갔다. 입구 계단을 비틀비틀 내려가서 진입로로 가는 동안 환한 빛깔의 저녁노을이 그녀를 맞았다.

자동차는 없었다. 베넷도 보이지 않았다. 그는 이미 가버렸다.

앨비는 무릎을 꿇었다. 그녀가 일에 그렇게까지 빠져들지만 않았어도. 시계에 조금만 관심을 기울였어도. 헴슬리 씨의 전언을 들을 만큼만 여유가 있었어도!

그녀는 안경알이 눈물로 얼룩지는 게 싫어서 두툼한 안경테를 잡고 벗었다. 깊게 숨을 들이켜고 이를 악물었지만, 그래도 눈물이 몇 방울 흘러나왔다.

멍청이, 정말 멍청이야. 그가 그녀를 뭐라고 생각했을까?

어제 이렇게 멀리까지 그녀에게 데이트 신청을 하러 왔는데 그녀는 플라스틱 빨대를 만드느라 그를 까맣게 잊어버렸다. 아무도 그녀와 데이트 하고 싶어 하지 않는 게 당연했다. 그녀는 상대할 수 없는 사람이니까. 기묘하고 끔찍할 정도로 가슴이 조여들었다. 그녀는 소매 가장자리로 눈물을 닦았다.

베넷이 에델에게 말을 하고, 그래서 에델이 더는 앨비와 이야기하고 싶어 하지 않으면 어쩌지? 두 사람은 아주 친하니까 분명히 그가 말할 거라고 앨비는 생각했다. 지구의 절반을 돌아온 이곳에서 마침내 친구가 생겼는데, 그녀가 그걸 망쳤다. 어쩌면 더 많은 것을 망쳤는지도 모른다. 이 모든 게 내일 만들어도 되는 빨대를 몇 개 더 만들다가 벌어진 일이었다.

아, 컬럼버스에서의 쉽고 친숙한 삶이 얼마나 그리운지. 거울로 들어가서 이 고통으로부터 멀리 떨어진 자신의 침대로 돌아가고 싶은 마음이 얼마나 절절한지. 새로운 것을 만들고 싶은 열망이나 실험실에 대한 꿈은 완전히 사라져버렸다.

그녀는 진입로 가장자리에 한참 동안 앉아서 해가 지고,

구름이 사그라지는 햇살을 덮어버리고, 냉기가 코와 손가락을 찌를 때까지 멍하니 바라봤다. 그러다가 몸을 일으켜 집 쪽으로 돌아섰다.

런던에 온 이래 처음으로 앨비는 일찌감치 잠자리에 들었다.

8

그녀는 일찍 일어났다. 하지만 곧장 플라스틱 연구실로 가는 대신에 프레드에게 시내에 데려다달라고 했다. 프래프 마법사가 *여전히* 실험실에서 작업 중이기 때문에 프래프 부인에게 허락을 받았다. 돌아오면 스승님에게 사과부터 해야겠지만, 우선은 다른 사과를 먼저 해야 했다. 그녀는 우체국까지 가는 내내 손을 비틀었다. 자동차 뒷자리에 타고 있어서 운전사가 그녀를 볼 수 없다는 게 그나마 다행이었다.

집으로 직접 찾아갈 수도 있을 것이다. 그러니까, 베일리

하우스로 말이다. 베넷이 프래프 마법사의 집 주소를 찾은 것과 같은 방식으로 그를 찾아볼 수 있으리라. 하지만 그녀를 보고 싶어 하지 않을 게 확실한 사람을 만나기 위해서 거대한 대저택을 찾아내고 거기로 초대도 받지 않고 간다는 생각만으로도 피부가 따끔거렸다. 무작정 찾아갔다가 그를 방해하면 어쩌지? 그녀가 상황을 더 *악화시키면*? 게다가 앨비는 말이 그렇게 유창한 사람이 아니었다. 제대로 말을 하려면 생각할 시간이 필요했다……. 그러므로 그녀가 세운 좀 더 겁쟁이 같은 계획이 더 효과적일 것이다. 부디 그러길 바랐다.

앨비는 우체국에서 자신의 월급으로 살 수 있는 모든 편지 새를 사기로 했다. 설득력 있는 말을 찾아서 사과하고, 편지 새 전부가 허공을 춤추며 날아가게 할 것이다. 그 모습은 장관일 거다. 베넷은 종이 마법사다. 그는 종이를 좋아했다. 운이 좋으면 그녀를 용서해줄 만큼 마음이 움직일지도 모른다. 최소한 그녀의 머릿속에서는 그런 식으로 흘러갔다.

프레드가 자동차를 우체국 앞에 세웠다. 우체국은 앨비의 예상보다 좀 더 크고 굉장히 붐볐다. 그녀는 안으로 들어가서 앞쪽의 짧은 줄을 보았다. 옆쪽 벽에는 서비스를 권하는 카드와 잃어버린 사람이나 동물을 찾는 전단지, 여러 가지 가게 광고들로 가득한 커다란 게시판이 있었다. 벽을 따라서 아마도 편지를 사러 온 사람들을 위한 것 같은 보관함들과 종이, 펜, 상자, 그 비슷한 판매품들이 있는 선반이 있었다. 하지만 거기에 편지 새는 보이지 않았다. 아마도 특별주문을 해야 하는 모양이었다.

앨비는 손을 비틀며 우체국을 돌아다니다가 앞쪽 책상 왼쪽에서 두툼한 책을 발견했다. 앞면에는 '주소'라고 찍혀 있고 그 커다란 글자 아래로는 '분류: (이름)'이라는 단어가 있었다. 마법으로 된 책이다. 좋아, 덕분에 일이 좀 더 쉬워질 것 같았다.

앨비는 책 표지에 손을 올리고서 말했다.

"분류: 베일리."

보이지 않는 손이 책을 넘기는 것처럼 책이 펼쳐지고 책장이 좌르르 넘어가다가 B 파트에서 멈췄다. 앨비는 인상을 찌푸렸다. 목록에 베일리가 엄청나게 많았다. 베넷의 스승님 이름이 뭐였더라?

입술을 깨물며 앨비는 책을 덮었다. 그리고 이 수수께끼를 고민하다가 말했다.

"분류: 종이 마법사."

이번에는 숫자가 더 적었다.

책은 '마법사'라고 된 거의 끝부분에서 멈췄다. 종이 마법사 파트는 한 줄에서 3분의 1 정도였다. 프리트윈 베일리 마법사의 이름이 제일 위에 있었다.

안도의 한숨을 쉬며 앨비는 가방에서 연필과 공책을 꺼내 주소를 적고서 앞쪽 책상 앞에 서 있는 사람들 줄에 합류했다. 그녀는 진심 어린 사과의 말을 떠올리려고 애쓰며 발을 툭툭 굴렀다. 아니면 뭔가 재치 있는 말이라도. 사람들은 재치 있는 말을 좋아했다. 하지만 앨비의 유머감각은 형편없었다. 재치 있으면서 농담은 아닌 그런 말을 찾을 수 있을까? 편지 새에 농담을 적을 만한 공간이 있긴 한가? 그녀가 아는 농담이라고 해봤자 아버지가 해주신 것들인데 굉장히 길며 끝에 도달할 때까지 농담처럼 여겨지지 않는 것들이라 –

"아가씨?"

앨비는 눈을 깜박이고서 책상 앞에 있는 우체국 직원을 쳐다보았다. 그는 콧수염만 빼면 제퍼슨 마법사를 닮은 얼굴이었다.

"아, 죄송해요."

그녀는 책상 앞까지 황급히 걸어갔다.

"편지 새를 사려고요. 아주 많이요. 몇 개나 갖고 계시죠?"

그리고 그걸 살 돈을 세는 것도 좀 도와주시겠어요? 수학에서 뛰어난 성적을 받았음에도 불구하고 그녀는 여전히 달러와 파운드의 환율을 기억할 수가 없었다.

"죄송합니다, 아가씨. 새는 다 떨어졌어요. 하지만 편지도 잘 갈 겁니다."

직원이 말했다. 앨비의 몸이 갑자기 움츠러들어 키가 훅 작아진 기분이 들었다.

"전부 떨어졌다고요? 정말로요?"

편지로는 거창한 마법의 사과를 할 수가 없었다. 그리고 사람이 배달하는 편지는 도착하는 데 한참 걸린다. 베넷을 며칠씩이나 그녀가 바람맞혔다고 생각하게 놔둘 수는 없었다!

직원은 고개를 옆으로 기울이더니 콧수염 아래로 미안한 듯 미소를 지었다.

"불행히도 그렇습니다. 아, 잠깐만요! 운이 좋으신 것 같군요. 안녕하십니까, 세인 마법사님."

앨비는 몸을 홱 돌려 여자가 답하는 것을 보았다.

"안녕하세요, 마커스."

여자는 앨비보다 키가 5센티미터 정도 작고, 선명한 오렌지색 머리를 프랑스식으로 땋아 내렸다. 여자는 마법사처럼 *보이지* 않았다. 물론 마법사들이 특정한 외모를 지닌 건 아니지만 말이다. 그러나 여자는 배 부분이 금방이라도 터질 것처럼 보였다. 임신 9개월을 꽉 채운 게 분명했다.

여자는 둥근 배 위에 꽤 큰 꾸러미를 얹고 있었다. 우체국 직원 마커스가 책상을 돌아 나오려는 것을 보고 앨비가 말했다.

"제가 도와드릴게요."

여자에게서 꾸러미를 받아 들었다. 꾸러미는 놀랍도록 가벼웠다. 그녀는 그것을 책상 위에 놓았고 마커스가 주머니에서 작은 칼을 꺼내 끈을 잘랐다.

"여기 세인 마법사님께서 편지 새를 갖다 주시죠. 그러니까 이제 편지 새가 좀 생긴 것 같군요."

앨비의 몸이 저절로 쫙 펴졌다.

"정말로요? 제가 전부 다 살 수 있을까요?"

마커스는 자르던 것을 멈추고 그녀를 쳐다보았다. 그녀
옆에서 작은 키에 배가 나온 세인 마법사가 웃음을 터뜨
렸다.

그녀가 앨비의 팔꿈치를 잡고서 말했다.

"줄이 길어지고 있고, 당신은 여기 사람이 아닌 것 같
네요. 내 가방에 종이가 있어요. 내가 공짜로 좀 만들어줄
게요."

앨비의 안경이 1밀리미터쯤 코 아래로 미끄러졌지만 그
녀는 올리고 싶은 마음을 참았다.

"정말로요? 돈을 내고 사도 -"

"내가 방금 가져온 백 개를 전부요? 그러면 또 다 떨어
지잖아요!"

세인 마법사가 웃으며 덧붙였다.

"난 괜찮아요. 이쪽으로 와요."

앨비는 여자의 배를 쳐다보다 결국 세인 마법사를 따라
줄에서 빠져나와 의자로 향했다. 종이 마법사는 약간 비스
듬히 앉아서 길게 한숨을 내쉬고 한 손을 배 위에 올렸다.
그리고 앨비를 쳐다보며 말했다.

"저 탁자 좀 끌어다 줄 수 있을까요? 종이를 접을 무릎 공

간이 이젠 없거든요."

앨비는 건너편 판매 물품 선반 근처에 낮은 탁자가 있는 것을 발견했다. 그녀가 재빨리 거기로 가서 탁자 가장자리를 잡았다. 탁자는 보기보다 무거웠고 끌 때마다 우체국의 돌바닥에 시끄럽게 긁히는 소리를 냈지만, 종이 마법사에게는 탁자가 필요했고 앨비에게는 거창한 사과가 필요했기 때문에 끼긱거리는 탁자를 의자가 있는 곳까지 질질 끌고 왔다. 그녀를 따라오는 시선이나 귀를 막고 엄마에게 소리를 질러대는 아이 둘은 그냥 무시했다. 탁자가 끌리는 소리 때문에 정확히 뭐라고 불평하는지 들리지도 않았다.

세인 마법사는 앨비가 마침내 돌아오자 이유는 모르겠지만 조금 놀란 표정이었다가 미소를 지었다.

"그러니까 편지 새가 많이 필요하다는 거죠. 그런데 편지 새는 불행히 바다 건너까지는 잘 가지 못해요."

"오. 아뇨. 집에 보내려는 게 아니에요."

앨비는 그녀 옆에 앉았다.

"시내에 있는 사람에게 편지를 쓰려고요. 음, 시내랑 가까운 곳이요."

그녀는 주소를 꺼내서 종이 마법사에게 보여주었다.

"제가, 저기, 제 일에만 푹 빠진 바람에 그러니까, 어, 데이트를 깜박했어요. 그게 너무너무 미안하고, 제 생각엔, 음, 그 사람이 종이 마법사니까, 아마도 종이 마법을 좋아하지 않을까 해서요."

세인 마법사가 하도 기묘한 표정을 짓고 있어서 앨비가 덧붙였다.

"이게 멍청한 생각이라고 여기지 않는다면 말이죠."

"어머, 아뇨, 아니에요. 그게, 음, 그 집이 어딘지 알거든요. 베일리 마법사님이 데이트를 하실 타입이라고 생각을 못 해서요! 아마 굉장히 –"

"아. 아니, 아니요. 그분의 견습생이요. 이름은 베넷 쿠퍼예요. 전부 다 그 사람 앞으로 주소를 정확하게 써야겠네요."

앨비는 그녀의 거창한 사과가 다른 사람에게 간다는 생각만으로도 얼굴이 창백해졌다. *음, 안녕하세요, 베넷. 당신과의 저녁 식사를 잊어버렸을 뿐만 아니라 내가 실은 당신 스승님에게 빠져 있었나 봐요. 어쩌고저쩌고, 영국스러운 인사.*

세인 마법사의 얼굴에 알 듯 말 듯한 미소가 번졌다.

"그게 더 말이 되네요. 자, 어디 봐요."

그녀가 가방에서 정사각형 종이 뭉치를 꺼냈다. 절반은 하얀색이고 나머지는 오렌지색, 노란색, 분홍색, 초록색 등 다양했다.

"네 종류의 새를 만들 수 있고, 나비도 만들 수 있어요. 그게 최소한 표준이에요."

"가능하면 전부 다요. 제 생각엔…… 스무 개쯤?"

세인 마법사는 고개를 끄덕이고 가방 안에 손을 넣었다.

"돈은 낼게요 –"

"아, 돈은 됐어요. 로맨스를 위한 일이라면 대찬성이거든요."

그녀는 미소를 지으며 앨비에게 대략 스무 장 정도의 종이를 건넸다.

"편지를 쓰면 내가 종이 마법을 걸게요."

앨비는 고개를 끄덕였다.

"정말로 고맙습니다."

그녀는 연필을 꺼내 머릿속에 제일 먼저 떠오른 말을 적었다. *베넷, 어제 당신을 만나지 못해서 정말로 미안해요. 정말로 저녁을 기대했었어요. 플라스틱 연구실에서 일*

에 완전히 몰두하다가 그만 시간을 놓쳤어요. 부디 용서해 줘요.

그녀는 다음 종이를 집었다. *정말, 정말로 미안해요!*

다음 종이. *당신이 날 용서해준다면 크리스마스 때까지 마법을 안 쓰겠다고 맹세할게요. 아 참, 나 앨비예요.*

앨비는 세인 마법사를 보았다. 그녀는 능숙하게 손을 움 직여 종이의 테두리를 신중히 맞추고 모서리를 접어서 날 개와 꼬리를 만들었다. 앨비는 그녀가 새를 만들고 그다음 에 학을, 그리고 나비를 만드는 것을 감탄하며 바라봤다. 이 마법은 자신의 마법과 얼마나 다르던지!

종이 마법은 가장 오래된 형태의 마법이었다. 종이 마법 에는 얼마나 많은 주문이 존재할까? 플라스틱 마법은 여전 히 아주 새롭고 시도해보지 않은 것이 많다.

앨비는 다음 종이를, 그다음 종이를 집어서 그 위에 사과 의 말을 적었다. 한 장에는 슬퍼 보이는 자신의 얼굴을 그렸 다. 바보 같은 행동일까? 하지만 세인 마법사의 종이나 그 녀의 관대함을 낭비하고 싶지 않아서 그것도 건넸다. 세인 마법사는 그 종이에 마법을 걸면서 킥킥 웃었다.

"좋아요. 주문은 이미 다 걸어뒀으니까 당신이 할 일은 '숨

쉬어라' 하고 주소를 읊는 것뿐이에요. 하지만 우선 날개 위
에 베넷의 이름을 써요."

오렌지색 머리의 여자가 말했다. 창조물들이 탁자 위를
채우고 그들 사이의 의자 위까지 자리를 차지했다.

앨비는 고개를 끄덕였다.

"그럴게요. 정말 감사합니다. 전 정말로-"

남자의 목소리가 그녀의 말을 잘랐다.

"'잠깐이면 돼요'라고 하더니. '이것만 전해주고 올게요'
그랬던 것 같은데."

앨비는 고개를 들어 한 남자가 가슴 위로 팔짱을 낀 채 서
있는 것을 보았다. 남자는 삼십 대로 보였고, 기르고 싶은지
짧게 자르고 싶은지 결정을 못 한 것 같은 검은 곱슬머리였
다. 그리고 특이한 남색 코트를 입고 있었다.

"베넷의 친구를 우연히 만났어요. 편지 새가 필요하다고
해서요."

세인 마법사가 의자 가장자리를 잡고 몸을 일으키면서
말했다.

남자는 미소를 지었다. 입가보다 눈을 더욱 생기 있게 만
드는 그런 표정이었다.

"상자 안에 있던 게 그거 아니었어?"

그가 의자 위의 난장판을 보면서 말했다. 앨비가 대답했다.

"거창한 사과를 위한 거예요."

남자는 고개를 끄덕이고 팔을 옆구리로 내렸다.

"난 거창한 사과를 훼방하는 따위의 사람은 아니죠."

그가 세인 마법사에게 팔꿈치를 내밀었다.

"준비됐어, 여보?"

세인 마법사는 미소를 지으며 남자의 팔을 잡았다. 그리고 앨비를 돌아보며 말했다.

"행운을 빌어요!"

세인 마법사가 문으로 향했다. 앨비는 두 사람이 나가는 것을 본 다음 자신의 주위에 널려 있는 종이 새들을 보았다. 우체국에서 종이 마법사를 만나다니 얼마나 운이 좋은가! 앨비는 모든 종이 새와 나비들의 날개 위에 베넷의 이름을 쓰고, 그것들이 구겨지지 않게 조심해서 가방 속에 넣었다. 그런 다음 다시 줄을 서서 지갑에서 몇 펜스를 꺼냈다.

마커스에게 도착하자 그가 물었다.

"또 필요한 게 있으신가요, 아가씨?"

"종이 새 하나면 돼요."

그는 카운터 아래서 그녀에게 세 종의 새를 꺼내 보여주었다. 그녀는 학을 고르고 그에게 동전 아홉 개를 건넸다. 그는 하나를 돌려주었다.

그에게 감사를 전하고 앨비는 주소록 책에서 다시금 종이 마법사를 찾았다. 세인이라는 이름에는 두 명이 있었지만, 둘 다 주소가 같았다.

"펼쳐져라."

그녀가 미리 마법에 걸린 편지에 말을 하자 종이가 뚜렷하게 줄이 쳐진 정사각형으로 펼쳐졌다. 그 위에 앨비는 '우체국에서 도와주신 거 감사합니다. -앨비 브레켄마커'라고 적었다.

"다시 접혀라."

그녀가 새를 향해 명령하고서 가장자리와 선이 구겨지고 휘어지며 몸통이 다시 만들어지는 것을 보았다. 앨비는 프레드를 너무 오래 기다리게 하지 않으려고 서둘러 밖으로 나왔다. 사람이 별로 없는 길가 자리를 찾아서 그녀는 편지를 전부 다 땅에 쏟아놓고 말했다.

"숨 쉬어라."

모든 창작품이 하나하나 움직이며 피와 살이 있는 생물처럼 살아났다. 새들이 자갈길 위에서 깡충거리고 나비가 그녀의 머리 주위에서 날개를 팔락였다.

앨비가 주소를 외자 작은 마법 편지 부대가 하늘로 날아올라 동시에 서쪽으로 향했다. 앨비는 씩 웃으며 눈 위에 손을 올리고 편지들이 날아가는 것을 보았다. 그리고 구매한 새를 꺼내서 막 세인 마법사의 집으로 보내려고 할 때 누군가가 말했다.

"브레켄마커 양, 딱 내가 보고 싶었던 사람이로군."

순간 팔에 소름이 돋았다. 그녀가 홱 돌아서느라 안경이 코 아래로 미끄러졌다. 그녀는 안경을 도로 올리고 에젤 마법사가 보도를 따라 그녀 쪽으로 걸어오는 모습을 보았다. 그는 비싸 보이는 옷을 잘 차려입었고, 몸에 꼭 맞는 코트의 단추를 허리까지 잠갔다. 손은 주머니에 넣은 채였다.

앨비의 뱃속이 움찔거렸다. 그녀는 그의 뒤로 남자와 여자가 팔짱을 끼고 보도를 걷는 것을 발견했지만 그들은 이쪽이 아니라 반대편으로 가고 있었다. 소년 한 명이 말을 타고 바닥만 보면서 지나갔다.

"전 막 가려던 참이었어요."

그녀는 편지 새를 팔 아래 끼고 플라스틱 마법사에게서 몸을 돌려 우체국과 프레드가 있는 방향으로 향했다.

"잠깐, 잠깐만, 그렇게 무례하게 굴 필요는 없지."

에젤 마법사가 빠르게 걸어와서 그녀를 빙 돌아서 앞을 가로막았다.

"자네 스승이 나를 얼마나 악랄하게 묘사했기에 인사조차 안 하는 거지?"

"프래프 마법사님은 아무 얘기도 안 하셨어요."

또 그 표정이었다. 열차에서처럼 그의 눈가가 팽팽해졌다. 그녀는 이제 확신했다. 그가 일부러 잘못된 정거장에 내리게 했다는 것을. 그는 분명히 그 일로 꽤나 즐거워했을 것이다.

그가 미소를 지었다. 미소는 사납게 보였으며, 억지스러웠다.

"그 말을 들으니 기쁘군. 말해보게, 프래프가 뭐라고 하던가?"

그가 그녀의 어깨에 한 손을 올렸다. 그녀는 그 손을 떨쳐냈다.

"별 얘기 안 하셨어요. 운전사가 기다리고 있어서요."

자동차 엔진 소리가 멀리서 들리다가 사라졌다.

그가 몸을 기울이고 목소리를 낮춰서 말했다.

"내 말 들어봐, 아가씨. 뭘 좋아하지? 플라스틱 연구실에서 무슨 일을 하고 있는지 몇 마디만 해주면 돼. 돈? 원하는 금액을 말해봐."

그가 지폐로 가득한 지갑을 꺼내서 세기 시작했다.

앨비는 혐오감에 찬 목소리를 냈다. 어머니가 질색하는 소리였다. 그런 다음 그를 빙 둘러서 길을 따라 걸어갔다. 누군가가 그녀 앞에서 길을 건너고는 그녀 쪽을 힐끔 보고 우체국 안으로 사라졌다. 어쩌면 그 사람을 불러 세워야 했는지도 모른다. 하지만 뭐라고 말하겠는가? *도와주세요! 이 남자가 저와 이야기를 하려는데, 전 그러고 싶지 않아요!*

에젤 마법사가 그녀를 따라잡고서 옆으로 걸어왔다. 그녀는 그를 보도 가장자리에 있는 장식 관목에 밀어버릴까 생각해보았으나 그녀의 상체 힘이 딱히 좋은 건 아니었다.

"돈은 아닌가? 그러면 플라스틱 마법사 시험 사본은 어때?"

그녀가 걸음을 멈추었다. 그는 반걸음쯤 더 가다가 멈췄다.

이를 갈며 그녀가 말했다.

"그쪽한테는 아무것도 말하지 않을 거예요. 같이 시간을 보내지도 않을 거고요. 그러니까 좀 가주시겠어요?"

그녀의 심장 박동이 빠르게 뛰었고 손바닥은 차갑고 축축했다. 그녀는 손가락 관절이 하얘질 정도로 가방끈을 꽉 쥐었다. 한편으로는 가방으로 에젤 마법사의 머리를 후려치고 싶었고, 다른 한편으로는 도망쳐서 관목숲 뒤에 숨고 싶었다.

찌푸린 표정이 가짜 웃음을 삼켰다.

"잘 들어, 이 조그만 –"

"소리 지를 거예요."

그는 더는 아무 말도 하지 않고 항복하듯 양손을 들어 올렸다. 젊은 남자가 그의 뒤쪽으로 걸어왔고, 차도에서는 그들 옆으로 자동차가 지나갔다. 앨비는 에젤 마법사가 지나가는 사람들의 눈길을 의식하고 있는지 궁금했다. 명망 높은 마법사는 범죄 기록을 절대 남기고 싶지 않을 텐데.

그가 고개를 끄덕였다.

"잘 지내게."

그 말과 함께 그가 그녀를 어깨로 밀치며 지나갔다. 그녀는 몸을 돌려 그가 떠나는 모습을 바라보았다. 그가 멀리까지 간 다음에야 그녀는 길을 따라 달려가서 프레드가 기다리는 모퉁이로 돌아갔다. 그녀는 프레드가 자리에서 채 일어나기도 전에 차 문을 열고 안에 올라탔다.

"가요. 어서요."

그는 고개를 끄덕이고 시동을 걸었다.

창밖으로 손을 내밀고서 앨비는 세인 마법사에게 보내는 종이 새를 날린 후 차가 떠날 때까지 새가 하늘로 빙글빙글 날아가는 모습을 바라보았다.

9

바닥이 단단해 무릎에 멍이 들 수도 있지만 솔이 구멍과 틈새 하나하나까지 다 지나가도록 격렬하게 바닥을 닦았다. 오늘 그녀는 병원에서 자원봉사자에게 주는 앞치마가 정말 고마웠고, 숱 많은 머리는 머리 위쪽에 하나로 틀어 올렸다. 그녀의 어머니가 종종 새 둥지 같다고 한 스타일이었다. 더 가벼운 안경알로 바꿔도 바닥을 닦을 때마다 안경이 코로 미끄러졌고, 그녀는 몇 번이나 안경을 도로 올리다가 얼굴에 비누 거품을 묻혔다. 브라이어 홀로 돌아가서 그녀는 한쪽 안경다리와 반대편 다리를 묶는 밴드를 만들어 안경을 머리 뒤쪽에서 고정시켰다. 덕분에 더는 미끄러지지 않았다. 이 정도는 직접 할 만큼 그녀도 플라스틱 마법에 대해 많은 것을 배웠다.

앨비는 자원봉사 시간에 회복실을 돌아다니는 것 말고 다른 일을 맡겨달라고 부탁했다. 힘든 일이 차라리 고마웠다. 종이 새 부대를 보내고 난 이후로 베넷에게서 아무런 답을 받지 못했다. 헴슬리 씨는 그녀가 편지가 안 왔는지 하도 많이 물어서 그녀를 더더욱 미워하고 있을 것이다. 물론 대량의 편지를 보냈다고 해서 곧장 용서를 받을 수 있다는 보장은 없었다. 어쩌면 새들이 목적지에 도착하지 못했을지도 모른다. 아니면 그녀가 베넷과 그의 스승님 또는 둘 중 한 명을 화나게 만들어 그들이 영원히 그녀를 미워할 수도 있었다.

"쳇."

그녀는 거품 나는 물이 담긴 양동이에 솔을 담갔다. 남자들과 거리를 두는 편이 차라리 낫다. 공부에 집중해야 하니까.

프래프 마법사는 그녀가 갑작스럽게 나간 일로 기분이 상한 것 같지는 않았다. 그는 작업에 집중한 상태였다. 앨비가 아직 그에게 에젤 마법사를 만난 일을 말하지 못한 이유이기도 했다. 최소한 앨비와 그녀의 아버지와 같은 방식으로 창작의 매력을 이해하는 사람이 한 명은 있었다. 그리고 그녀가 프래프 마법사를 이해한다면, 라이벌에 대한 이야기로 그의 천재성을 방해하기보다는 천재성이 다할 때까지 기다리는 편이 나을 것이다.

그녀의 생각은 에델에게로 옮겨갔고, 그녀는 새삼 솟구치는 열성으로 바닥을 닦았다. 오늘은 회복실에 거의 들르지도 않았다. 앨비는 자신의 사과가 실패해서 베넷이 누나에게 자신에 대해 안 좋은 이야기를 했을까 봐 겁이 나서 특히 쿠퍼 남매를 피할 수 있는 다른 일을 요청했다. 하지만 두 사람이 그녀를 어떻게 생각하는지 궁금해서 속이 타들어갈 지경이었다. 에델을 확인해보지 않고 떠날 수는 없을 터다. 그녀가 알기로는 친구는 곧 퇴원할 예정이었다.

그녀가 양동이에 솔을 담갔다. 지금 진행 중인 프로젝트의 핵심은 에델을 돕는 것이다. 그녀가 기폭제이자 영감이었다. 앨비가 실제로 약속을 지키지 않는다면 대체 어떤 발명가가, 그리고 어떤 친구가 되겠는가? 어쩌면 에델의 유쾌함이 베넷과의 일로 인해서 좀 사그라졌을 수도 있다. 하지만 그녀의 눈에는 엄청난 희망이 담겨 있었다.

그녀는 복도 청소를 끝내고, 양동이를 씻고, 손을 닦은 다음 깨끗한 앞치마로 갈아입었다. 회복실에 들어가기 몇 걸음 전에야 새 둥지 같은 머리를 내리는 걸 기억해냈다.

첫 번째 침대에 있는 새로 온 환자가 그녀를 보고서 물을 달라고 했다. 앨비는 컵을 가져와 그의 요청을 해결한 후 에델의 침대로 살금살금 다가갔다. 에델에게는 방문객이 있었지만, 베넷은 아니었다. 머리에 커다랗게 원형 탈모가 있고 희끗희끗한 긴 구레나룻을 기른 나이 든 남자였다. 남자 옆에는 뚜껑이 열린 상자가 놓여 있고 그 안엔 팔이 들어 있었다. 물론 가짜 팔이었다. 신체 마법사들이 훔친 팔다리를 내놓고 앉아 있을 리는 없으니까. 생각만으로도 온몸이 오싹했다. 신체 마법은 전 세계적으로 금지된 마법 분야였다. 오래전 타락한 사람들이 어두운 비밀을 알아냈다. 인간이 만든 것에 마법을 걸 수 있으니, 인간 자체에도 마법을 걸 수 있다는 거였다. 어쨌든 인간이 인간을 만드니까. 이것은 가장 어두운 마법이었다.

"앨비? 내 말 들려요?"

앨비가 정신을 차렸을 때 에델이 일어나 앉아서 자신을

쳐다보고 있다는 걸 깨달았다. 팔이 든 상자를 가진 남자 역시 그녀를 향해 눈썹을 치켜 올렸다.

"오. 어, 아뇨. 미안해요. 팔에 대해서 생각하고 있었어요."

에델이 웃었다. 웃음소리에 앨비의 무거웠던 어깨가 순식간에 가벼워졌다. 천장까지 떠오를 수 있을 것 같은 기분이 들었다.

"간호사인가요?"

남자가 물었다.

"자원봉사자예요."

"자, 우리 일은 끝난 것 같군요."

남자는 빨간색 고무로 만들어진 것처럼 보이는 두툼한 소매를 들고 있었다. 끝에는 결합부가 달려 있고 앨비는 가짜 손과 연결되는 부분이라고 추측했다. 남자는 그것을 상자 안에 있는 나무로 된 팔 위에 놓고 뚜껑을 닫았다.

"화장실이 어딘가요?"

"아, 어, 복도 끝에 있는 접수처를 지나가세요. 거기서 오른쪽에 있어요."

앨비가 자신이 온 방향을 가리키며 말했다. 남자는 감사 인사를 한 후 침대 옆에 상자를 두고 나갔다.

앨비는 그 상자를 빤히 보았다.

"앨비가 좀 봐도 저 사람은 신경 쓰지 않을 거예요."

에델이 말했다.

앨비는 씩 웃고서 욱신거리는 무릎을 바닥에 대고 상자 뚜껑을 젖힌 다음 가짜 팔들을 꺼냈다. 예상보다 더 무거웠다. 진짜 팔보다는 확실히 무거웠다. 몽둥이처럼 느껴지는 가짜 팔을 달고 누가 돌아다니고 싶을까.

그녀는 결합부가 있는 나무 팔을 집어 들고 관찰했다. 에델이 인상을 찌푸리고서 말했다.

"내가 내…… 잘린 팔을…… 특정 방식으로 움직이면 그게 움직여요. 하지만 아주 격렬하게 움직여야만 반응해요."

에델은 천장을 쳐다보고 깊게 숨을 들이켠 다음 빠르게 눈을 깜박였다. 그녀에겐 이 일이 힘들 것이다. 그리고 의수 판매원이 여기 있다면 에델이 금방 퇴원할 거라는 뜻이리라.

앨비는 가짜 팔을 내려놓고 상자 뚜껑을 닫았다.

"미안해요, 에델. 하지만 프래프 마법사님과 나는 여전히 프로젝트를 진행하는 중이에요. 꽤 잘 되어가고 있지만, 아직은 보여줄 만한 게 아무것도 없어요."

에델의 입가에 살짝 미소가 떠올랐다.

"그 말을 들으니 정말 기뻐요, 앨비. 날 위해서가 아니라고 해도 이 침대에 눕게 될 다음번 불쌍한 사람을 위해서 말이죠."

"당연히 당신을 위해서 만들어야죠. 그 정도로 오래 걸리진 않아요. 그게…… 주문을 알아내기만 하면 되는데."

앨비가 과학을 두 세기 정도 앞당겨 발전시킬 수 있는 게 아니라면, 진짜 팔의 기능을 흉내 낼 수 있는 마법을 찾아야만 했다.

"언젠가 볼 수 있으면 정말 좋겠네요."

"그래야죠! 언제 퇴원해요?"

앨비가 의자에서 몸을 앞으로 기울이며 물었다.

에델의 표정이 다시 어두워졌다. 그녀가 불편한 것처럼 잘린 팔을 건드렸다.

"내일이요."

앨비는 그녀와 똑같이 인상을 찌푸렸다.

"하지만 집에 가는 거잖아요. 이상한 사람들이 앉아서 당신을 볼 수 없는 곳에서 자는 거고요. 그건 좋지 않아요?"

에델이 웃음을 터뜨렸다.

"네, 그렇긴 하죠."

그녀가 한숨을 쉬면서 잘린 팔을 들어 올렸다.

"하지만 여기서는 이게 정상인데 집에 가면, 친구들과 있으면…… 그렇지 않으니까요."

그녀는 자신의 팔이 있던 자리를 멍하니 보았다.

"아직도 팔이 거기 있는 것처럼 느껴져요. 팔이 거기에 있는 꿈도 꿔요. 꿈만 꾸지 않아도 이렇게 나쁘지는 않을 것 같아요."

앨비의 목 옆쪽으로 싸늘하고 불쾌한 따끔거림이 느껴졌다. 그녀는 인상이 찌푸려지는 것을 꾹 참았다.

"꿈을 멈추는 방법은 나도 몰라요."

"아무도 모르죠. 수많은 새로운 기억을 만들어서 그걸 대신 꿈꿀 수 있게 해야 할 것 같아요. 여기서는 별로 흥분되는 일이 없으니까요. 꿈을 꿀 만한 게 아무것도 없죠."

"오. 내가 좀 흥분되는 일을 만들어줄 수 있으면……."

어쩌면 쓰레기통을 뒤집어엎거나 밥 콜의 노래를 불러야 할지도 모른다. 하지만 앨비의 목소리는 형편없었다. 그런 일을 하면 에델의 악몽만 더 늘어나리라.

에델이 미소를 지었다.

"그럴 거 없어요. 내일의 흥분으로도 나한테는 충분하니까. 어쩌면 지나치게 많은지도 몰라요."

앨비는 고개를 끄덕였고, 침묵이 그들 사이에 눈처럼 조금씩 조금씩 내려앉았다. 다른 환자들의 잡담 소리 때문에 침묵이 더 강조되었다.

에델이 뭔가 말하려고 할 때 앨비가 불쑥 말했다.

"내가 베넷을 바람맞혔어요. 정말로 미안해요."

에델은 이에서 딱 소리가 나도록 입을 다물었다. 그녀의 섬세한 눈썹이 살짝 가운데로 몰렸다.

"베넷을 바람맞혀요? 그 애가 당신한테 연락했어요?"

그녀의 눈이 반짝였다. 앨비의 가슴이 블라우스 안에서 뜨겁게 느껴졌다.

"어, 음, 찾아왔었어요."

에델이 손으로 침대 난간을 내려쳤다.

"그랬어요? 나한테는 말 안 했는데!"

그녀의 검은 눈이 이쪽저쪽 움직이며 앨비의 얼굴을 살폈다.

"어머, 안 돼. 별로였어요?"

"난 정말이지 머저리예요, 에델."

앨비가 의자에서 축 늘어진 채 말을 이었다.

"우린 피크닉을 가기로 했었는데, 내가 시간 가는 줄 몰랐어요. 플라스틱 연구에 머리를 틀어박고 있었죠. 그러니까, 내 모든 게 거기 있었고요. 아니 그게, 물론 나갈 수 있었어요. 비유적으로 틀어박고 있었다는 거예요."

에델이 고개를 끄덕였다.

"나도 이해했어요."

"그 사람한테 편지를 보냈는데, 아직 답이 없어요."

앨비는 편지를 몇 장 보냈는지는 밝히지 않기로 했다.

에델은 성한 팔을 침대 위로 뻗어 앨비의 손을 잡았다.

"베넷은 앙심을 품는 타입이 아니에요. 원한다면 내가 그 애한테 당신에 관해 좋은 얘기를 좀 해줄게요."

"정말로요?"

판매원이 돌아오는 발소리가 났다. 그가 그들에게 미소를 지어 보이고서 상자를 들어 올렸다.

"집에 가져갈 수 있게 앞쪽 접수대에 주문서와 전단지를 남겨두고 가죠."

에델은 고개를 끄덕였고 판매원은 자리를 떴다.

앨비가 목을 가다듬었다.

"정말로요?"

"정말이죠. 난 당신이 좋아요, 앨비. 그리고 베넷도 밖으로 나갈 필요가 있고요."

그녀가 코를 찡그리고서 말을 이었다. "그 스승이란 사람도 진짜 까다로워서 도움이 안 돼요. 베넷이 데이트를 한다고 하면 펄펄 화를 낼걸요."

앨비의 온몸이 부르르 떨렸다.

"하지만 새를 베일리 마법사님 집으로 보냈는데요."

에델이 킥킥 웃었다.

"내가 좀 과장한 거예요. 하지만 베넷이 자기 뜻을 분명히 밝히고 실제로 견습 생활을 끝내는 시험을 조만간 봤으면 좋겠어요. 걔는 봄쯤 보려고 생각 중이거든요. 전엔 겨울이라고 하더니 또 미뤘어요. 그 애는 자신감을 좀 키워야 해요."

팻슨 간호사가 지나갔고 에델은 앨비의 손을 놓아주었다.

"아, 앨비. 여기 있었군요. 물품 정리하는 것 좀 도와줄래요?"

간호사가 말했다. 앨비가 일어섰다.

"물론이죠."

에델이 말했다.

"앞쪽 접수처에 당신을 위해서 집 주소를 남겨둘게요. 앨비. 시간 될 때 놀러 와요. 그…… 프로젝트는 어떻게 되든 간에요."

앨비가 활짝 웃었다.

"고마워요. 그럴게요."

팻슨 간호사가 목을 가다듬었고 앨비는 에델에게 작별 인사를 한 다음 재빨리 걸음을 옮겼다.

앨비가 에델의 주소를 뒷주머니에 넣은 채 플라스틱 연구소를 향해 장원을 가로지를 때 지구 한가운데까지 흔들릴 듯한 엄청나게 커다란 목소리가 울려 퍼졌다.

"유레카!"

근처의 물푸레나무에서 새가 몇 마리 날아올랐고 오렌지색 나뭇잎 몇 개가 바닥으로 빙글빙글 떨어졌다.

앨비는 일절 머뭇거림 없이 플라스틱 연구실까지 곧장 달려갔다. 입구에 들어섰을 때 플라스틱 튜브에 걸려 하마터면 넘어질 뻔했다. 그것은 한쪽 끝이 다른 쪽보다 가늘었다. 아, 팔뚝이다. 그리고 또 하나, 그리고 또 다른 것이 있었다. 여러 개가 실험실 바깥에 흩어져 있고 안쪽 바닥에는 헤엄을 쳐도 될 정도로 가득했다. 그녀는 그것들을 빙 돌아서 아일랜드탁자에 있는 프래프 마법사를 향해 나아갔다.

"프래프 마법사님?"

그의 머리카락은 엉망진창인 데다가 실험복과 턱에는 여기저기 기름 얼룩이 있었다. 얼굴에는 이틀 치는 될 듯한 수염이 자라 있었다. 그가 미치광이 같은 미소 띤 얼굴로 그녀를 쳐다보았다. 그의 커다란 눈에 핏발이 섰고, 눈꺼풀은 부어 있었다.

"앨비! *앨비!* 내가 해냈어! 내가 발견했어!"

그가 미친 사람처럼 그녀에게 달려왔다. 쌓여 있는 낙엽처럼 크고 작은 플라스틱 조각들이 그의 발 주위로 밀려났고 앨비는 약간 겁을 먹었다. 그가 그녀의 양쪽 팔목을 잡더니 그녀를 실험실 안으로 끌어당겼다. 이번에는 정말로 *팔뚝*에 걸려서 넘어질 뻔했지만 프래프 마법사의 놀랄 만큼 강한 손이 그녀를 넘어지지 않게 붙잡았다.

그가 그녀를 놓아주고 아일랜드탁자 위를 한쪽 팔로 쓸어 더 많은 조각을 바닥으로 떨어뜨렸다.

앨비가 안경을 밀어 올렸다.

"해내셨어요? 해내신 거예요?"

그녀가 생기에 차서 물었다.

"그래, 그래!"

플라스틱 마법사는 플라스틱 빨대들이 세로로 반쯤 녹아 붙어 있는 팔뚝 모양 튜브를 집었다. 잠이 부족해서 떨리는 동작으로 그가 세 개의 빨대에 액체 플라스틱을 채워 넣은 다음 손 옆쪽으로 끝부분을 꽉 집었다.

그가 번뜩이는 눈으로 그녀를 쳐다본 다음 빨대를 보고 명령했다.

"압축해라."

앨비는 몸을 앞으로 기울이고 플라스틱이 빙빙 돌며 빨대 안에서 부글거리는 것을 보았다. 팔뚝이 프래프 마법사의 손 아래에서 로데오 하는 황소처럼 떨리기 시작했다. 그가 손을 움직이자 액체가 튜브에서 솟구쳐 올라 벽에, 더 오래된 다른 얼룩들 옆으로 흩뿌려졌다.

앨비의 입이 딱 벌어졌다. 그녀의 시선이 벽에서 팔뚝으로, 프래프 마법사의 손으로 움직였다.

"밀어 올리는 주문을 찾아내셨군요."

"그래! 그래!"

승리감에 넘친 그가 양쪽 주먹을 들어 올렸다.

"아직 완성된 건 아니지만…… 이제 뭔가 해볼 만한 게 생겼어. 이 주문만으로도 대회에서 끝내줄 거야…… 압력이 향하는 길을 만들 방법을 찾아내고, 이걸 통제해서 손이 폭발하지 않게 만들어야 - "

"폭발이요?"

앨비는 에델이 길을 걸어가다가 의수가 갑자기 불에 타는 장면을 상상했다. 하지만 그래도 그녀는 미소를 지었다.

"우리가 해냈어요. 마법사님이 시작해내셨어요."

"이건 중간이야, 앨비. 이건 중간이라고. 우리한테 중간이 생겼어! '압축해라!'"

프래프 마법사가 그녀의 어깨를 잡으며 말했다. 그리고 미친 듯이 웃으며 불완전한 의수를 잡고 축제용 파이 만들기 대회에서 우승이라도 한 것처럼 머리 위로 높이 들어 올렸다. 심지어는 한 번 빙 돌기까지 했다.

"논문을 쓸 정도는 돼. 논문은 좀 잘 쓰나? 이건 자네의 것이기도 해. 자네가 논문을 쓰는 게 어때?"

그가 실험체를 내려놓았다. 앨비는 눈을 깜박였다.

"어…… 글 쓰는 건 그냥저냥 하는 정도예요. 손으로 하는 걸 더 잘해요."

"손이라. 그래, 좋아. 그럼 자네가 몇 가지 부품을 복제하도록 해. 논문은 내가 쓸 테니까―"

"프래프 마법사님."

플라스틱 마법사가 서랍을 뒤지다가 고개를 들었다. 그의 정수리에 짧은 머리가 서로 뭉쳐 있었다.

앨비는 깊게 숨을 들이켜고 씩 웃었다.

"정말 굉장한 순간이에요. 하지만 학술 논문을 쓰시기 전에 우선 가서 좀 주무시는 게 좋을 것 같아요. 그리고 음, 목욕도 좀 하시고요."

프래프 마법사는 몇 번 눈을 깜박거렸다. 그러다가 몸을 펴고, 플라스틱 연구실을 둘러보았다. 연구실은 토네이도가 하룻밤 머물다 간 것 같은 모습이었다.

"자네 말이 맞아. 몇 시간 자면 더 낫겠지. 난…… 헴슬리를 부르도록 하겠네."

"제가 정리할게요."

프래프 마법사는 고개를 끄덕였다. 머리카락을 뒤로 쓸어 넘기고, 문을 향해 걸어갔다.

"그리고 마법사님?"

그가 그녀를 돌아보았다.

앨비는 그를 향해 손뼉을 쳤다.

"축하드려요."

플라스틱 연구실을 정리하고 나서야 앨비는 마음을 진정하고 스승의 발견을 제대로 음미할 수 있었다. 매리언 프래프는 새로운 플라스틱 마법 주문을 발견했을 뿐만 아니라 시장에 나와 있는 그 어떤 의수보다도 더 진짜 손처럼 작동할 수 있는 의수의 핵심을 찾아낸 거였다. 그녀는 프래프 마법사가 주문을 계속 시험하고 의수 안에서, 정확히 말하자면 아주 소규모로 압력을 조절할 수 있는 기능을 찾는 데에 필요한 부품들을 주조해야 할 것이다. 이런 주문이 대규모로는 어떤 일을 할 수 있을지 생각해보면…… 하지만 그건 나중에 생각할 문제였다. 발견 대회에서 발표한 다음에 모든 플라스틱 마법사들이 생각해봐야 하는 그런 문제다.

앨비는 기다랗고 불투명한 하얀색 플라스틱 시트의 길이를 재고 모양대로 자르면서 씩 웃었다. 1년 차 견습생이 발견 대회에서 저명한 마법사의 옆에 서게 될 것이다. 그녀가! 전 세계에서 온 창작자들의 창조성과 지성을 누릴 뿐만 아니라 그녀의 이력서까지도 화려해질 것이다.

넷째 손가락 끝부분의 모양을 만들고 있을 때 플라스틱 연구소 입구에서 노크 소리가 들렸다. 그녀는 실험실 아일랜드탁자 앞 의자에 앉은 채 고개를 들었다. 막 일어서려는데 문이 열리더니 베넷 쿠퍼가 서 있었다.

"베넷!"

앨비가 소리를 지르며 의자에서 벌떡 일어섰다. 불행히 그녀의 발가락이 발걸이에 걸렸고 그녀는 바닥에 발을 딛기도 전에 휘청거렸다. 결국 그녀의 발은 바닥에 닿지 않고 대신 왼쪽 무릎이 강력하게 바닥과 만났다.

그녀는 아주 미국적인 욕설을 내뱉었고 베넷이 황급히 연구실을 가로질러 그녀 옆으로 왔다.

"괜찮아요?"

그가 물었다.

앨비는 의자 좌석을 잡고 몸을 일으켰다. 다리를 펴자 몸이 움찔했다. 베넷 쿠퍼가 여기서 뭘 하는 거지? 게다가 그녀의 책상은 난장판이었다. 플라스틱 구슬이 온 바닥에 널려 있고 캐비닛은 절반이나 열려 있었다! 그가 플라스틱 연구실에 들어오면 안 된다는 건 말할 필요도 없었다. 하지만

집사나 프래프 마법사가 직접 알려준 게 아니라면 그녀를
어디서 찾아야 하는지 알지 못했을 텐데……. 그러니까 방
문을 허락받았다는 뜻이겠지?

"음, 그냥 멍든 정도예요." 그녀가 더듬거리며 말했다. 더
는 넘어지지 않기 위해 의자에 앉았다.

"보시다시피 멍이 많아요. 늘 어설프게 넘어져서요."

"정말 괜찮은 거예요?"

그녀는 고개를 끄덕였지만, 너무 빠르게 대답했는지도
모르겠다.

"어떻게 온 거예요? 내 편지는 받았어요?"

그의 입술에 비뚜름한 미소가 떠올랐고 그가 손을 내밀
어 앨비의 안경을 바로잡아주었다. 그녀는 안경이 비뚤어
진 줄도 몰랐다. 전기 같은 짜릿함이 팔을 타고 올라와서
목까지 스며들었다.

"네. 평생 그렇게 많은 편지를 받아본 적이 없어요. 에델
누나한테서도 메시지를 받았고요."

앨비는 에델이 뭐라고 했느냐고 물어볼 뻔했지만, 모르
는 게 나을지도 모르겠다.

그가 말을 이어갔다.

"방해해서 미안해요. 하지만 초인종을 눌렀는데 집사가 나를 보고 좀 당황하는 것 같더니 직접 플라스틱 연구실로 가라고 하더라고요."

그는 한 걸음 물러서서 실험실을 쭉 둘러보았다.

"여기는 종이 마법 연구실이랑은 굉장히 다르네요."

"아마도 그렇겠죠."

그녀는 블라우스를 매만졌다. 딱히 매만져야 할 필요는 없었지만, 어쨌든 바지랑 머리를 정돈했다. 머리는 아마 *확실하게* 정돈이 필요했을 것이다.

"그래서 내 편지를 받고……."

"굉장히 사치스러웠어요, 정말로요."

"진심으로 미안해요 – "

베넷이 낄낄 웃었다.

"이런, 앨비. 한 번만 더 사과하면 내 귀에 딱지가 앉을 거예요. 내 생각엔 우리가 다시 한 번 약속을 잡아보는 게 좋을 것 같아요."

앨비는 몸을 펴다가 멈칫했다.

"다시요? 피크닉을요?"

"음, 날씨가 조금 추워져서 그건 – "

"지금 당장 가요."

그녀가 그의 손을 잡고 실험실 밖으로 잡아끌었다.

"지금 당장이요?"

베넷이 물었다.

그녀는 그의 손을 놓고 홱 돌아섰다.

"네! 지금 당장 가면 내가 약속을 놓칠 일도 없잖아요!"

그녀가 잠깐 말을 멈췄다가 덧붙였다.

"내가 치마를 입길 바라지 않는다면요. 만약 그렇다면 몇 분 더 걸릴 거예요. 그때는 원래 치마를 입을 계획이었어요. 치마 입고 피크닉을 가는 건 끔찍한 일이지만, 숙녀처럼 보이고 싶었거든요. 치마 입고 피크닉 가본 적 있어요?"

그가 미소를 지었다.

"그래 본 적은 없다고 해야겠는데요."

"뭐가 됐든 치마를 입고서 하는 건 진짜 지랄 - 으흠, 끔찍한 일이에요. 하지만 당신만 괜찮다면 지금 당장 가요. 난 걸어가도 괜찮아요. 당신이 가고 싶은 곳 어디든지요."

"그럴 필요 없어요. 벤츠를 가져왔으니까 -"

"정말이에요? 그럼 뭘 기다리는 거예요?"

앨비가 팔짝팔짝 뛰었다. 그가 웃음을 터뜨렸다.

"좋아요. 하지만 최소한 내가 당신을 에스코트하게 해
줘요."

그가 그녀의 손을 잡아 자신의 팔꿈치 안쪽에 감게 했다.
셔츠 소매를 통해서 그의 따스한 피부가 만져지자 가슴속
이 팝콘 알맹이로 가득 차 있고 베넷이 그 아래서 타는 불
이라도 되는 것처럼 앨비의 가슴속에서 아찔한 감각이 솟
구쳤다. 그가 손을 내밀어 그녀의 머리카락에서 조그만 플
라스틱 구슬을 집어냈다.

"프래프 마법사님께 말씀드려야 하나요?"

"오, 아뇨."

그녀는 그를 따라 출구로 가다가 잠깐 멈춰서 등 뒤로 문
을 잠갔다.

"마법사님은 프래프 부인의 명령에 따라 아직 쉬고 계세
요. 정신이 완전히 나가셨거든요."

베넷이 멈췄다.

"뭐라고요?"

"진짜로 정신이 나가셨다는 게 아니고, 일시적으로요.
아! 진짜 멋져요, 베넷. 에델의 의수를 만드는 데 도움이 될
엄청난 발견을 했어요. 내가 당신 카뷰레터를 본 다음에 말

이죠. 아니, 베일리 마법사님의 카뷰레터로군요. 어쨌든 그 걸 보고 손가락이 자연스럽게 움직이도록 손에 압력을 가 하면 어떨까 하는 생각을 하게 됐거든요……."

10

앨비는 경험이 없음에도 여전히 벤츠를 직접 몰고 싶은 마음에 온몸이 근질거렸다. 그러나 베넷이 아름다운 자동차를 몰고 진입로를 빠져나가 도심으로 가는 동안 조수석에 숙녀다운 태도로 앉아 있었다. 그는 훌륭한 운전사였고 길을 건너는 기나긴 학생 행렬 앞에 멈춘 다음에만 딱 한 번 기어를 바꿨다. 그들이 지나가자 몇 명이 벤츠를 손가락으로 가리켰다. 앨비는 손을 흔드는 게 적절한 행동인지 아닌지 몰라서 그냥 가만히 손을 내리고 있었다.

점심시간이라 도시는 붐볐다. 길거리는 마차와 말들로

가득했고 자동차 몇 대가 더 있었다. 베넷은 벤츠를 의회 광장 근처 길가에 주차했고 다시금 앨비의 손을 자신의 팔 꿈치에 끼웠다. 베넷의 행동에 그녀는 불어오는 차가운 가을바람도 잊었다.

빅벤이 정오를 알리는 종을 울리자 앨비는 깜짝 놀랐다. 그녀는 시계의 구조를 눈여겨보았다.

"소문으로 들었던 것만큼 크진 않네요."

베넷이 시계를 힐끗 보았다.

"미국에서는 모든 게 더 크지 않나요?"

앨비는 잠시 생각해보고 고개를 끄덕였다. 길도 더 넓고, 집도 더 크고, 둘 사이의 공간도 더 넓었다.

그는 그녀를 '세인트 알반 새번 비스트로'라는 광장에 있는 작은 레스토랑으로 데려갔다. 그는 문 앞에서 머뭇거리며 그녀에게 생선을 좋아하느냐고 물었다.

"난 뭐든 좋아해요."

앨비가 말했다. 사실이었다.

웨이터는 그들을 안쪽 구석의 작은 좌석으로 안내했다. 식당 내부와 창문을 통해 사람으로 붐비는 광장도 볼 수 있는 아늑한 자리였다. 약간 오래되어 보이는 아주 근사한 광장이었다. 실제로 얼마나 오래되었는지 앨비는 전혀 몰랐지만 말이다. 컬럼버스에서는 모든 것을 실용적으로 만들었다. 앨비도 아름다움보다 기능을 선호하곤 했다.

그녀는 식당 내부를 살폈다. 놀랍게도 이곳엔 마법 등불이 아니라 전구가 달려 있었다. 서른 명 정도 들어 올 수 있을 것 같고, 배치를 조금 바꾸면 쉰 명까지도 들어 올 수 있을 것 같았다. 아니, 숫자를 갖고서 멍하니 몽상에 빠지지는 않을 것이다. 무려 *데이트*를 하는 중이니까. 하지만 베넷에게로 관심을 돌리기 전에 그녀는 벽에 묻은 페인트 얼룩이 주변보다 더 밝고 새것임을 알아챘다. 마치 최근에 아주 일부분만 칠한 것처럼 보였다. 흥미롭네.

"춤출 수 있어요, 앨비?"

그녀의 눈이 그에게로 향했다. 그는 빵에 버터를 바르고 있었다. 어머, 탁자 위에 빵이 있잖아. 그녀도 한 조각을 집었다.

"아뇨."

왠지 모르게 그는 그녀의 대답에 놀란 얼굴이었다.

"못 춰요?"

그녀는 고개를 저었다.

"한 번도 춤을 잘 춘 적이 없어요. 춤은 전부 패턴이고 패턴은 단순하지만 내가 모르는 패턴을 알고 있는 사람을 따라가야만 하는 거고, 내가 패턴을 배운다 해도 상대방이 그걸 엉망으로 만드는 과장된 동작이나 회전을 해버리곤 하는데 그럼 전부 다 무의미해지니까요."

그녀의 유일한 데이트 경험을 떠올리고서 그녀는 어깨를 으쓱했다. 고등학교 댄스파티였다.

"그러다가 상대의 발이라도 밟으면, 패턴을 깨뜨린 게 마치 내 잘못이라도 되는 양 화를 내죠."

베넷이 씩 웃었다.

"당신은 다른 사람들과 달라요, 앨비."

그녀가 빵에 버터를 바르며 대답했다.

"나도 알아요."

"그건 좋은 거예요."

그녀는 그를 흘깃 보고 미소를 지었다.

종업원이 와서 주문을 받았다. 앨비는 타르타르소스를 곁들인 새우 요리를 주문했다. 한 번도 먹어본 적이 없었기 때문이었다. 빵을 내려놓고 그녀가 지갑을 꺼내 동전을 세기 시작했다.

"이런, 앨비, 그럴 필요 없어요."

그녀가 힐끔 쳐다보았다.

"네?"

그가 웃었다.

"오늘은 내가 낼게요."

"오. 그럴 필요 없어요. 나도ㅡ"

"앨비."

그녀는 말을 멈추고 동전을 지갑에 도로 집어넣어 핸드백에 넣었다.

"미안해요. 그리고 고마워요. 난 실은 데이트를 제대로 해본 적이 한 번도 없거든요."

"그래요?"

그가 물을 한 모금 들이켰다. 그녀는 다시 어깨를 으쓱했다.

"컬럼버스에 있을 때에 딱 한 번 해봤어요. 난 좀 산만한데다가 그렇게 예쁘지도 않아서⋯⋯. 걔가 나한테 데이트를 청했던 건 내 몸매가 마음에 들었기 때문이라고 확신해요. 춤을 출 거니까 서로 가까이 서야 하고ㅡ"

베넷은 목이 막힌 듯한 소리를 내더니 황급히 팔로 입을 막아 혹시라도 물이 튀어나와 앨비에게 튀는 것을 막았다.
그녀가 자신의 종이 냅킨을 내밀었으나 그는 손을 저어 사
양하고 간신히 진정했다.

"미안해요."

그녀가 말했다. 그는 다시 웃음을 지었다.

"아뇨, 아니에요. 그저 당신 때문에 놀랐을 뿐이에요."

그는 손가락 관절로 눈 아래를 닦으며 덧붙였다.

"당신과 함께 있으면 절대 지루하지 않을 것 같아요."

그건 남자가 그녀에게 한 말 중에서 가장 상냥한 말이었
다. 그녀가 활짝 웃었다.

그가 목을 가다듬었다.

"난, 어, 음, 난 당신이 아주 예쁘 - "

그 순간 종업원이 음식을 가져왔고, 베넷은 하려던 말을
삼켰다. 종업원이 사라진 후 대화 주제는 앨비의 어색했던
단 한 번의 데이트에서 플라스틱과 프랑스, 케임브리지의
초청 연사들로 옮겨갔다. 앨비는 새우 요리를 반쯤 먹다가
에델과 전에 했던 대화를 떠올렸다.

"곧 시험을 보나요?"

그녀가 물었다. 파스타를 포크로 돌돌 감던 베넷의 손길

이 느려졌다.

"종이 마법 시험이요? 네. 봄에요. 아마도요."

"왜 아마도예요? 주문은 다 알아요?"

그가 파스타를 응시했다.

"할 수 있다고 생각할 때마다 내가 미처 잘 알지 못하는 뭔가가 나타나서요. 난 시험에 한 번에 통과하고 싶거든요."

"에델은 베일리 마법사님이 좀 폭군이라고 하던데요. 정확히 *그렇게* 말한 건 아니지만요."

베넷은 한숨을 쉬고 포크를 내려놓은 다음 의자에 몸을 기댔다.

"그저 솔직하신 거예요."

"그냥 시험을 봐요. 난 당신이 할 수 있을 거라고 확신해요."

"당신이 어떻게 자신하죠? 내가 종이 마법 쓰는 걸 본 적도 없잖아요."

그녀가 그의 냅킨을 가리켰다.

"거기 종이가 있네요."

그는 그것을 집어 들고 잠시 생각한 다음 또 다른 냅킨을 집어서 무릎 위로, 앨비의 시야에서 보이지 않는 곳으로 가져갔다. 그가 조용히 작업했고, 1분쯤 후에 냅킨답게 좀 늘어지긴 했지만 근사한 종이꽃을 그녀 앞에 선보였다. 그러곤 속삭였다.

"숨 쉬어라."

꽃잎이 펼쳐지며 백합이 되었다.

그녀는 씩 웃으며 그것을 받아 들었다.

"아름다워요."

"고마워요."

"당신은 통과예요."

그가 웃었다.

"그렇게 단순하면 좋겠네요. 하지만…… 봄에요. 봄에는 시험을 볼 수 있을 거예요. 그때라면 준비할 시간도 충분하고요."

"발견 대회도 봄에 있어요. 오, 베넷, 당신도 올 수 있으면 와야 해요. 정말 멋질 거예요. 그리고 당신은 자격 있는 마법사로 올 수도 있어요!"

"당신은 전에 가본 적 있어요?"

"아뇨, 하지만 멋질 거예요. 거기에 대해서 읽어봤거든요."

그녀는 새우 조각을 포크로 찍었지만 입으로 가져가지는

않고 이야기를 계속했다.

"그리고 프래프 마법사님과 내가 모든 걸 다 짜 맞추고 나면 우린 엄청난 열풍을 일으킬 거예요. 우린 에델만 돕는 게 아니에요. 의학의 모든 면을 바꾸게 될 거예요."

그의 표정이 부드러워졌다.

"정말로 고마워요, 앨비."

번쩍이는 불빛이 앨비의 시선을 끌었다. 유리 장식이 달린 음식점 문이 열리면서 햇살이 반사된 거였다. 그녀는 그것을 무시하려 했지만, 아주 낯익은 머리선이 나타나자 앨비의 배 속이 부글거렸다.

에젤 마법사였다.

그녀는 시선을 피했다가 다시 쳐다보았다. 그가 우연히 여기에 온 걸까? 그럴 것이다. 그가 그녀를 쫓아다닐 이유가 없다. 집을 주시하고 있었던 게 아니라면 그녀가 여기 있다는 걸 알 리도 없다. 하지만 그건 말도 안 되는 얘기다.

아니, 그럴까? 그는 우체국 바깥에서 그녀를 찾아내지 않았던가. 그것도 우연이었을까, 아니면 그녀가 거기 있다는 걸 알았던 걸까? 등을 타고 소름이 돋았다.

"앨비?"

베넷의 부드러운 목소리가 생각의 안개를 뚫고 들어왔다.

"음."

베넷은 그녀를 잠깐 쳐다보다가 자리에서 뒤돌아보았다. 에젤 마법사는 식당을 훑어보다가 재빨리 시선을 종업원에게로 돌렸다.

앨비는 포크를 내려놓았다.

"저 사람 알아요?"

"저 사람 이름은 에젤 마법사예요. 프래프 마법사님의 라이벌이랄까요. 내가 잘못된 역에서 내린 이유가 저 사람 때문이에요. 물론 결국에는 괜찮았지만요."

안 그랬으면 베넷을 만나지 못했을 것이다. 병원에서 만났을 수도 있지만 그래도 이야기를 나누는 일은 없었을지도 모른다.

베넷이 알겠다는 듯이 고개를 끄덕였다.

"베일리 마법사님께도 그런 사람이 있죠?"

그녀가 입술을 움찔거렸다. 모든 마법사에게는 적이 있는 걸까? 에젤 마법사가 나중에 그녀의 적이 될까?

종업원이 에젤 마법사에게 다가가서 그들의 자리 쪽으로 그를 안내했다. 앨비는 주위를 둘러보았다. 그들 근처에 빈

자리가 두 군데 있었다.

"이걸 어째."

그녀가 중얼거렸다.

베넷은 그녀를 쳐다보다가 다시 에젤 마법사를 보았다. 그러더니 의자에서 일어나서 그녀에게 손을 내밀었다. 앨비는 의아하게 그를 쳐다보았다.

"일어나요. 나가죠."

그가 말했다.

"그럴 필요는ㅡ"

"나가고 싶어요?"

그녀는 망설였다. 종업원이 에젤 마법사를 베넷 바로 뒤에 앉혔다. 그녀는 고개를 끄덕였다.

그는 그녀에게 괜찮다는 미소를 지어 보였고, 그녀는 혐오스러운 에젤 마법사가 그들의 맞은편 자리에 앉는 동안 베넷을 따라 음식점 앞쪽으로 나갔다.

그녀는 에젤 마법사가 쳐다보는지 확인하려고 뒤를 돌아보지는 않았다.

베넷은 브라이어 홀 앞에서 앨비에게 작별 인사를 했다.

앨비는 데이트가 끝난 다음엔 뭘 해야 하는지 전혀 알 수가 없었다. 댄스가 끝난 다음에 남자애는 그녀를 껴안고 떠나가서는 다시는 연락하지 않았다. 하지만 베넷은 그녀를 건드리지도 않았다. 그는 그냥 주위를 둘러보고, 목을 문지르고, 그녀의 신발을 칭찬하고, 그리고 집으로 돌아갔다. 앨비는 데이트가 꽤나 성공적이라고 생각했다. 그녀가 착각한 걸까?

지금은 생각하지 마. 그녀는 한숨을 쉬고 노크를 하거나 초인종을 눌러 헴슬리 씨를 귀찮게 하지 않으려고 조용히 현관으로 들어왔다. 어쩌면 햇살이 문제였는지도 모르겠다. 앨비도 해가 하늘에 말끔하게 떠서 모든 것을 환하게 비추고 있을 때 누군가를 껴안는 게 어색한 일이라는 걸 알았다. 멍청한 해 같으니.

중앙 홀을 가로지르다가 그녀는 장식 받침대의 먼지를 털고 있는 엠마를 발견했다.

"엠마? 프래프 마법사님 아직 주무세요?"

"응접실에서 손님과 함께 계실 거예요. 뭐 도와드릴까요?"

그녀는 시무룩하게 고개를 저었다.

"고마워요."

그녀가 홀을 가로질러 음악실로 가서 응접실로 이어지는 짧은 복도로 들어섰다. 문은 약간 열려 있었고, 헴슬리 씨가 바깥에 의자를 놓고서 얼굴 앞에 신문을 펼친 채 경비를 서고 있었다.

그녀가 다가오는 것을 보고 그가 말했다.

"프래프 마법사님은 지금 바쁘십니다."

앨비는 그저 고개를 끄덕이고 다른 의자에 앉았다. 헴슬리 씨는 그녀를 잠시 쳐다보다가 혀를 차더니 다시 신문을 보았다.

다행스럽게도 기다리기 시작한 지 겨우 십오 분 만에 그녀가 모르는 남자가 응접실에서 프래프 마법사와 함께 나왔다. 두 사람은 가볍게 인사를 나누었고 헴슬리 씨가 끼어들어 손님을 바깥까지 모시겠다고 말했다.

손님이 가고 나자 푹 쉬어서 훨씬 말끔해진 모습의 프래프 마법사가 물었다.

"무슨 문제라도 있나, 앨비?"

"저분은 누구세요?"

"오랜 친구지. 함께 자랐는데 시내에 와서 말이야."

"런던에 안 사시나요?"

"결혼하고서 리버풀로 옮겼거든."

그녀는 고개를 한 번 끄덕였다.

"오늘 음식점에서 에젤 마법사님을 봤어요. 그게, 베닛이랑 제가 의회 광장에 있는 그 음식점에 갔는데 말이죠."

"이런. 그 친구가 자네를 곤란하게 하지 않았기를 바라네."

그가 팔짱을 끼고 말했다.

"아뇨. 이번엔 아니었어요. 그러기 전에 저희가 나왔거든요."

그의 팔짱 낀 팔이 느슨해졌다.

"*이번엔* 아니라고?"

그녀는 그에게 우체국에서의 일을, 해야 하는 온갖 작업과 연구 때문에 이전까지 말하는 걸 잊고 있었던 사건을 이야기했다. 그녀가 이야기를 마치자 프래프 마법사는 원래 나이처럼 보일 만큼 인상을 찌푸렸다.

"그렇군. 그건 꽤나 악독한 행동인데. 그게 언제였다고 했지?"

앨비는 머릿속으로 따져보았다.

"이틀 전이요."

프래프 마법사가 정확한 시간과 분을 알고 싶어 하는 건 아닌 듯했다.

"아, 그렇군. 혹시 신문 봤나?"

마법사의 질문에 앨비는 눈을 깜박였다.

"최근엔 못 봤어요. 읽어야 했나요? 지나간 신문이 있으면 지금이라도 - "

프래프 마법사가 나직하게 웃었다.

"그럴 필요는 없어. 다만 에젤 마법사의 플라스틱 연구실에 최근에 도둑이 들었거든."

그녀는 몸을 똑바로 펴고 앉았다.

"또요?"

이미 두 번이나 그런 사건이 있었는데 말이다. 앨비가 플라스틱과 결합 의식을 맺던 날에 프래프 마법사와 에이비오스키 마법사가 두 건의 절도 사건에 관해 이야기했었다.

프래프 마법사가 인상을 찌푸렸다.

"불행히도 그래. 자세한 내용은 없었지만, 도면과 물품들을 도둑맞았다는 거야. 불운한 일이지."

그는 한숨을 쉬고 말을 이었다.

"내가 에젤 마법사에게 딱히 호감은 없지만, 자네가 그 친구를 만났을 때 기분이 안 좋았던 이유가 그것 때문일 수도 있어. 자네가 그 친구와 얽히게 된 건 정말로 미안하군. 그 친구도 내킬 때면 상당히 신사적이야."

프래프 마법사가 턱을 톡톡 두드렸다. 앨비는 코웃음을 쳤다.

"참으로 신사적이네요. 신사는 상냥한 어조로 말을 하죠, 마법사님. 에젤 마법사님은 권총이고, 그분의 말은 탄약이에요."

금속 마법사가 되었으면 딱 어울렸을 텐데. 그들은 총알을 갖고서 온갖 종류의 일을 하니까.

"하지만 도둑이 들었다니 그건 유감이네요."

프래프 마법사의 입가에 살짝 미소가 떠올랐다.

"정확한 묘사로군. 그리고 자네의 진실성에 감사를 표하는 바야."

"저희 아버지는 세상이 사람에게서 모든 걸 빼앗아갈 수 있지만, 진실성만은 스스로 포기해야 하는 거라고 하셨어요."

"자네 아버님은 현명한 분이군."

그가 한숨을 쉬고서 말했다.

"에젤 마법사에 관해서는 말이야…… 우리 프로젝트와

포부를 최소한 의료계와 공유하는 게 분명히 더 유익하겠지만, 플라스틱 마법계의 경쟁은 치열하고 그로 인해 일을 망치기도 쉬워. 쓸 만한 원형을 만들 때까지는 기다리는 게 더 나을 것 같고, 기술을 공개하고 관심을 끄는 데에는 발견 대회가 가장 좋을 것 같아."

그가 음악실 쪽으로 걸음을 옮겼다.

"자네가 자유 시간을 좀 줄여도 괜찮다면 가르쳐주고 싶은 주문이 몇 가지 있어. 대회와 에델의 의수로 인한 압박 때문에 자네의 교육이…… 음, 순차적으로 진행되지 않아서 말이야. 아직 자네가 배워야 하는 기초적인 것들이 있거든."

그가 눈을 문질렀다.

"대회와 관련된 허튼 짓거리로 자네를 압박하면 안 되는 건데."

"오, 기꺼이 그러세요. 전 압박을 좋아해요."

그가 낄낄 웃었다.

"잘됐군. 하지만 우리가 좀 앞서가는 것 같아. 플라스틱 연구실로 가지."

그날 밤 앨비는 좀 더 편안하고 느긋하게 공부를 하려고 자기 침실에 머물렀다. 게다가 해가 지고 나면 특히 무시무시하게 기온이 떨어졌다. 플라스틱 연구실에서 집까지는 짧은 거리였지만 그래도 걷기에 너무 추웠다.

그녀는 지나치게 큰 침대 위에서 자신의 미들부츠를 앞에 놓고 앉았다. 신발 끈에 가느다란 튜브 같은 플라스틱 장식을 붙여놓았다. 프래프 마법사가 가르쳐준 주문을 연습하기 위해서 그녀가 한쪽 신발에 대고 말했다.

"따라라: 패턴."

이번에는 신발 끈을 이중 매듭으로 묶었다. 그런 다음에 그녀가 말했다.

"멈춰라."

그녀는 끈을 풀고 앞에 내려놓았다.

"따라라: 지시."

기쁘게도 저절로 끈이 매듭을 만들었다. 이번이 신발 끈에 일곱 번째로 주문을 거는 거였지만, 여전히 눈을 뗄 수가 없었다. 이제 그녀는 다시는 신발 끈을 매기 위해서 몸을 구부릴 필요가 없었다! 앞으로는 좀 덜 넘어질지도 모른다. 그리고 코르셋도! 어쩌면 그쪽 산업에 마법을 좀 써

보는 건 어떨까.

두 번째 미들부츠에 마법을 건 다음 앨비는 침대에서 내려와 바닥에 섰다. 그리고 플라스틱으로 된 물건을 몇 개 모았다. 아까 만든 바퀴, 옷장 안에 있던 옷걸이, 프래프 마법사가 만든 배, 단순한 플라스틱 시트였다. 그녀는 그것들을 줄지어 세워놓고 하나하나를 확실하게 손으로 건드린 다음에 말했다.

"나아가라."

모든 물건이 서로 경주하듯이 동시에 앞으로 튀어 나갔다. 바퀴가 카펫 위에서 가장 빨리 굴러가서 창문 아래 벽에 부딪혔다. 그다음은 배, 그다음은 옷걸이였다. 아무 형태도 없는 플라스틱 조각은 제일 뒤에서 꾸물꾸물 움직였다. 그녀가 외쳤다.

"멈춰라."

네 개의 물건이 동시에 활기를 잃고 정지했다. 바퀴와 프로펠러가 달린 배가 전면 발사 주문에서 가장 멀리까지 간 건 이해가 갔다. 마찰력이 적으니까. 옷걸이는 모양 없는 플라스틱보다 바닥에 닿는 면적이 더 적으니까 당연히 더 빨리 움직였을 것이다.

그때 문 두드리는 소리가 났다. 앨비는 일어나서 물건들을 모았다.

"들어오세요."

프래프 마법사가 문을 열었다.

"도대체 뭔 일이래? 아홉 시 반밖에 안 됐는데 이 시간에 앨비가 *집 안에* 있고?"

"눈이 오기 시작하면 더 자주 보시게 될 거예요."

오하이오가 런던보다 눈이 더 많이 온다는 얘기를 듣긴 했지만 말이다.

"오래 방해하지는 않겠지만, 논문 초록을 발견 대회에서 받아줬다는 걸 자네도 알고 싶어 할 것 같아서."

그가 클립으로 묶어놓은 종이 두 장을 들어 올렸다.

"정말로요? 굉장해요!"

물론 그들이 받아들이지 않을 거라고 생각한 적은 없었다. 그녀는 문으로 가서 스승의 손에서 종이를 받아 들었다. 앞장은 수락한다는 내용의 짧은 전보였다. 초록은 겨우 한 장 분량이었으나 프로젝트를 받아들일 만한지 판단하기 위해서 대회에서 요구하는 최소 분량이었다. 전체 논문은 나중에 쓰면 된다. 그녀는 표지와 섬세한 활자를 보았다. '몸의 움직임에서 새롭게 발견한 압력 주문의 사용법'이라는 제목이었다. 제목 아래에는 더 작은 활자로 '매리언 프래프 마법사와 앨비 브레켄마커'라고 쓰여 있었다.

앨비는 자신의 이름을 멍하니 보았다. 보고 또 보고 다시 보았다.

"어떤가?"

그가 물었다.

그녀는 고개를 들고 그를 보며 안경을 밀어 올렸다. 생쥐처럼 조그만 목소리로 그녀가 말했다.

"제…… 제 이름을 같이 올리셨네요."

"당연하지. 이건 자네 아이디어였으니까. 난 성과를 내도록 도왔을 뿐이야."

그녀의 입안이 바짝 말랐다.

"'압축해라' 주문은 마법사님이 혼자 찾으신 거잖아요."

그는 자신의 조끼를 바로잡는 시늉을 했다.

"뭐, 그래서 내 이름도 있는 거지."

앨비는 얼굴이 아플 정도로 활짝 웃었다. 심장이 핑핑 돌아가는 볼베어링처럼 느껴졌고 눈가가 축축해졌다.

"이건 저한테…… 엄청난 의미예요, 마법사님. 전…… 정말로 감사드려요."

그가 종이를 다시 받았다.

"내가 자네에게 고맙다고 해야지. 자네는 세상에 대단한 족적을 남기게 될 거야, 앨비. 자네의 여정을 함께 시작하게 되어 영광이야."

그녀는 뭐라고 해야 할지 몰라서 그저 고개만 끄덕였다. 프래프 마법사도 똑같이 고개를 끄덕이고서 등 뒤로 문을 닫고 조용히 사라졌다.

11

엠마가 침대 이불을 깔고 방을 정리하는 동안 앨비는 옷장 안에 들어가 잠옷을 입었다. 잘 준비를 다 하고서 그녀는 창가로 다가갔다. 창밖으로 플라스틱 연구실이 보였다. 불이 꺼진 조명은 그녀에게 묘하게 슬픈 감정이 들게 했고, 문득 매일 밤늦게까지 작업을 한 탓인지 지금 별로 피곤하지 않다는 것을 깨달았다.

창밖을 다시 힐끗 보고서 그녀가 말했다.

"나 그렇게 피곤하지 않아서 플라스틱 연구실에 다시 가 봐야 할 것 같아요."

엠마가 황급히 다가와서 창밖을 보았다.

"글쎄요, 아가씨. 비가 올지도 몰라요. 오늘 밤엔 그냥 계시는 게 좋을 것 같아요."

비가 올지 어떨지 예측하기에는 너무 어두웠으나 그녀는 외국인이니까 그저 고개를 끄덕이고 침대에 올랐다. 엠마는 잘 자라고 인사하고 조용히 나갔다.

앨비는 자려고 애를 썼다. 아마도 초록과 발견 대회에 대한 흥분 때문일 것이다. 아니면 엠마가 침대 이불을 면 대신 플란넬로 바꿨고, 앨비가 플란넬에서는 잘 자지 못하기 때문일 수도 있었다.

이유가 뭐든 간에 앨비는 잠이 든 다음에 플라스틱 팔과 대회에 대한 꿈을 꾸었고, 꿈에서 깨서는 커튼 가장자리로 새어 들어오는 희미한 별빛을 바라보며 왜 더 피곤하지 않은 걸까 생각했다. 새벽 두 시 반쯤 그녀는 자는 대신 한참 동안 멍하니 있었다는 것을 깨닫고서 이불을 걷고 일어나서 옷을 입었다. 하인을 고용하는 집에 사는 한 가지 장점은 여기 온 이래 한 번도 직접 세탁한 적이 없어도 언제나 깨끗하게 다림질된 옷을 입을 수 있다는 거였다. 해가 뜨면 엠마에게 그 점에 대해서 꼭 감사 인사를 해야겠다.

다행히 비가 오지 *않았기* 때문에 그녀의 야밤 모험은 옷 걱정 정도밖에 필요치 않았다. 그녀는 이가 듬성듬성한 빗으로 정글 같은 머리를 빗은 다음 머리 위쪽으로 꼬아 올렸다. 그다음에 재킷을 입고, 유리 마법 등불을 들고 문밖으로 나갔다. 그녀의 튼튼한 오하이오 코트는 너무 커서 짐가방에 들어가지 않아 가져올 수 없었다.

그녀는 굉장히 자주 플라스틱 연구실에 늦게까지 머물러서 이번이 한밤중에 집을 돌아다니는 첫 번째 경험도 아니었다. 하지만 그건 언제나 들어오는 거였지 나가는 게 아니었고, 왠지 모르게 두 가지가 굉장히 다르게 느껴졌다. 마치 그녀가 뭔가를 몰래 훔치러 가는 것만 같았다. 그녀는 주머니에서 플라스틱 연구실 열쇠를 다시 한 번 확인하고 마법이 걸려 있는 등불에 속삭였다.

"더 밝아져라."

불빛이 근사한 복도를 비췄다. 흔들리는 그림자로 깜짝 놀라고 싶지 않았기 때문이다. 하인들이 언제 일어나는지 그녀는 전혀 알지 못했다. 프래프 부인이 늦게까지 자는 걸 좋아한다는 건 알지만 말이다.

뒷문에 도착하자 그녀는 불빛을 제일 낮게 낮추고 바깥

으로 나갔다. 변화하는 금속 타일 모자이크가 보이지 않는 수생생물로 인해 물결치고, 흔들리는 달빛이 비치는 물처럼 보였다. 앨비는 잠시 경탄해서 그것을 바라보았다. 한 가지 형태 이상의 마법을 공부할 수 있다면 얼마나 좋을까! 그녀는 플라스틱 마법보다 금속 마법이 훨씬 더 힘들 거라고 생각했다.

그녀는 길을 따라 걸어가며 가을 냉기에 얼어붙은 것처럼 타일의 움직임이 그녀 앞에서 멈추는 것을 보았다. 왠지 모르게 그걸 보니 베넷이 떠올랐다. 베넷도 변화하는 타일에서 물을 떠올릴까? 한밤중에 깨어나서 일하고 싶은 열망을 느낀 적이 있을까? 종이 마법은 그의 첫 번째 선택이 아니었지만, 그는 좋아하는 것 같았다. 그는 플라스틱 마법사가 될 수도 있었다. 기차역에서 그렇게 말했었다. 그래서 그녀는 더욱 그가 좋았다.

두어 걸음 더 걷다가 앨비는 멈추었다. 그래, 그는 기차역에서도 굉장히 친절했었지? 처음부터 상냥했다. 병원에서도, 집에서도, 데이트 때도. 그게 베넷 쿠퍼라는 사람이었다. 상냥한 사람.

그가 그저 상냥하게 대해주는 것뿐이라면 어쩌지?

엠마 같은 사람이라면 말도 안 되는 생각일 것이다. 화장품이나 근사한 드레스나 머리를 다듬기 위해 특별히 세럼이 필요 없을 만큼 예쁜 엠마. 부모님이 말씀하신 것과 달리 앨비는 객관적으로 예쁜 외모가 아니었다.

그녀는 자신의 두꺼운 안경을 건드렸다. 젊은 사람들은 별로 안경을 쓰지 않았고, 쓴다 해도 그녀 같은 안경은 아니었다. 헤드램프와 비견할 만한 커다랗고 볼품없는 안경. 앨비도 에이비오스키 마법사의 안경테처럼 좀 더 작은 걸 써보려고 한 적이 있었다. 하지만 그녀에게는 맞지 않았다. 원래 안경알이 작은 테에 비해 너무 두꺼워서 계속해서 튀어 나왔다. 게다가 좁은 테는 세상을 보는 시야까지 좁게 만들었다. 신께서 그녀에게 좋은 시력 대신 좋은 성능의 머리를 내려주신 것만 같았다. 그나마 프래프 마법사가 안경알을 얇게 만들어줘서 더는 붕어 눈처럼 보이지는 않았다.

차가운 바람이 그녀의 귀를 할퀴어서 앨비는 몸을 떨며 길을 계속 걸어갔다. 안과에서 맞춘 안경은 둘째치고 남자 아이들, 그리고 남자들은 애초에 그녀에게 별로 관심이 없었다. 그게 객관적인 사실이었다. 그런데 왜 근사한 남성의 표본인 베넷 쿠퍼가 갑자기 그 사실을 바꿔놓으려는 걸까?

그녀의 속이 울렁거리고 가슴 안쪽이 무겁게 느껴졌다. 열쇠를 찾으면서 그녀는 베넷에 관한 생각을 밀어내고 작업실에 간식이 있는지 떠올리려고 애를 썼으나 생각은 베넷이 어떤 간식을 좋아할까로 이어질 뿐이었고, 플라스틱보다 종이 마법에 대해서 더 많이 생각한다는 사실 때문에 짜증이 났다.

"그만해."

그녀가 혼자 중얼거렸다.

그때 뭔가 이상한 소리가 들렸다. 이렇게 늦은 시간에도 잔잔한 소음은 수두룩했다. 정원을 흔드는 차가운 바람 소리나 뛰어가는 토끼, 늦은 시간 운행하는 마차 소리 등. 하지만 확실하게 플라스틱이 부서지는 소리가 났고 뒤이어 명확하게 사람의 발소리가 났다.

온몸이 얼어붙었다. 그녀의 1미터쯤 앞에서 금속 타일이 일렁거렸다.

"멈춰라."

그녀는 등불을 향해 말했고, 순식간에 빛이 꺼졌다. 어둠이 정원을 삼켜버렸다. 앨비는 어둠에 익숙해지려고 애쓰며 빠르게 눈을 깜박였다.

소리가 멈췄다. 그녀가 상상한 걸까?

그녀는 길을 따라 다시 걸어갔고, 마법 타일이 물처럼 일렁거리는 색깔을 만들었다. 플라스틱 연구실에서 소음이 들려온 걸까? 이쪽으로는 플라스틱이 있을 만한 곳이 달리 없었다. 플라스틱 연구실밖에는―

또렷하게 망치, 아니면 끌 같은 걸 두드리는 소리가 들렸다. 하지만 앨비는 이제 플라스틱 연구실을 볼 수 있었고, 어떤 조명도 켜져 있지 않았다. 플라스틱 연구실에 들어가도 되는 사람이라면 조명을 켰을 것이다. 아니면 최소한 유리 마법 등불을 들고 있었을 터다.

새로운 냉기가 앨비의 피부를 타고 흘렀다.

이런 맙소사, 도둑이 든 건가?

그녀는 얼어붙은 채 꺼진 유리 마법 등불을 꽉 붙잡았다. 머리가 핑핑 돌았다. 그녀가 쓸 수 있는 마법이 뭐가 있을까. 그런 건 없었다. 어차피 그녀에겐 플라스틱도 없었다. 집으로 다시 달려가야겠지만, 그녀가 누군가를 깨우는 사이에 혹시라도……. 에델의 팔이 저기 있는데! 그들의 모든 원형이, 혹시라도…….

그녀는 에젤 마법사와 그의 찌푸린 표정을 떠올리고서

도움이 될 수 있는 단 한 가지 일을 했다.

비명을 질렀다.

앨비에게는 여러 재능이 있었다. 첫째로 머릿속으로 큰 숫자를 따질 수 있었고, 글씨체에 신경 쓰지 않는다면 엄청난 속도로 속기를 할 수도 있었다. 플라스틱 마법의 거의 모든 기초적인 주문을 알았고, 설명서를 보지 않고도 여섯 시간 사 분 안에 자동차 엔진을 해체했다가 재조립할 수 있다고 거의 확신했다.

그리고 알고 보니 비명에도 상당한 재능이 있는 것 같았다.

비명 소리는 자신의 귀를 아프게 할 정도로 크고 높았다. 고르게 최고조의 소리를 내서 근처 나무에서 졸던 새를 깨울 정도였다. 그리고 웅변가나 가수가 아님에도 불구하고 굉장히 한참 동안 지를 수 있었다. 그녀의 가슴 아래로 훌륭한 한 쌍의 폐가 있었던 모양이다.

그녀가 커다랗게 한참 동안 비명을 지른 바람에 브라이어 홀에 여러 개의 불이 켜졌다. 마침내 목소리가 안 나오고 목이 욱신거릴 즈음 그녀는 플라스틱 연구실 옆으로 저택을 둘러싼 울타리를 향해 빠르게 움직이는 커다란 그림자를 본 것 같은 느낌이 들었다.

이윽고 다시 비명을 질렀다.

여러 명의 경찰이 새벽 이른 시간에 플라스틱 연구실을 돌아다녔고, 프래프 마법사 부부와 헴슬리 씨, 콘웨이 부인 역시 함께 있었다. 몇 명의 하인은 현장을 좀 더 잘 보려고 서로를 밀치며 뒷문 근처에서 서성거렸다. 앨비는 무척 추웠지만 경찰들이 증거 수집을 하고 있어 플라스틱 연구실로 들어갈 수가 없었다. 게다가 그들이 뭐라고 하는지 듣기 전까지 저택으로 돌아가고 싶지도 않았다.

그녀는 재킷 안에 몸을 움츠리고 차가운 손을 주머니 깊숙이 집어넣었다. 머리를 풀어 내린 게 조금 도움이 됐다.

클립보드를 든 경찰 한 명이 플라스틱 연구실 밖으로 나와서 프래프 마법사에게 다가갔다. 앨비도 서둘러 그쪽으로 향했다. 차가운 발가락이 신발 안에서 욱신거렸다.

"도난당한 건 없습니다. 말씀하신 물건 중에는 아무것도 없어진 게 없습니다. 도둑은 그렇게 많이 건드리진 못한 것 같습니다. 북쪽 창문을 통해서 작업실로 들어온 다음 현관까지 왔다가 도망친 것 같습니다. 엉망진창입니다만 금전

적 피해는 그렇게 크지 않을 겁니다."

경찰이 말했다.

앨비는 안도의 한숨을 내쉬었다. *그녀의* 작업실이다. 무슨 난리람. 하지만 도둑이 실험실까지 가지 못해서 정말 다행이었다.

경찰은 귀 뒤에서 펜을 꺼내서는 앨비 쪽으로 돌아섰다.

"그쪽이 목격자죠."

"네."

"범인에 관해서 뭔가 본 게 있나요? 범인이 여럿이었나요?"

그녀는 고개를 흔들었다.

"한 명이었던 것 *같아*요. 전 소리만 들었고, 그림자만 봤어요."

경찰은 고개를 끄덕이고 뭔가를 적었다.

"그림자에 관해 설명할 수 있나요?"

"음. 검은색에 그림자스럽다?"

그가 그녀를 멀뚱히 쳐다보았다.

앨비는 어깨를 으쓱했다.

"전 에젤 마법사라는 데에 이십 달러, 어, 쿼드를 걸겠어요."

"앨비."

프래프 마법사의 말투에는 경고가 어려 있었다.

"네? 그 사람은 사실상 마법사님 연구를 엎어버리겠다고 위협했고 저한테 마법사님의 비밀을 이야기하라고 윽박질렀는 걸요."

경찰은 앨비의 말에 흥미를 보였다.

"사실입니까?"

프래프 마법사가 한숨을 쉬었다.

"안됐지만 그렇습니다."

"그 사람을 특정할 만한 증거가 있지는 않습니다만, 그래도 심문은 해볼 수 있겠죠. 로스코 에젤 마법사를 말씀하시는 거죠?"

프래프 부인이 물었다. "그 사람을 아세요?"

"그분의 플라스틱 연구실도 최근에 도둑을 맞았습니다."

앨비는 입술을 꾹 다물었다. 어쩌면 그 사람이 아닐지도 모른다. 하지만 정황상 영 의심스러웠다.

경찰이 모자를 바로 썼다.

"제가 보기엔 플라스틱 창문 하나를 녹이고 들어오는 게 훨씬 쉬웠을 것 같은데요. 조용하고, 빠르고, 더 효율적이고요."

"범인이 플라스틱 마법사라면 그렇죠."

앨비가 지적했다. 물론 범인은 분명히 플라스틱 마법사겠지만 말이다.

"물론 누구든지 토치 같은 거로 플라스틱을 녹일 수 있지만, 그러면 빛 때문에 들킬 거예요. 직접적인 불을 쓰지 않고 열을 가할 수 있는 도구가 있는 게 아니라면요."

경찰이 몇 번 눈을 깜박였다.

"그렇죠. 아마도요."

앨비는 안경을 밀어 올렸다.

"그렇다고 해도 만약에 창문이 녹았다면 가장 의심 가는 범인은 플라스틱 마법사일 거예요. 그러니까 에젤 마법사도 '녹아라' 주문을 사용하면 안 된다는 정도는 알았겠죠."

"앨비."

프래프 마법사가 다시금 경고조로 말했다.

경찰이 덧붙였다.

"에젤 마법사를 지목할 만한 증거는 지금으로서는 기껏해야 정황 증거 정도입니다. 그분과 이야기는 해보겠지만 그분이 이 일에 연루되어 있다고 생각하긴 어렵군요."

난 그래도 그렇게 생각해요, 앨비는 재킷 속으로 몸을 움츠렸다.

프래프 마법사를 향해 경찰이 말했다.

"안에서 조사를 마치고 다들 나와도 되는지 확인해보겠습니다. 혹시 뭔가 이상한 걸 발견하시거나 사라진 게 있으면 전부 기록해서 연락해주십시오."

"그러지요. 고맙습니다."

프래프 마법사는 초췌해 보였다. 잠이 부족해서일 수도, 실험실에 도둑이 들어서일 수도 있었다.

"아가씨?"

앨비가 펄쩍 뛰었다. 엠마도 피곤해 보이는 얼굴로 그녀 옆에 서 있었다. 제복은 말끔하게 다려져 있긴 했지만 말이다. 모두가 피곤해 보였다. 헴슬리 씨는 금방이라도 코를 골며 자리에서 쓰러져 잠들 수도 있을 것 같았다.

"죄송해요. 괜찮으세요?"

엠마가 사과하며 살짝 절을 했다. 앨비는 고개를 끄덕였고, 프래프 부부는 질문을 던지는 경찰과 함께 저쪽으로 걸어갔다.

"그냥 좀 지친 것뿐이에요."

"플라스틱 연구실은 괜찮은 거죠?"

그녀는 고개를 끄덕였다.

"그냥 좀 어질러졌어요. 도둑이 그리 안쪽까지 들어가진
못했어요."

엠마는 미소를 지었다.

"그렇다니 다행이네요. 도와드릴까요? 어질러진 거 정리
하는 거요."

앨비의 입술 사이로 한숨이 흘러나왔다.

"아직 살펴보지도 못했어요. 아마 괜찮을 거예요."

그녀가 플라스틱 연구실 쪽으로 걸어가기 시작했다.

"정말로 도와드리지 않아도 괜찮으세요? 그리고 거기……
거기 계셔도 안전할까요?"

엠마가 머뭇거리며 입술을 잘근잘근 깨물었다.

앨비의 어깨에서 긴장이 약간 풀렸다.

"괜찮아요. 경찰들이 이미 다 살펴봤어요. 고마워요, 엠
마. 어떤 식으로든 우리가 처리할게요."

하지만 작업실 쪽으로 돌아서면서 앨비는 인상을 찌푸렸
다. 범인도, 범행 동기도 그녀에게는 꽤나 명확해 보였지만,

범인을 증명할 만한 게 거의 없었다. 최소한 어떤 흔적도 발견되지 않았다. 그리고 그녀가 아는 한 프래프 마법사는 새로 발견한 주문을 어디 써놓지도 않았고, 대회에 제출한 초록에도 쓰지 않았다.

누군가가 그걸 원한다면 그의, 또는 앨비의 머릿속을 깨고 살펴봐야만 할 것이다.

앨비는 다음 날 아침 내내 작업실을 정리했고, 프래프 마법사는 직접 플라스틱 연구실 문과 창문에 새로운 자물쇠를 달았다. 도둑은 예전 자물쇠를 건드리지 않았으나 앨비는 이게 무엇보다도 프래프 마법사의 마음의 평화를 위한 것임을 이해했다. 청소를 끝내고 나서 그녀는 프래프 마법사가 튼튼한 금속 마법이 걸린 손잡이의 마지막 나사를 조이고 있는 현관으로 다가갔다.

그는 고개도 들지 않고 말했다.

"이건 금속 마법사들의 주문에도 끄떡없는 특수 마법이 걸린 거지. 금속 마법사들은 '끌러라' 주문으로 어떤 자물쇠든 열어버리지. 아주 복잡하거나 특수한 마법이 걸리지 않은 자물쇠들은 몽땅 열리지."

그가 나사를 조이고서 일어섰다.

"이제 됐다."

"비싸 보이는데요."

그가 낄낄 웃었다.

"맞아."

그녀는 손잡이를 잡고 돌려보았다. 이쪽에서 보면 그냥 평범한 문손잡이처럼 보였다.

"플라스틱으로는 안 될 일인가 보네요?"

물론 만약 에젤 마법사가 범인이라면 플라스틱 자물쇠는 *아주* 형편없는 선택일 것이다.

"그래. 아무리 강한 플라스틱이라 해도 금속의 내구성을 따라가진 못해. 그리고 여전히 나한테 열쇠가 필요하고. '끌러라' 주문은 플라스틱 마법사의 마법 주문 목록에는 없으니까."

그가 스크루드라이버를 주머니에 넣고 현관으로 들어왔다.

"이리로 와. 어젯밤에 자네를 위해서 뭘 좀 준비해놨지. 다행히 우리 도둑이 그걸 건드릴 정도로 깊이 들어오진 못했어."

호기심이 솟구쳐서 그녀는 그를 따라 계단을 올라가서 도서관을 지나 실험실 위쪽의 더 큰 방으로 들어갔다. 방 안에 들어가자 그녀의 시선이 수천 개의 조그만 육각형으로 이루어진 거대한 플라스틱 이글루에 사로잡혔다. 육각형은 그녀의 손바닥 안에 세 개는 너끈히 들어갈 정도였다. 이글루는 그녀보다 더 커서 240센티미터쯤 될 것 같았고 방 안의 3분의 2를 차지했다. 그것은 기묘한 갑각류처럼 보였다. 어쩌면 거북처럼 보이기도 했다. 각 타일의 가장자리는 마법이 어려 있다는 걸 그녀에게 알려주는 것처럼 반짝거렸다.

그녀가 입을 딱 벌렸다가 양손으로 입을 막았다.

프래프 마법사가 씩 웃었다.

"알아보겠어?"

"*이미지돔이잖아요!*"

앨비는 손가락 사이로 말하며 아름다운 거인의 주위를 빙 돌며 그 불투명한 색의 구조물을 응시했다. 이런 걸 만들려면 몇 달이 걸렸을 테지만, 그녀는 섹션들을 구분하는 희미한 선들을 볼 수 있었다. 그것은 각각의 육각형이 아니라 넓은 조각들 사이를 갈랐다.

이거다. 이게 2년 전 발견 대회에서 주목받았던 물건이
었다. 그녀의 아버지가 구독했던 모든 잡지에 몇 달이나 주
요 기사로 나왔었다.

"만져봐도 될까요?"

그녀의 스승이 웃었다.

"물론 되지. 해보라고 권하고 싶은걸."

그녀는 긴장된 웃음을 참으려고 애를 썼지만 반밖에 성
공하지 못했다. 그녀는 구조물을 살짝 건드렸다. 그것은 예
상보다 딱딱했다. 그녀는 작은 육각형을 검지로 쓰다듬었
다. 그것은 그녀의 피부 아래를 따끔거리게 했다.

"정말 해봐도 되나요?"

그녀가 문 쪽으로 다가가면서 물었다. 문은 겨우 1.2미터
정도였고 역시나 육각형으로 만들어져 있었다.

그가 안쪽을 손짓했다.

"먼저 들어가게."

무릎을 구부리고 앨비는 돔 안으로 뒤뚱뒤뚱 들어간 다
음 안에서 일어섰다. 플라스틱은 빛이 은은하게 들어오게
만들어졌으나 프래프 마법사가 들어와서 문을 닫자 거의
완전히 캄캄해졌다.

"대회 전에 자네가 직접 이걸 프로그래밍하는 방법을 가르쳐주지."

그가 말했다.

"정말요? 이걸 가져가실 건가요?"

"물론 가져가야지. 이게 좀 오래된 발명품일지 몰라도 아직 질리지는 않았다고!"

그녀는 돔의 벽을 배경으로 그의 손 형태를 볼 수 있었다.

"이미지 기억: 별 밤."

불빛이 한꺼번에 꺼졌다가 남색 빛이 서서히 나타났다. 머리 위로 작은 가짜 별들이 나타나 이미지돔의 천장 전체에서 반짝거렸다. 그녀는 입을 딱 벌렸다. 더 이상 육각형들을 전혀 알아볼 수가 없었다. 다른 곳에 서서 진짜 밤하늘을 보는 느낌이었다. 돔 아래쪽으로는 풀 그림자가 나타나 점점 넓어지더니 '지평선'까지 맞닿았다. 들판, 그리고…… 저 멀리 나무가 서 있었다. 풀과 나뭇가지가 앨비가 느낄 수 없는 산들바람에 흔들렸다. 반짝이는 하늘이 그녀의 머리 바로 위에 있는 별 하나를 중심으로 천천히 돌았다.

"이건…… 정말 경이로워요."

"4년이 걸린 작품이지. 이걸 공개한 건 내 인생에 가장 자랑스러운 순간 중 하나였어. 3월에 우리가 또다시 그런 순간을 맞이할 수 있으면 좋겠군."

프래프 마법사가 말했다.

"손은 정말로 중요해요. 하지만 이건 환상적이에요. 마술적이고요."

그녀가 빙 돌며 주위 풍경이 주는 외로움을 음미하면서 말했다.

이건 기술이 채워줄 수 없는 간극이었다. 이것이 마법사들이 해야 하는 일이었다.

이런 작품이야말로 그녀가 만들어낼 수 있는 것이었다.

"하지만 결국 이건 그저 사람들의 욕망을 달랠 뿐이야."

프래프 마법사가 별이 반짝이는 밤의 가장자리를 건드리며 중얼거렸다.

"멈춰라."

비현실적인 주문이 사라지자 앨비의 가슴속에 알 수 없는 갈망이 남았다. 그녀는 그 부분을 문질렀다.

프래프 마법사가 말을 이었다.

"이건 예술이야. 즐길 거리고, 탈출구지. 하지만 사회는 이런 게 없이도 돌아가. 그런데 우리가 지금 하는 일은 삶의 기초적인 것, 움직임, 사람의 능력을 더 낫게 만드는 일이야, 앨비. 우리가 하는 일은 움직일 능력을 영원히 잃었다고 생각하는 젊은 여자에게 그 기능을 되찾아주는 거지. 우리가 상이용사들에게는 어떤 일을 해줄 수 있을지 한번 생각해봐."

앨비는 손을 내렸다. 이미지돔의 환상이 그녀를 매료시켰지만, 그녀는 프래프 마법사의 연설이 굉장히 마음에 들었다. 그들이 좀 더 노력하면, 좀 더 오래 일하면, 정말로 팔다리를 잃은 사람들의 삶을 더 낫게 만들 수 있을 것이다. 그리고 그다음에는? 그녀의 머리가 온갖 가능성으로 핑핑 돌았다.

앨비는 프래프 마법사가 강요한 휴식을 하러 집으로 돌아와서도 여전히 생각에 잠겼다. 저녁 식사 시간이 거의 다 됐고, 오늘 밤에는 이제 일주일에 몇 번씩 하듯이 가족들과 함께 식사해야 했다. 대체로 별다른 일이 일어나지 않았다. 그녀가 알기로 오늘 저녁에는 프래프 가의 자녀들이 아무도 합류하지 않을 것이다.

방으로 이어지는 계단을 올라가려 할 때 헴슬리 씨가 그녀 뒤에서 커다랗게 기침을 했다. 그녀가 몸을 돌렸다.

"편지가 왔습니다."

집사가 오렌지색 학이 놓여 있는 은제 쟁반을 들어 올렸다. 종이 새치고는 꽤 컸다. 앨비의 심장이 즉시 파닥파닥 뛰기 시작했다.

"고마워요."

그녀는 서둘러 계단을 도로 내려와 학의 목을 잡았다. 새를 가슴에 품은 채 그녀는 계단을 빠르게 올라가서 개인 공간인 자신의 침실로 들어갔다.

엠마가 옷장 안에서 세탁물을 정리하거나 다른 일을 하고 있지 않은지 확인한 후에 앨비는 책상 화장대 의자에 앉아서 새를 폈다. 그녀의 손이 살짝 떨렸다. 답장용으로 텅 빈 더 조그만 하얀 새가 먼저 툭 떨어졌다. 오렌지색 새의 안쪽에는 이렇게 쓰여 있었다.

앨비에게

플라스틱 연구실 침입 사건에 대해 들었어요. 베일리 마법사 님이 지역 뉴스 전보를 구독하시거든요. 괜찮아요? 도둑이 성공하지는 못했다고 들었어요. 다 괜찮았으면 좋겠네요.

베넷

앨비는 편지를 다시 한 번 읽었다. 24시간도 채 지나지 않았는데 사람들이 벌써 그 이야기를 하고 있다니. 물론 소식이 퍼질 만했다. 프래프 마법사는 유명하니까.

편지가 더 길었으면 좋았을 텐데. 그녀는 혹시나 하는 마음에 펼친 학을 뒤집어보았다. 다른 내용은 없었지만 그가 그녀에게 편지를 썼다는 사실만으로도 기뻤다. 그녀는 편지를 세 번이나 반복해서 읽은 후 신중하게 새를 펼쳐서 답장을 썼다.

아무것도 훔쳐 가지 않았고, 중요한 것도 부서지지 않았어요. 우리 모두 괜찮아요.

그녀는 에젤 마법사에 관한 의심에 대해서도 쓸까 생각했지만 경찰도, 프래프 마법사도 그녀의 주장을 달가워하지 않는 것 같아서 쓰지 않기로 했다. 최소한 그녀의 추론을 입증하는 확실한 증거를 찾을 때까지는. 그녀는 한참 동안 생각하다가 베넷의 말투와 맞추려고 이렇게 썼다.

공부는 좀 어때요?

그녀는 내용을 한동안 쳐다보다가 새에게 다시 접히라고 명령한 후 창문으로 다가갔다. 한 번도 열어본 적이 없지만, 조그만 손잡이로 창문이 열렸다. 차가운 공기가 확 들어와 기침이 나왔다.

"숨 쉬어라."

그녀는 미리 마법에 걸린 종이에 말했고, 새가 살아났다. 새는 이미 어디로 가야 하는지 아는지 그녀의 손에서 뛰어내려 망설이지 않고 차가운 밤공기 속으로 날아갔다.

앨비는 하늘을 올려다보았다. 비가 오지 않아야 할 텐데. 종이 새들이 습한 날씨에 매우 약한데도 런던 사람들이 이걸 사용한다는 것 자체가 놀라웠다.

그녀는 창문을 닫고 다시 베넷의 편지로 돌아가서 네 번째 읽었다. 뭔가가 그녀의 가슴속에서 꼼지락거렸다.

대단히 로맨틱한 편지는 아니었다. 굉장히 솔직했다. 시적이거나 화려한 내용도 없었다. 그냥 친구가 보낸 편지였다. 혹은 누나의 팔을 잃어버리진 않았나 확인하고 싶은 동생의 편지.

앨비는 편지를 무릎 위에 올려놓고 몸을 구부정하게 늘어뜨렸다. 꿈틀거리던 느낌이 날카롭게 변했고, 그녀는 가슴 사이의 욱신거리는 부분을 문지르고 입술을 앙다물었다.

그녀는 정말로 그를 좋아했다. 그녀는 가슴 사이를 더 세게 문질렀다. *알 게 뭐야.* 그녀는 누군가를 좋아한다는 이 불편한 감각을 거의 잊고 살았다. 전에도 물론 남자애들을 좋아한 적이 있지만, 그들은 그녀를 두 번 이상 쳐다본 적이 없었다.

베넷은 그런 남자애들과 달랐다. 그는 그녀에게 편지를 써 보냈다. 그녀와 데이트를 하러 나갔다. 하지만 정말로 그는 그저 상냥하게 대했을 뿐인지도 모른다. 어쩌면 에델이 그에게 그러라고 부탁했는지도 몰랐다. 최소한 두 번째에는. 앨비는 매력적이지 않다. 그녀도 알았다.

그녀는 한숨을 쉬고서 편지를 책상 서랍에 넣고 방을 가로질러 기다란 거울이 달린 옷장으로 걸어갔다. 그녀는 안경을 밀어 올리고서 거울을 보았다. 셔츠를 바지 안으로 집어넣었다. 그녀의 허리는 가늘었다. 베넷도 분명히 가는 허리를 좋아할 것이다.

그녀는 손가락으로 머리카락을 빗어 내렸다. 그러려고 노력했다. 중간중간에서 엉킨 부분이 걸렸다. 지나치게 숱이 많고 곱슬한 머리카락에는 항상 엉킨 부분이 있었다. 에델처럼 밝은 금발도 아니고, 우체국에서 만난 종이 마법사처럼 대담한 색도 아닌 평범한 갈색 머리. 갈색 머리에 갈색 눈. 안경이 반쯤 잡아먹은 얼굴.

그녀는 안경을 벗고 거울에 코가 닿을 정도로 바싹 다가갔다. 그녀의 얼굴이 흐릿한 형체로 보였다. 눈을 가늘게 뜨자 약간 뚜렷해졌지만 사물이 제대로 보이지 않았다. 그녀는 다시 안경을 썼다. 얼굴에 여드름이나 주름은 전혀 없었다. 그건 그녀에게 장점이었다.

그녀는 거울 속의 자신을 향해 혀를 날름 내밀었다. 알게 뭐람. 발견 대회가 코앞으로 다가온 지금은 정신을 분산시켜서는 안 된다. 크리스마스에 집으로 돌아갈 계획도 세워야 했다. 크리스마스는 이제 한 달 조금 넘게 남았다. 심장도 그 생각에 동의한다면 그녀는 그렇게 할 예정이었다.

엠마가 문을 두드리고 고개를 들이밀었다.

"저녁 식사용 드레스 고르는 걸 도와드릴까요, 앨비?"

앨비는 한숨을 쉬고 거울에서 물러났다.

"그러는 게 좋겠어요."

엠마는 미소를 짓고서 방을 가로질렀다. 엠마가 옷장에

서 고르도록 놔두는 게 더 쉬웠지만 앨비는 자신이 입는 옷은 직접 고르겠다고 고집했다. 그녀는 스무 살이니까. 스무 살인데 데이트를 딱 두 번 해보았다. 키스는 한 번도 받아보지 못했다.

그녀는 엠마가 키스를 받아본 적이 있을까 궁금했다. 당연히 있겠지. 하지만 그건 꽤 어색한 질문일 것 같아서 그녀는 아무 말도 하지 않았다.

엠마는 목깃과 소매에 두툼한 레이스가 달린 날씬한 검은 드레스를 꺼냈다.

"프래프 부인께서 오늘 밤에 파란색을 입으실 거니까 이걸로 하시는 게 좋겠어요. 겹치지 않는 게 좋죠."

"손님이 오세요?"

"음, 아뇨."

앨비는 미소를 지었다.

"엠마가 좋다고 생각하는 대로 할게요."

엠마는 고개를 끄덕이고 드레스와 거기에 어울리는 구두를 침대 발치에 내려놓았다.

"엠마?"

"네?"

앨비는 거울 속의 자기 모습을 힐끗 보았다.

"오늘 밤에 내 머리를 손질해줄 수 있을까요?"

엠마가 씩 웃었다.

"기꺼이 해드릴게요."

12

· · · · · ★ ★ 🐚 ★ ★ · · · ·

　11월 말이 되자 나뭇잎은 완연한 가을빛이 되었다. 싸늘
한 비가 내리는 오후에 앨비는 에델에게 데려다달라고 운
전사에게 말했다. 앨비는 마침내 훌륭한 영국제 코트에다
가 거기 어울리는 영국식 모자까지 샀다. 프레드가 그녀에
게 어디로 가야 하는지 안다고 장담했으나 앨비는 가는 길
에 특히 주의를 기울이고 종종 손에 든 주소를 내려다보았
다. 런던이 공공 거울 교통만 허용했어도 코트나 모자도 필
요 없이 이미 그곳에 도착했을 텐데.

　그들은 도심 외곽의 시골로 아주 많이 들어가지 않은 곳

에서 수수한 집으로 들어섰다. 적갈색 벽돌과 하얀 장식으로 된 2층짜리 집이었다. 낮은 울타리가 딸린 작은 현관이 있고, 두 개의 하얀 기둥이 문 양옆을 지키고 있었다.

여러 가지 물건이 든 큰 가방을 들고서 앨비는 자동차에서 내려 운전사에게 가보라고 손을 흔들었다. 최소한 한 시간은 걸릴 것이다. 하지만 자동차가 떠나는 동안 앨비의 목에서 따끔거리는 느낌이 들었다. 그녀는 몸을 돌려 길을 살폈다. 누가 자신을 보고 있다는 기묘한 느낌이 들었지만, 날씨 때문에 거리에는 사람이 없었다. 아마 그녀의 머리카락을 흔드는 비 때문일 것이다.

그녀는 계단을 서둘러 올라가서 문을 두드렸다. 밝은 금발 머리 정수리 부분이 하얗게 세어가는 여자가 문을 열었다. 여자는 목이 높은 갈색 드레스 차림에 파란 눈이었다. 에델과 베넷의 짙은 갈색 눈과 굉장히 상반된 색깔이었다. 앨비의 가방을 보고서 그녀가 말했다.

"그 애는 저기 복도 안쪽에 있어요."

"네. 고맙습니다."

앨비는 몸을 최대한 움츠리고서 여자를 지나쳤으나 가방이 여자의 무릎에 부딪혔다. 앨비는 여자가 아마 쿠퍼 부인일 거라고 추측했다. 집 안의 온기 때문에 앨비의 안경에 곧장 김이 서렸고, 그녀는 흐릿하게 보이는 가구에 부딪히지 않으려고 노력하며 소매로 안경을 닦았다.

"앨비?"

에델의 상냥한 목소리가 앨비의 어깨에 내려앉은 스트레스를 덜어주었다. 소리를 따라서 앨비는 조그만 거실로 들어섰다. 거실에는 두 개의 크림색 의자와 크림색 소파, 창문 두 개 그리고 아주 작은 참나무 책상이 있었고, 네 벽은 가운데에 백합 무늬가 길게 있는 빛바랜 파란색 벽지로 도배되어 있었다.

에델은 소파에 앉아서 무릎을 올리고 오른손으로 책을 펼쳐 들고 있었다. 앨비는 그녀와 프래프 마법사가 책장을 넘길 수 있을 정도로 섬세하게 움직이는 의수를 만들 수 있을까 고민했다. 에델의 머리카락은 우아한 퐁파두르 스타일로 올려져 있었고, 날씨에 비해 지나치게 발랄해 보이는 꽃무늬 드레스 차림이었다.

"엄마는 신경 쓰지 말아요. 이 모든 일에 대해서 미심쩍어 하시거든요."

에델이 의자를 가리켰고 앨비는 자리에 앉아서 앞에 무

거운 가방을 내려놓았다.

"왜요?"

에델은 어깨를 으쓱했다.

"당신과 프래프 마법사님이 의사가 아니니까요."

타당한 지적이었다.

"아. 하지만 프래프 마법사님께서는 의사와 연락하고 계세요. 두 분이 이번 주 초에 응접실 거울로 이야기를 나누시는 걸 봤어요."

에델은 미소를 지으며 책을 내려놓았다.

"당신을 다시 만나 기뻐요. 이 집은 좀 갑갑하거든요. 별로 사람들이 찾아오는 일도 없고."

"왜죠?"

그녀가 다시 어깨를 으쓱 추어올렸다.

"아마 뭐라고 말해야 할지 몰라서겠죠."

"음, 당신이 뇌를 다친 것도 아니잖아요. 안 그래요?"

앨비는 가방을 열고 장비와 펜, 재봉사용 줄자를 꺼내며 덧붙였다.

"그리고 당신이 밖으로 나가도 되고요."

비가 더 세게 내려 창문을 두드렸다. 앨비는 인상을 찌푸렸다.

"회복하기 좋은 계절은 아닌 것 같네요."

"팔이 아파요. 비가 와서요."

에델은 잘린 팔을 문질렀다. 더 이상 붕대를 감고 있지 않아서 고통스러워 보이는 상처가 그대로 드러났다.

"저희 어머니는 비가 오면 무릎이 아프다고 하시곤 해요."

"난 늘 그게 농담이라고 생각했는데, 사실이더라고요. 날씨가 몸에 영향을 줘요. 무릎처럼 딛고 서지 않아도 말이죠."

앨비는 줄자를 들어 올렸다.

"재도 될까요?"

"아. 그럼요."

에델이 일어서서 짧은 팔을 내밀었다. 앨비는 자로 잰 후 숫자를 장부에 적었다. 그리고 비교하기 위해서 오른 팔도 쟀다.

"도둑 얘기 들었어요."

에델이 말했다.

"아, 네. *진짜* 도둑은 아니었어요. 다행히 아무것도 훔쳐 가지 않았거든요."

"그래도요. 무슨 일이 생겼다면, 생각만으로도 무시무시해요."

앨비는 숫자를 기억하려고 엄지손가락으로 줄자를 계속 누른 채 몸을 폈다.

"사건은 대충 끝난 셈이에요. 침입자가 누군지 알려줄 만한 증거가 아무것도 없거든요. 하지만……."

"하지만?"

"음……."

앨비는 문을 힐끗 보고 나직하게 말했다.

"그게, 프래프 마법사님을 무척 싫어하는 에젤 마법사라는 사람이 있어요. 꽤 불쾌한 사람이죠."

"아, 레스토랑에서의 그 사람이요."

"난─ 네."

베넷이 그 이야기를 한 건가? 뭐라고 했을까? 앨비가 이상하게 행동했다고? 그들 사이에 역시나 스파크 같은 건 없었다는 결론을 내렸다고?

"그 사람이라고 생각해요?"

에델이 물었다. 앨비는 한숨을 내쉬고 수치를 장부에 적었다.

"나는 그 사람이라고 생각해요. 그 사람한테는 확실한 동기가 있으니까요. 하지만 증거가 없어요. 확고한 알리바이도 있고요. 그 사람은 그 시각에 집에 있었고, 부인이 침대에 있었다고 입증해줬어요. 그 사람 운전사는 집을 떠난 적이 없대요. 뭐 대충 그렇다더군요. 완전한 보고를 듣지는 못했어요. 하지만 그 사람의 플라스틱 연구실이 얼마 전에 도둑을 맞았기 때문에……."

그녀는 의자에서 일어나 에델 앞에 무릎을 꿇고서 오른팔을 쟀다.

"그 후로는 아무 일도 일어나지 않았어요?"

침묵이 흘렀다.

"앨비?"

"잠깐만요. 계산 좀요."

"아, 미안해요."

앨비는 천장을 보면서 머릿속으로 분수를 더하고 그 합을 장부에 적었다.

"그 후로는 아무 일도 없었어요?"

에델이 다시 물었다.

"아, 네. 우리도 훨씬 더 신중하게 행동하고 있어요. 프래프 마법사님은 자물쇠를 바꾸셨고 혹시 모를 일에 대비해서 결계를 설치하셨어요. 그리고 매일 밤, 일 끝나고 의수를 넣고 잠그시고요. 귀찮은 일이지만, 안전한 게 후회하는 것보다는 나으니까요. 작년에만 네 군데 플라스틱 연구실이 도둑을 맞았고, 아무도 누가 왜 그랬는지를 몰라요. 뭐 읽고 있어요?"

그녀가 한숨을 내쉬며 물었다. 에델은 책을 들어 보였다.

"《두 도시 이야기》요. 오늘 아침에 막 시작했어요. 읽어본 적 있어요?"

"아뇨. 난 소설은 별로 안 읽어요."

"한 번도요? 그렇다면 재미를 놓치고 사는 거예요, 앨비!"

앨비는 의자에 있던 장부를 도로 집었다.

"초등학교 들어가기 전에 《어둠 속》을 읽었어요."

에델이 웃었다.

"당신이 고딕 로맨스 독자일 거라고는 상상도 못 했는데요."

"내가 그 장르를 좋아할지 알기 위해서 최소한 그 장르의 책을 한 권은 읽어봐야 할 것 같았거든요."

에델은 몸을 앞으로 기울였다. 그녀의 눈이 고양이처럼

반짝였다.

"로맨스 이야기가 *나와서* 말인데요. 내 동생은 어때요? 걘 마음에 안 들게 자기 일엔 비밀스럽다니까요."

"어……."

앨비는 눈길을 피하고서 목을 가다듬었다.

"잘 모르겠어요. 당신이 나보다 그 사람을 더 자주 볼걸요."

에델의 얼굴이 흐려졌다.

"걔랑 안 만났어요?"

"지난 2주 동안은 못 만났어요. 하지만 이틀에 한 번씩 편지 새를 보내줘요. 최소한 종이 마법 시험은 열심히 준비하고 있는 것 같아요."

에델은 고개를 끄덕였다.

"최소한은요. 너무 신경 쓰지 말아요, 앨비. 걔네 스승이 너무 꼼짝 못 하게 잡는 데다가 걘 여자한테 좀 수줍음을 타거든요."

"뭘 신경 쓰지 말라고요?"

그는 정말로 그녀에게 편지를 보냈지만 그건 여전히…… 로맨틱하지는 않았다. 앨비가 연애에 대해 많이 아는 건 아니지만, 최소한 약간 로맨틱한 걸 쓸 수는 있었다. 설령 엠마가 좀 도와줘야 한다 해도.

당연하게도 그녀는 그 편지를 보낼 용기를 내지 못했다.

에델은 앨비의 얼굴을 빤히 보았다. 뭘 보는 건지 그녀는 알 수 없었다. 앨비는 그냥 전부 말하고 싶었다. *그 사람이 나한테 관심이 있는지 혹시 알고 있나요? 앞으로는요? 나에 관해 얘기는 하나요? 이 관계가 가능성이 있다고 생각해요?* 하지만 그녀는 입을 꽉 다물었다. 바보 같은 모습은 보이고 싶지 않았다.

에델의 얼굴에 장난기 어린 웃음이 피어올랐다.

"걔 방 한번 볼래요?"

"그— 그 사람 방이요?"

"물론 걔는 없어요. 걔는 베일리 마법사님이랑 사니까요. 하지만 걔 방은 아직 여기 있으니까……."

에델은 소파에서 당장 뛰어내릴 것 같았다.

앨비는 고개를 끄덕였다.

앨비의 손을 잡고 에델은 복도를 쏜살같이 지나서 계단으로 향했다. 반쯤 올라갔을 때 그녀의 어머니가 외쳤다.

"넌 쉬어야 해!"

하지만 에델은 그 충고에 귀를 기울이지 않았다. 그녀는 앨비를 데리고 왼쪽 두 번째 방으로 가서 문을 열었다.

"짜잔!"

그녀가 성한 팔을 잘 보이게 들어 올리고 짧은 팔은 뒤로 숨겼다.

딱히 대단한 방은 아니었다. 작고 꼭 필요한 물건들만 있는 간소한 방이었다. 지금 아무도 없으니 더 깨끗했다. 베넷의 침대에는 격자무늬 이불이 덮여 있었고, 창문 바로 아래에 있었다. 창틀에는 조그만 망원경이 있었다. 그가 별 보는 걸 좋아하나? 서랍장은 굉장히 높았고 그 위에는 그가 집에 왔을 때 남겨놓은 것 같은 다양한 종이 창작품이 놓여 있었다. 부채, 개구리, 그가 레스토랑에서 앨비에게 마법을 걸어주었던 것과 비슷한 꽃. 그녀는 그것을 작업실 선반 위에 올려놓았지만 도둑이 그것을 떨어뜨려서 섬세한 종이가 저절로 펴졌다.

그의 침대 옆 탁자에는 병 속에 든 배가 있었다. 그가 바다를 좋아하나? 아주 오래된 모델인 유리 마법 등불도 있었다. 옷장 문은 닫혀 있었다. 앨비는 그 안에 뭐가 있을까 궁금했다. 그는 패션도 늘 그렇게 수수하고 깔끔한 취향이었을까, 아니면 최근에 그렇게 입게 된 걸까?

"거기서 뭐 하고 있니?"

쿠퍼 부인이 계단 아래서 외쳤다.

"내려가요!"

에델이 씩 웃었다. 그녀가 앨비의 손을 다시 잡고 이번에는 훨씬 천천히 거실로 도로 데려갔다.

두 사람이 다시금 자리에 앉자 앨비는 억지로 플라스틱 마법으로 생각을 돌리고 어제 만든 몇 개의 플라스틱 컵을 꺼냈다. 그녀는 플라스틱을 연화시켜 에델의 잘린 팔 위로 덮고 '따라라: 패턴' 주문을 사용해서 에델에게 팔을 이쪽저쪽으로 움직여보게 했다. 잘린 팔이 플라스틱 안에 어떤 압점을 만든다면 그것을 의수에서 움직임을 활성화하는 부분으로 사용할 수 있을 것이다. 그녀는 그 작업을 여러 번 반복했다. 다양한 샘플이 있으면 더 나은 제품을 만들 수 있다. 가방을 챙기는 걸 도와주며 프래프 마법사가 그렇게 말했다. 마지막으로 앨비는 에델의 오른쪽 팔목과 손으로 여러 가지 자세의 진공흡착 모형을 만들었다. 프래프 마법사가 섬세하게 움직이는 모형을 만들기 위해서 이것들을 가지고 작업할 것이다.

"당신은 어떻게 생각하는지 말 안 해줬잖아요."

앨비가 짐을 싸는 동안 에델이 말했다.

"다 끝내고 나면 아주 잘 맞을 거라고 생각해요."

에델이 앨비의 팔을 살짝 때렸다.

"베넷의 방 말이에요."

앨비는 얼굴에서 머리카락 한 가닥을 쓸어 넘겼다.

"음, 내가 거기서 잘 것도 아닌걸요."

"아직은 말이죠."

그녀의 얼굴이 달아올랐다.

"에델."

에델이 웃었고 앨비는 자신이 그런 놀림을 별로 싫어하지 않는다는 걸 깨달았다. 친구가 웃는 걸 보니 좋았다.

앨비는 한숨을 쉬었다.

"물론 난 그 사람을 좋아해요. 정말로 좋아해요."

에델은 소파에 앉아 들썩거렸다. 손뼉을 치려다가 뒤늦게 한쪽 손의 부재를 기억하고는 동작을 멈췄다. 이내 그녀의 미소가 사라졌다.

앨비가 말을 바꾸었다.

"하지만 이게 무슨 결실을 이룰 것 같지는 않아요. 내 생각엔…… 베넷이 나에게 계속 관심을 보일 것 같지 않아요."

"왜요?"

"생각해볼 시간이 아주 많았어요. 증거를 분석하고, 가능한 결과들을 분류하고요. 현재의 가설은 – "

"앨비."

앨비가 입을 다물었다.

에델이 잘린 팔과 팔꿈치를 허벅지에 대고 몸을 기울였다.

"사랑을 그런 식으로 과학적으로 분석할 수는 없어요. 남자들은 관심 없는 여자에게 데이트를 청하고 편지를 보내진 않아요."

"*뭐가* 없이요?"

"이유 없이 말이에요."

앨비는 어깨를 으쓱거렸다.

"운전사가 밖에서 기다리고 있을 거예요."

에델이 미간을 찌푸렸다.

"내가 지나치게 몰아붙인 건 아니죠?"

"오, 아니에요. 전혀요. 솔직히 난 괜찮아요."

에델이 그녀의 손을 잡았다.

"당신은 좋은 친구예요, 앨비. 마법이 없어도요."

앨비가 손을 마주 쥐었다.

"당신도요, 에델. 팔이 없어도 말이죠."

몇 살 많은 여자의 눈에 눈물이 약간 고였다.

"오늘 내가 들어야 했던 말이 그거였던 거 같아요."

에델은 앨비를 문까지 바래다주었고, 실제로 프레드가 집 앞에 차를 세워두고 있었다. 그가 조수석 문을 열어주려고 차를 빙 돌아올 때 앨비는 또다시 그 따끔거리는 감각을 느꼈다. 지금 비는 잠깐 멎은 상태였다.

그녀는 주위를 둘러보고 서쪽으로 향하는 길을 따라 서 있는 나이 많은 상록수들을 응시했다. 이웃집들도 살폈다. 하지만 아무도 보이지 않았다.

차에 올라타면서도 그녀는 누군가가 *그녀*를 감시하고 있다는 느낌을 떨칠 수가 없었다.

13

⋯ ⋆ ⋆ ⋆ ★ ★🐚★ ★ ⋆ ⋆ ⋆ ⋯

앨비는 프래프 마법사의 실험실 한가운데 있는 아일랜드 탁자에서 두 번째 상자를 열었다. 오늘 그들은 우슬리 병원 코디네이터로부터 받은 특별주문 물품들을 가져갈 예정이었다. 반창고 붕대와 저장용 용기에는 마법이 걸려 있지 않지만, 여기에 프래프 마법사가 어떤 부러진 신체 일부에든 딱 맞게 변해서 신체적 회복 과정을 훨씬 더 매끄럽게 만들어줄 다양한 깁스를 만들었다. 그리고 그녀는 정해진 양만큼 거품 없이 채울 수 있는 주사와 찢어지지 않으면서 어떤 매트리스에든 딱 맞는 비닐 시트를 더했다.

"돌아오면 전이 가능한 진공흡착 형태와 불가능한 것 사이의 차이를 자네한테 보여주지. 얼마나 많은 사람이 음식 보존을 위해서 진공흡착 형태 주문을 하는지 알면 아마 놀랄걸."

프래프 마법사는 이미 꽉 찬 상자 위에 투명하고 얇은 플라스틱을 놓고서 명령했다.

"달라붙어라."

앨비는 두 번째 상자를 다 싸고 봉하기 위해서 자신의 플라스틱을 놓고 똑같은 주문을 반복했다.

두 명의 하인이 와서 운전사가 이미 기다리고 있는 자동차로 상자를 날랐다. 앨비와 프래프 마법사가 따라갔다. 하인이 상자를 차에 고정시키고 있는데 헴슬리 씨가 장원에서 나와 말했다.

"브레켄마커 양, 거울 통신이 왔습니다."

"저한테요?"

앨비가 물었다. 부모님은 오늘 연락한다고 하지 않으셨는데. 부모님이 그녀에게 연락하는 것은 언제나 어려운 일이었다. 거울 사이의 통신을 가능하게 하는 유리 마법이 컬럼버스부터 런던까지 단번에 도달할 수 없기 때문에 대서

양을 건너는 중간중간 다른 거울을 통해야 해서 이미지는 흐릿하고 소리는 잘 알아들을 수가 없었다. 그래도 그게 편지보다는 빨랐다. 그녀는 일주일에 한 번, 일요일 오후에 대체로 부모님과 이야기를 했다. 오늘은 금요일이었다.

프래프 마법사가 말했다.

"고맙네, 헴슬리. 가봐, 앨비. 서두를 필요 없으니까. 게다가 난 플라스틱 연구실 문을 잘 잠갔는지 확인해봐야 해."

앨비는 고개를 끄덕이고 항상 인상을 쓰고 있는 집사를 지나쳐 집으로 들어갔다. 그녀는 창문에서 짐을 싣는 것을 보고 있던 엠마에게 손을 흔들고 중앙 홀을 재빨리 지나 응접실로 갔다. 정말로 구석의 타원형 거울이 마법으로 빛나고 있었다. 하지만 거기에 떠 있는 것은 부모님의 흐릿한 얼굴이 아니라 베넷의 또렷한 얼굴이었다.

"어머!"

그녀가 황급히 다가가다가 자기 뒤꿈치에 발이 부딪쳐서 넘어졌다.

"앨비?"

거울이 물었다. 다행히 베넷에게 응접실 문이 있는 쪽까지 보이지는 않는 것 같았다.

"여기, 여기 있어요. 가요!"

그녀는 황급히 일어나서 거울까지 좀 더 안전한 걸음으로 걸어갔다.

"연락한다는 얘긴 없었잖아요."

사실 그에게서 나흘 동안 편지 새를 받지 못했다. 에델의 응원이 잘못된 것이었을까 봐 슬슬 걱정하던 차였다.

베넷이 뒤통수를 문질렀다.

"그렇죠. 미안해요. 내가 갑자기 나타나는 경향이 좀 있죠?"

"난 상관없어요!"

그녀는 자신의 목소리에 어린 열정에 움찔했다. *진정해, 앨비.*

"집사는 신경을 쓸지도 모르지만요."

참 잘했어, 앨비.

"이런, 미안해요."

"아뇨, 아니에요. 집사는 모든 일에 신경을 쓰는걸요. 걱정하지 말아요."

베넷의 입술에 살짝 미소가 떠올랐다.

"나도 그런 타입 알아요. 사실 나도 이 거울을 오래 쓸 수 없으니까 요점부터 말할게요. 당신이 크리스마스 때 집에 가는지 궁금해서요."

그녀는 고개를 끄덕였다.

"15일에 떠나요. 그리고…… 음, 미국에서는 2일 오후에 떠날 거니까 시차를 고려하면 아마도 여긴 3일일 것 같은데……."

"15일이라. 왔던 방식으로 돌아가는 거예요? 기차역으로?"

그가 고개를 끄덕이며 물었다.

"음, 네."

"배웅해줄 사람이 있으면 어떨까요?"

그는 손을 비트는 것처럼 꼼지락거렸다. 거울이 너무 높아서 확실하지는 않지만 말이다. 그가 덧붙였다.

"물론 당신은 굉장히 유능하지만 말이에요."

앨비는 뺨이 욱신거릴 때까지 자신이 웃고 있다는 걸 알아채지 못했다.

"난 길을 잃었는걸요."

"당신 탓이 아니었잖아요."

"배웅해줄 사람이 있으면 정말 좋을 것 같아요. 벤츠가 없다 해도요."

베넷이 한숨을 내쉬었다. 왜 그런 건지 그녀는 궁금했다.

"잘됐네요. 베일리 마법사님께 이야기해볼게요……. 우린 엄청나게 바빴어요. 크리스마스엔 상상할 수 있는 온갖 종이 장식 주문이 들어오거든요. 베일리 마법사님은 보통 교과서 일을 하시는데, 이번엔 종이 마법사가 부족했어요. 나도 연습이 필요한 것 같고요. 난 스물한 가지 종류의 마법 별을 접을 수 있어요……. 그게 시험에 나올 것 같지는 않지만요."

앨비의 입술이 오 자를 그렸다.

"그거 진짜 멋질 것 같아요. 우리 부모님한테는 사슬 장식이 있어요. 크리스마스를 세면서 저절로 풀리는 종류요."

"아, 그거요. 그건 꽤 단순하죠."

"아직 시험문제가 뭔지 몰라요?"

베넷의 거울 안쪽 멀리서 새로운 목소리가 들렸다. 성난 단어들이 웅얼웅얼 들렸지만 욕설이 끝나는 부분은 들렸다.

"베넷! ……그리고 배달이야!"

앨비가 인상을 찌푸렸다.

"베일리 마법사님이신가요?"

그는 햇살 같은 머리카락을 한 손으로 쓸어 넘겼다.

"맞아요. 그분은…… 스트레스를 받고 계세요. 그만 가
봐야겠어요."

앨비는 격려의 미소를 지었다. 최소한 격려의 미소처럼
보이려고 노력했다.

"그럼 15일에 봐요. 난 한 시 열차를 탈 거예요."

베넷이 고개를 끄덕였다.

"일찍 갈게요."

그의 손이 거울 바깥쪽에서 움직였고, 그의 모습이 은색
으로 흔들리다가 결국에 앨비 자신의 모습만 거울 속에 남
았다.

우슬리 병원의 배달 출입구는 오래된 건물 뒤쪽에 자리
하고 있었다. 좁은 길이 거기로 이어졌고 구급차가 남쪽에
서 길을 일부 막고 있었기 때문에 프레드는 옆 블록을 빙
돌아서 병원에서 그렇게까지 멀지 않은 곳에 적당한 주차
공간을 찾아냈다.

"잠깐이면 될 거야, 프레드."

프래프 마법사가 차에서 내려 뒤쪽으로 돌아갔고, 앨비는 따라 내리려고 의자에서 옆으로 움직였다. 그때 또 다른 자동차, 오래된 모델 중 하나가 옆을 지나가며 얼마 전에 내린 비로 생긴 진창의 물을 튕겼다. 흙탕물이 문과 앨비의 신발, 그리고 프래프 마법사의 바짓단에 튀었다.

그녀는 짜증 나는 차를 향해 혀를 내밀었다.

"무례하긴."

프레드가 의자에서 몸을 돌렸다.

"저 차는 메이페어부터 우리 뒤를 계속 따라왔어요."

"정말로요?"

앨비가 물었다. 같은 차가? 그녀는 그들이 어디로 가는 걸까 생각했다.

운전사가 고개를 끄덕였다.

"블록을 빙 돌아올 때까지도요."

문제의 자동차는 옆길로 들어가더니 시야에서 사라졌다.

앨비는 조심스럽게 길에 발을 내딛고 프래프 마법사에게 상자를 하나 받아 들면서도 눈은 앞쪽의 길거리를 주시했다. 상자는 가벼웠다. 플라스틱의 또 다른 장점이었다.

프래프 마법사가 앞장서서 길을 걷는 동안 앨비가 물

었다.

"왜 플라스틱 마법사에 대한 수요가 더 높아지지 않는 거죠? 플라스틱은 유리보다 더 가볍고 더 오래가고, 금속의 상당 부분을 대체할 수 있을 것 같은데요. 기계 부품 같은 거요. 아니면 은 식기나."

프래프 마법사가 웃음을 터뜨렸다.

"플라스틱 은식기?"

"플라스틱 식기요. 안 될 거 있나요?"

"시간이 흐르면서 플라스틱에 대한 수요가 늘어나고 우리가 계속해서 유용성을 증명하면 더 높아질 거라고 생각해. 플라스틱 마법사들이 만든 재료만이 아닐 거야. 자네가 말한 많은 것들은 보통 사람들도 만들 수 있는 거니까. 어쩌면 언젠가는 공장에서도 만들 수 있을 거고."

그들은 모퉁이를 돌았다. 앨비는 품에 안은 커다란 상자 때문에 미처 못 본 진창을 밟았다.

"생각해보면 겨우 10년 후에 세상이 얼마나 달라질지 – "

"거기 서."

거친 목소리가 말했다. 프래프 마법사가 즉시 멈췄다. 앨비도 그의 뒤에 우뚝 섰다.

금속이 철컥 하는 소리에 그녀의 등을 따라 냉기가 흘렀다. 그녀는 전에, 제퍼슨 학교 근처 총기 사격장에서 그 소리를 들어본 적이 있었다.

그녀는 몸을 돌리고 자신의 뒤에 있던 두 사람을 보았다. 그들은 평범한 영국식 옷을 입었지만 갈색 천을 얼굴에 두르고 눈만 드러냈다. 딱 앞이 보일 정도만. 키가 더 큰 쪽은 손에 권총을 들고 있었다. 더 작고 날씬한 사람은 칼을 들었고 머리에는 꼭 맞는 모자를 눌러썼다.

그녀의 몸이 얼음처럼 차가워졌다.

"이런, 이런."

프래프 마법사가 아주 천천히 몸을 돌리면서 말했다. 그들은 병원 뒤쪽 길과 이어지는 좁은 일방차로에 있었다. 집도 없고, 또 다른 자동차가 지나가지 않는 한, 목격할 만한 사람도 없었다. 도둑들은 운전사가 말했던 그 자동차에 타고 있었을 것이다. 자신들을 메이페어부터 따라왔다는 그 자동차.

"우리에겐 쓸 만한 게 아무것도 없어. 그저 병원 물품들뿐이야."

프래프 마법사가 천천히 말했다.

키 큰 강도가 총을 흔들었고 앨비는 움찔했다. 여길 피할 방법을 찾느라 머리가 핑핑 돌았다. 하지만 제대로 떠오르기 전에 전부 사라졌다. 그녀에겐 무기가 없었다. 싸울 수 있는 기술도 없었다. 도움이 될 만한 주문도 알지 못했다. 설령 안다 해도 플라스틱 마법은 여러 마법 중에 두 번째로 느린 마법이었다. 그녀가 방어도구를 만드는 동안 두 강도가 가만히 기다려줄지 의문이었다.

"상자 내려놔."

총을 든 남자가 말했다. 프래프 마법사가 상자를 바닥에 내려놓았다.

"하지만 –"

앨비가 말을 하려고 했다.

"내려놓으라고!"

그녀는 상자를 바닥에 놓았다. 상자가 길바닥에 쾅 떨어졌다. 상자를 내려놓느라 몸을 구부렸던 프래프 마법사가 몸을 세우고 양손을 들어 올렸다. 앨비도 그를 따라 했다. 심장이 가슴속에서 쿵덕쿵덕 뛰었다. 이게 정말 실제인가?

신께서 도와주시길. 이제 죽는 걸까? 주변 공기가 갑자기 차가워진 것 같았다. 그녀는 강도들의 뒤로 도와줄 만한 사람을 찾으려 했다.

총을 든 남자가 앞으로 나왔다. 앨비는 뒤로 주춤주춤 물러나다가 어떤 건물의 돌벽에 부딪혔지만 차마 돌아볼 수가 없었다. 그렇게 하려면 총에서 눈을 떼야 했기 때문이다. 권총이 텅 빈 검은 눈으로 그녀를 응시했다. 또 다른 강도가 몸을 구부려서 칼을 든 떨리는 손으로 상자를 열었다. 그는 안에 든 것을 뒤지며 종종 프래프 마법사 쪽을 힐끔거렸다. 붕대와 주사기와 심지어는 환자용 변기가 자갈길에 떨어졌다. 인상을 찌푸리고 그가 두 번째 상자를 뒤졌다. 그의 공범은 이제 프래프 마법사에게 총을 겨누었다. 더 많은 물건이 길 위로 쏟아졌다.

무릎을 구부리고 앉은 도둑이 고개를 흔들었다. 총을 든 남자가 욕을 했다.

"전부 쓸모없어."

그가 중얼거렸다.

두 번째 공이치기를 당기는 소리에 앨비의 숨이 목에 걸렸다. 그녀는 고개를 돌리고서 옷을 잘 차려입은 남자가 그녀가 온 길로 다가오는 것을 보았다. 얼굴은 가리지 않았다. 회색 머리에 거의 하얀 수염을 약간 길렀다. 이 남자 역시 총을 들고 있었다.

도둑들이 얼어붙었다.

"그거 내려놓지, 친구."

남자가 경고조로 말하고서 그녀의 스승을 향해 고개를 끄덕였다.

"매리언."

"알프레드."

프래프 마법사는 그들 앞에 두 명의 무장 강도가 마치 없는 듯한 말투로 남자의 이름을 부르며 인사했다. 앨비는 알프레드가 누군지 몰랐지만 그의 총이 도둑을 겨누고 있으니 당장에 그가 좋아졌다.

도둑이 총을 내려놓고 천천히 일어섰다. 앨비의 눈이 두 도둑 사이를 오갔다. 그녀는 키가 작은 남자를, 남자의 옷이 딱 맞는 것을 주시했다. 그가 주머니로 손을 넣었다.

그녀가 펄쩍 뛰었다.

"보세요. 저 사람이 – "

강도의 손이 무언가를 쏘았다. 폭발음이 울리고 종이 꽃가루같은 것이 두 강도를 집어삼켰다. 종잇조각들이 바닥에 떨어질 무렵 두 악당의 모습은 사라지고 없었다.

알프레드는 리볼버를 내리고 주머니에서 조그만 거울 같은 것을 꺼냈다.

"모든 경찰은 톰슨으로 오도록. 강도 두 명이 도망쳤다. 하나는 178센티미터. 다른 하나는 165센티미터. 둘 다 갈색 코트에 황갈색 바지 차림이다."

그는 거울을 닫고 주도로와 연결되는 방향으로 좁은 길을 달려갔다. 저기가 톰슨 가일 거라고 앨비는 생각했다. 그는 주위를 둘러보고 고개를 흔든 다음 다시 돌아왔다.

멀리서 경찰의 휘슬 소리가 울렸다.

프래프 마법사가 길게 한숨을 내쉬었다.

"자넨 신의 선물이야, 알프레드."

"내가 잘못된 장소에 적절한 시간에 나타나는 경향이 있지."

남자가 미소를 지었다. 프래프 마법사는 한 손으로 얼굴을 문지르고 눈을 깜박이며 정신을 다시 차리는 모습이었다.

"내 정신 보게. 앨비, 이쪽은 알프레드 휴즈 마법사야. 알프레드, 이쪽은 내 견습생인 앨비 브레켄마커지."

휴즈 마법사가 그녀에게 고개를 끄덕였다.

"놈들이 돌아오거나 세 번째 공범이 나타날지도 모르니 내가 함께 가지요."

앨비는 차가운 12월 공기에 자신의 몸을 껴안았다. 심장은 아직 진정되지 않았고 팔은 불안감에 떨렸다.

"조- 종이 마법사일까요?"

휴즈 마법사는 고개를 흔들었다.

"아닐 것 같군요. 종이 꽃가루를 감추는 건 전이 가능한 마법이에요. 아마 어디서 산 거겠죠. 하지만 그 주문으로는 그리 멀리 갈 수 없어요."

앨비는 고개를 끄덕였다. 발에 붕대가 밟혔다. 정신을 차리고 그녀는 몸을 구부려 물건들을, 젖은 것까지 전부 상자에 다시 담기 시작했다.

프래프 마법사가 길게 한숨을 쉬었다.

"우린 그저 물품을 배달하러 가던 길이었네. 아, 참 다시 한 번 사과하지."

그가 고개를 흔들었다. 그 역시 불안해 보이는 모습이었다.

"내가 소개할 때 빼먹었군. 앨비, 알프레드 휴즈 마법사는 영국 경찰국장이지. 그건 꼭 말해야 하는 중요한 정보 같은데 말이야."

휴즈 마법사가 낄낄 웃었다.

앨비는 물건들을 상자에 담다 멈추고서 커다래진 눈으로 휴즈 마법사를 쳐다보았다.

"정말로요? 전, 어."

그녀가 일어나서 양손을 바지에 닦은 다음에 오른손을 내밀었다.

"만나 뵙게 되어 영광입니다, 마법사님."

그는 그녀와 악수를 나누었다. 그의 손길은 단단했다. 기묘하게도 그게 불안을 더는 데 도움이 되었다.

"아가씨도 반가워요. 여기에 새로 온 모양이죠, 아마도?"

"네. 9월부터요."

"힘겨운 상황에서 이성을 유지하는 젊은 아가씨를 보는 건 언제나 기쁜 일이죠."

그가 그녀의 손을 놓아주었다.

프래프 마법사도 몸을 구부리고 물건을 주웠다. 휴즈 마법사가 그를 도와주었다.

"여기는 어쩐 일인가?"

프래프 마법사가 물었다.

"의회 건물로 가던 길이지. 달리 뭐가 있겠어? 흠."

그가 말아놓은 붕대를 집어 들고 손안에서 이쪽저쪽으로 돌려보며 물었다.

"놈들이 뭘 찾는다고 생각해?"

앨비의 생각이 즉시 플라스틱 연구실로 향했다. 길거리의 이 강도들이 연구실 도둑들과 관련이 있을까? 프래프 마법사도 그럴 수 있다고 생각하는 듯 모든 걸 다 챙겨서 병원으로 다시 걸어가면서 침입 사건 이야기를 했다. 휴즈 마법사는 듣지 못한 모양이었지만 앨비는 그리 놀라지 않았다. 마법사 내각의 한 부서인 경찰 총책임자에게는 실패한 도둑질보다 걱정할 만한 더 중요한 일이 많을 테니까.

그들이 톰슨 가를 건너서 배달 출입구로 갈 때 또 다른 사이렌 소리가 울렸다.

"그렇군. 무슨 일 있으면 계속 나한테 알려주게, 매리언. 나도 그럴 테니까."

휴즈 마법사가 고개를 끄덕인 다음 앨비 쪽으로 몸을 돌려 목례를 했다.

"그럼 좋은 하루 보내요."

앨비도 마찬가지로 목례를 했다. 휴즈 마법사는 왔던 길로 서둘러 가버렸다. 어딘가에 마차를 세워둔 걸까, 아니면 여기서 의회 건물까지 걸어갈 만한 거리인가?

프래프 마법사가 배달 출입구 문을 두드렸다. 그리고 한숨을 뱉어냈다.

"모든 일에 관해서 사과하지, 앨비. 우리가 하려는 모든 좋은 일에도 불구하고 세상에는 끔찍한 놈들이 있어."

앨비는 그를 힐끗 본 다음 그들이 온 길을 돌아보았다.

"놈들뿐만이 아니에요, 프래프 마법사님."

"흠?"

그녀는 손안에서 상자를 고쳐 잡았다.

"키 작은 쪽은 여자라고 전 거의 확신해요."

남자 옷을 입긴 했지만, 옷이 영 이상하게 맞았다. 그리고 머리카락을 감추려는 것처럼 모자를 쓰고 있었다.

"난…… 눈치채지 못했는데."

앨비는 휴즈 마법사가 사라진 방향으로 고갯짓을 했다.

"그분은 무슨 마법사세요?"

"휴즈 마법사는 고무 마법사지."

"정말로요?"

고무 마법은 플라스틱 마법과 가장 가까웠다. 애초에 플라스틱을 마법 재료로 찾아낸 것이 고무 마법사였다. 아버지가 고무 제조 공장을 소유하고 있으니 베넷이 이 이야기를 듣고 싶지 않을까 궁금해졌다. 에델이 팔을 잃은 바로 그 공장.

에델.

앨비는 품에 안고 있는 물품들을 내려다보았다.

플라스틱 연구실에서 물건을 훔치려고 했던 사람, 그리고 그녀의 이론이 옳다면 오늘 밤에 그들을 공격했던 강도들은 에델의 의수를 노린 게 분명했다. 그게 실험실에서 이미지돔을 제외하면 진정한 가치가 있는 유일한 물건이니까. 하지만 이미지돔은 프래프 마법사의 것이라는 걸 금방 알아낼 수 있으니 파는 게 불가능했다. 그러나 프래프 마법사의 플라스틱 연구실은 *네 번째로* 습격당한 곳이고, 다른 피해자의 실험실에는 의수가 없다! 도둑은 대체 뭘 좇는 걸까?

대회에 내놓을 만한 걸 찾나요, 에젤 마법사? 그녀가 생각했다. 물론 그 역시 도둑을 맞았지만 어쩐지 앨비에게는 올바르지 않게 느껴졌다. 이것은 두 개의 변수가 있고 두 번째 변수를 찾을 만한 숫자가 부족한 수학 방정식을 푸는

것과 비슷했다.

도둑에게는 대단히 불행하지만, 그녀는 수학에 굉장히
뛰어났다.

14

앨비는 포장한 선물을 신중하게 짐가방 한가운데 내려 놓고 집으로 가는 동안 분명히 여기저기 부딪치게 될 것에 대비해서 옷으로 주변을 잘 감쌌다. 아버지를 위한 영국제 주머니 시계는 금색 보호용 덮개를 제거하고 시계의 모든 장치가 보이게 투명해지는 마법을 건 튼튼한 플라스틱으로 대체했다. 어머니를 위해서는 이미지 기억 주문을 걸어서 저절로 밀가루 반죽을 펴는 플라스틱 밀방망이를 만들었다. 부모님이 기뻐하시면 좋을 텐데. 알아보기 힘든 거울 통신 대신에 부모님을 직접 보면 정말로 좋을 것이다. 그녀는 아직 도둑들을 만난 일이나 그다음 날 경찰의 심문을 받은 일에 관해서는 이야기하지 않았다. 부모님이 걱정하시거나 혹은 더 나쁘게는 집에서 가까운 곳으로 이전하라고 하시는 걸 바라지 않았기 때문이다. 게다가 그녀 자신도 그 사건에 대해서 별로 기억하고 싶지 않았다. 가족과 휴일에 집중하는 게 훨씬 더 즐거웠다. 크리스마스가 지난 후 부모님께 이야기할 것이다. 아마도.

베넷에게 줄 선물은 그녀의 어깨에 멘 가방에 들어 있었다. 이미 에델에게는 이번 주 초에 초콜릿 한 상자와 《암흑의 핵심》을 보내주었다.

프래프 부인은 연휴를 위해서 아낌없이 꾸몄다. 저택은 상록수 가지와 호랑가시나무가 여기저기 걸려 있었다. 심지어 종이 마법사를 고용해서 천장에서 다양한 움직임으로 빙글빙글 도는 조그만 눈송이들을 설치하게 했다. 복도에 있는 유리 마법과 불 마법 등불은 밤에는 초록색과 빨간색으로 빛을 냈고, 지난 2주 동안 부인이 저녁 식사 자리에서 크리스마스 메뉴나 자신의 여동생을 포함해서 세 자녀 모두 집에 올 거라는 이야기를 빠뜨린 적이 한 번도 없었다.

"프레스턴은 꽤 잘생긴 아이야. 그 애는 학구적인 여자들을 좋아하지. 그 애를 만나보게 이틀만 더 머물다 갈 생각이 정말로 없어?"

어젯밤에 프래프 부인은 앨비에게 자신의 제일 큰 조카를 들먹이며 말했다. 앨비는 미소를 지으며 짐가방을 닫았다. 그럴 마음은 없었다. 빨리 집에 가고 싶었고, 그녀가 함부르크로 떠나기 전에 만나고 싶은 영국 남자는 딱 한 명뿐이었다.

엠마의 부드럽고 낯익은 노크 소리가 문에서 울렸다. 그녀가 문을 살짝 열었다.

"쿠퍼 씨가 오셨어요, 앨비. 중앙 홀에서 기다리시라고 했어요."

"고마워요. 금방 내려갈게요."

엠마가 미소를 띠며 나갔고 앨비는 거울을 보았다. 엠마에게 여행을 위해 머리를 손질해달라고 하고 싶은 유혹을 느꼈다. 몇 주 동안 직접 만나지 못했던 베넷을 위해서 좀 특별하게 꾸미고 싶었다. 하지만 여행을 앞두고 옷을 차려입는 건 비합리적인 행동이었다. 특히 배를 타야 하니까 말이다. 대신에 앨비는 약간의 세럼과 빗으로 곱슬머리를 좀 가라앉히고 등 뒤로 프랑스식으로 두툼하게 땋아 내렸다.

그렇게 하면 안경이 좀 더 커 보이는 것 같았지만 그건 어쩔 도리가 없었다.

하지만 평소의 옷차림에서 딱 한 가지 특별한 예외를 두었다.

짐가방을 들고 앨비는 복도로 나왔다. 하인 한 명이 계단 옆에서 기다리고 있다가 친절하게 그녀 대신 짐을 들어주었다. 깊게 숨을 들이켜고 앨비는 그의 몇 걸음 뒤에서 걸었다. 내려가는 동안 밤색 치마가 검은 스타킹을 사그락사그락 스쳤다. 앨비는 사그락거리는 소리가 좋았다. 바지를 포기할 만한 한 가지 장점이었다.

그의 햇살 같은 머리카락이 먼저 눈에 들어왔다. 그는 현관 근처의 꽃병을 보는 것 같았다. 밝은 머리카락은 길 때 빛을 더 잘 반사했는데 아쉽게도 최근에 좀 잘라낸 상태였다. 그는 긴 검은 코트를 입었고, 계단에서 들리는 발소리에 몸을 돌리자 잘 다린 회색 바지에 하얀 셔츠, 그 위에 크림색 조끼를 입은 것을 볼 수 있었다. 넥타이나 그 비슷한 것은 하지 않았고, 셔츠 첫 번째 단추는 풀어놓았다. 바보 같다는 건 알지만 그 약간의 흐트러진 모습에 앨비는 우와 하고 감탄했다.

그의 눈이 그녀의 눈을 보았고, 그가 환한 미소를 짓자 앨비는 벌써 마법사가 된 기분이, 아니 그보다 더 좋은 것이 된 기분이 들었다. 앨비는 얼굴을 잘 붉히는 타입은 아니었지만 그 환한 미소에 뺨이 뜨끈하게 달아올랐다. 1층으로 내려와서 그를 똑바로 쳐다보자 더더욱 얼굴이 뜨거워졌다.

하인이 베넷에게 인사를 했고 그는 정문 쪽을 가리켰다. 앨비는 창문으로 벤츠 펜더를 볼 수 있었다. 하인이 서둘러 나가며 문을 열자 차가운 공기가 훅 들어왔다.

베넷의 시선이 앨비의 치마로 내려갔다.

"근사하네요."

그녀는 어깨를 으쓱였다.

"오늘은 사그락사그락하는 게 좋아서요."

그가 웃었다.

"사그락사그락?"

그녀는 고개를 끄덕였다.

"당신만 좋다면 돌아온 다음에 이걸 입어보게 해줄게요. 당신 골반이 나랑 크게 다를 것 같진 않으니까요."

그녀는 눈으로 그의 사이즈를 따지며 말했다.

베넷은 낄낄 웃었고 앨비는 그의 뺨이 빨개지는 것을 보고 씩 웃었다. 이건 좋은 거겠지?

"그건 사양할게요. 어린 시절에 에델 누나의 치마를 입어보려고 한 적이 있다는 건 인정하지만, 그 후론 입어본 적이 없어요. 나 때문에 당신이 늦는 건 싫으니까 그만 가죠."

그가 팔꿈치를 내밀었다.

"가기 전에 한 가지 부탁이 있어요. 크리스마스고 하니까요."

그가 팔꿈치를 내렸다.

"흠?"

"음, 당신 머리카락을 만져봐도 될까요?"

그녀가 바닥을 발가락으로 꾹 누르며 물었다. 베넷은 눈을 잠시 깜박이다가 웃음을 터뜨렸다.

"내 머리카락을 만져보고 싶다고요?"

"부탁해요."

미소를 띤 채 입술을 약간 오므리고 그가 머리를 조금 숙이고서 손을 화려하게 벌렸다.

입술을 깨문 채 앨비는 앞으로 나와서 손가락으로 햇살을 빗겨 보았다. 부드럽고 살짝 기름기가 느껴졌다. 그녀는 그걸로 담요를 만들고 싶었다.

물론 그에게 그런 말은 하지 않을 것이다.

"고마워요."

그녀의 말에 그가 몸을 폈다. 손을 내밀어 앨비는 자신이 헝클어놓은 삐죽 나온 부분을 바로잡았다.

"당신은 정말 특별한 사람이에요, 앨비. 하지만 이런 건 상호교환이 되어야 하는 법이죠."

그녀가 눈을 깜박였다.

"어떻게요?"

그가 팔짱을 끼고 고개를 옆으로 기울였다. 그의 뺨이 웃음을 감추느라 팽팽해졌다.

"내 머리카락을 만진 대신에 난 당신 안경을 써보고 싶어요."

앨비는 코웃음을 쳤다.

"장난치는 거죠?"

베넷은 기다렸다.

눈을 굴리고서 앨비는 안경을 벗고 눈앞의 흐릿한 세상을 향해 눈을 찡그렸다. 그리고 그에게 안경을 건넸다. 베넷 같은 흐린 형체가 그녀의 안경을 써보았고, 그녀는 다른 안경이 있어서 그가 얼마나 우스꽝스러워 보이는지 볼 수 있으면 좋겠다고 생각했다.

"후아. 앨비, 당신 완전 장님이네요."

그가 재빨리 안경을 벗으며 말했다.

"거의 그렇죠."

그는 그녀에게 안경을 돌려주었고, 그녀는 안경다리를 귀에 걸쳤다. 모든 게 다시 또렷해졌다. 베넷은 손바닥으로 눈을 문지른 다음 웃음을 터뜨렸다.

"처음 당신을 만났을 때 그렇게 헤매고 있었던 것도 놀랄 일이 아니군요. 이렇게 눈이 나쁜 사람은 만나본 적이 없어요."

앨비가 미소를 지었다.

"아버지는 신께서 내가 너무 완벽해지지 않도록 눈을 나쁘게 한 거라고 하셨죠."

그녀는 그 생각에 웃음을 지었다.

베넷은 다시 팔꿈치를 내밀었다.

"신께서 뭔가 계획이 있으셨던 건지도 모르죠. 자, 폭풍이 곧 불 거예요."

앨비는 얼굴이 달아오를 것 같았으나 창밖을 보며 관심

을 돌렸다.

"날씨가 안 좋은데 차를 타고 가도 안전할까요?"

"조심해서 몰겠다고 약속할게요."

그녀는 그의 팔을 잡고 온기에 몸을 떨었다. 그게 말이 되는 건지는 모르겠지만. 그를 따라서 벤츠로 향했다. 바람이 꽤 거셌다. 베넷은 그녀가 자리에 앉는 것을 도와주었다. *망할 치마 같으니, 모든 걸 어렵게 만들어.* 베넷도 운전석에 탔고, 앨비는 그에게 크리스마스에 관해 물었다. 그는 기차역으로 가는 동안 그의 가족과 베일리 마법사에 관해서 약간 이야기를 했다. 앨비는 그가 이야기하는 동안 그의 옆얼굴을 보았다. 그는 정말 근사한 옆얼굴을 지녔다. 그녀는 그가 언젠가 엄청난 업적을 이뤄서 후대가 보고 감탄할 수 있게 누군가가 그의 구리 흉상을 만들어 저 옆얼굴을 길이길이 남겼으면 하고 바랐다.

그들은 역에 도착했다. 9월에 앨비가 도착했을 때보다 훨씬 더 붐볐다. 베넷은 그녀의 짐가방을 들어주겠다고 했고, 그녀는 그의 팔꿈치를 잡고 거대한 역을 가로질러 그를 따라갔다. 몇 번 오른쪽 무릎에 짐가방이 부딪쳤고 그녀는 베넷이 신경 쓰지 않기를 바랐다.

그들은 플랫폼을 찾았다. 십여 명의 다른 사람들이 같은 열차를 기다리고 있었다. 앨비는 표와 모든 서류가 잘 있는지 다시 한 번 확인했다.

"난…… 음, 당신에게 줄 걸 만들었어요."

베넷이 말했다.

그녀의 얼굴에 기쁨이 차올랐다. 그는 그녀의 짐을 내려놓고 긴 직사각형 상자를 꺼냈다. 코트 안쪽에 넣어두었던 게 분명했다. 갈색 종이로 싸고 파란 리본을 달아놓았다. 그걸 보자 그녀의 심장이 녹아내리는 동시에 쿵쾅쿵쾅 뛰기 시작했다.

그녀는 조그만 상자를 자신의 가방에서 꺼냈다. 상자는 프래프 부인이 연휴를 위해서 산 반짝이는 은색 종이로 포장되었고 그녀의 손바닥에 들어갈 만큼 작았다.

"나도 당신에게 줄 걸 만들었어요."

베넷이 미소를 지었다. 둘 다 머뭇거리다가 어색하게 선물을 교환했다.

"당신 먼저요."

그가 말했다.

근처에 있는 빈 의자에 앉아서 앨비는 리본 아래로 새끼

손가락을 집어넣고 신중하게 종이를 뜯었다. 테이프나 풀을 전혀 쓰지 않아서 그녀는 잠깐 놀랐다. 전부 다 아마도 일종의 부착 주문으로 만든 게 분명했다.

베넷이 낄낄 웃었다.

"찢어야죠."

그녀는 고개를 저었다.

"보관해두고 싶어요."

안에 든 건 책이었다. 검은 가죽 표지로 된 작고 깔끔한 책이었다. 안에는 갓 깎아놓은 연필과 줄을 친 빈 종이들이 가득했다.

베넷이 설명했다.

"메모할 때 쓰라고요. 당신이 메모를 아주 많이 한다는 걸 알게 됐거든요. 그리고 뒤쪽에 있는 건 '모방해라' 주문을 건 종이예요."

앨비는 뒤로 넘겨보았다. 가장자리가 울퉁불퉁한 줄 없는 종이들이 여러 장 있었다. 베넷이 말을 이었다.

"내가 나머지 절반을 갖고 있어요. 만약에, 그러니까……떠나 있는 동안에도 계속 연락을 하고 싶다면요."

앨비의 얼굴에 퍼진 웃음이 너무 커다래서 얼굴에 다 들어가지 않을 것 같은 느낌이 들 정도였다. 공책은 굉장히 근사했고, 특히 그가 직접 만들었다는 점이 멋졌다. 하지만 '모방해라' 주문을 걸었다는 건 그녀가 바다 건너에 있는 동안에도 그가 그녀와 이야기를 하고 싶다는 뜻이리라. 행복한 웃음이 그녀의 가슴속에서 거대한 나비처럼 날갯짓했다.

"정말로 굉장히 좋아요. 오, 베넷, 정말 고마워요."

그녀는 공책을 덮고 벌떡 일어나서 그의 목에 팔을 둘렀다. 그는 처음에는 머뭇거리다가 그녀의 허리에 팔을 둘렀다. 정말 행복하고 근사한 느낌이었다. 주문과 공책보다도 더 좋았다. 앨비는 몸을 떼고 그의 얼굴을 바라보았다.

그의 눈이 그녀의 입술로 내려갔고, 그의 얼굴이 빨개졌다.

그를 당황하게 한 것 같아 그녀는 그에게서 팔을 풀고 한 걸음 물러났다.

"이제 당신 차례예요."

베넷은 목을 가다듬고 손에 든 조그만 선물로 시선을 돌렸다. 거의 무게감이 느껴지지 않았다. 그는 포장을 풀었다. 안에는 육각형 모양의 투명한 플라스틱이 들어 있었다. 그는 의아한 듯이 그것을 뒤집어보았다.

"당신 방에 망원경이 있는 거 봤어요."

그 말에 그는 그녀의 눈을 홱 쳐다보았다. 그녀가 황급히 설명했다.

"에델이 보여줬어요. 난 모든 면에서 대단히 적절하게 행동했으니까 이상하게 생각하진 말아요."

그가 싱긋 미소를 지었다.

그녀는 육각형 플라스틱을 들고 있는 그의 손을 자신의 양손으로 잡았다. 그리고 엄지손가락을 플라스틱에 대고서 말했다.

"이미지 기억: 오리온."

플라스틱이 짙은 파란색으로 어두워지고 그 위에 별을 의미하는 하얀 점이 생겼다. 오리온자리였다. 앨비가 가장 좋아하는 별자리였다.

"이런 세상에."

그가 나지막한 어조로 중얼거리고서는 육각형을 얼굴 위로 들어 올려 살폈다.

"끌 수는 없어요. 내가 주문을 바꾸는 방법을 아직 모르거든요. 그러니까 이대로 계속 반짝거릴 거예요."

그의 시선이 육각형에서 그녀 쪽으로 움직였다.

"내가 왜 이걸 *끄고* 싶겠어요?"

앨비는 미소를 짓고 가슴속에서 느껴지는 가벼운 풍선 같은 느낌을 한 손으로 눌렀다. 열차의 휘슬 소리가 울렸고 주변 사람들이 플랫폼 가운데로 모여들었다.

"당신에게 편지를 쓸게요. 주문으로요. 글씨를 작게 써서 아주 많이 쓸 거예요. 그리고 당신이 원하면 그림도 그려볼게요."

그녀가 약속했다.

"그러면 좋겠어요. 아주 많이요. 나도 당신에게 편지를 쓸게요."

"에델은요?"

그가 한쪽 눈썹을 올렸다.

"누나한테는 그 공책에서 한 줄도 내주지 않을 생각이에요. 누나는 당신과 얘기하려면 당신이 돌아올 때까지 기다려야 할 거예요."

열차가 그녀의 뒤에서 멈췄다. 문이 열렸고 사람들이 내리고 탔다. 앨비는 표를 손에 들고 짐가방을 들었다.

"당신이 그걸 바란다면 그렇게 해요."

그러고서 순간적으로 용기를 내서 그녀는 몸을 앞으로 기울여 베넷의 뺨에 키스했다. 그녀가 먼저 키스했지만 맥박이 빠르게 뛰었고 피가 거품이 되어서 피부 아래서 보글보글 이는 느낌이었다. 안경에 얼룩이 생겼지만 그가 눈치채지 못했기를 바랐다.

"고마워요. 잘 있어요."

그녀가 말했다.

뺨을 어루만지면서 베넷이 고개를 끄덕였다.

"해피 크리스마스, 앨비."

앨비는 부모님과 집에서 보내는 연휴를 굉장히 즐겼다. 며칠 동안 집이 눈에 푹 파묻혀 플라스틱 연구실도 없고 공부할 책도 딱 한 권뿐인 방 안에 갇힌 신세가 됐지만 말이다. 그래도 전혀 지루하지 않았다. 몇 시간 동안 부모님과 이야기를 나누고, 친구들과 게임을 하고, 베넷의 '모방해라' 주문이 걸린 종이에 공간을 아끼기 위해서 아주 조그맣게 글을 썼다. 베넷은 굉장히 기쁘게도 종종 그녀의 말과 질문에 금세 답을 해주었다. 그는 에델이 매일매일 조금씩 나아지고 있지만, 여전히 집 밖으로 나가는 건 좋아하지 않는다고 적었다. 그의 어머니는 에델의 팔에 씌울 팔토시를 떠주었고, 에델은 진짜 손같이 생겼지만 당연하게도 아무 기능도 없는 임시 의수를 맞추었다. 그 이야기를 듣고 앨비는 당장이라도 플라스틱 연구실로 돌아가서 그녀와 프래프 마법사가 만들고 있는 창작품을 더 정교하게 다듬고 싶은 열망을 강렬하게 느꼈다.

그들의 메시지가 전부 사무적인 내용은 아니었다. 베넷은 자신의 크리스마스와 다가오는 시험, 가족과 날씨에 관해 이야기했다. 한번은 영국의 개 품종에 관해 이야기하다가 앨비의 머리카락에서 물방울이 떨어져 종이를 적셨다. 그게 베넷 쪽에도 나타났는지 그가 물었다. *앨비, 당신 울어요?*

오, 아니에요. 막 목욕(bath)하고 나왔어요. 그녀가 답을 적었다.

그가 몇 분 동안 조용해서 앨비가 물었다. *영국에는 바스 (Bath)라는 이름의 동네가 있지 않아요?* 그리고 그가 다시 답을 적기 시작했다.

그녀의 아버지가 새해에 친구 가족들을 초대했고, 손님들은 늦게까지 머물며 비엔나 슈니첼과 브라트부르스트,

스프링헤를레 쿠키, 과일케이크를 먹었다. 앨비는 새해 첫 날 어머니와 쇼핑을 갔다. 그리고 1월 2일에는 크리스마스에 받은 새 바지를 입고 미국과 대서양을 가로질러 푸딩과 파운드와 플라스틱 마법의 땅으로 긴 여정을 떠났다.

앨비는 프래프 마법사에게 운전사가 나올 필요가 없다고 미리 연락을 보냈고, 그녀가 올바른 기차역에 내렸을 때 햇살 같은 머리카락의 청년과 벤츠가 그녀를 두 번째 집까지 데려다주기 위해 기다리고 있었다.

앨비는 그를 보고 활짝 웃었다.

"안녕!"

어색하게 짐가방을 내려놓고 그를 껴안았다. 앨비는 이번에는 그가 머뭇거리지 않고 그녀를 마주 안는 것을 알아챘다.

베넷이 그녀의 짐가방을 들었다.

"친애하는 앨비, 내가 기억하는 것보다 더 미국인처럼 말하는군요."

"그래요?"

그는 짐가방을 양손에 들고 있음에도 불구하고 팔꿈치를 내밀었고, 앨비는 자신의 무릎이 가방에 부딪히는 것에 그가 신경 쓸 겨를이 없는 게 분명하다고 생각했다.

런던에는 종종 그렇듯이 비가 내리고 있었다. 베넷은 먼저 그녀의 짐을 들고 벤츠로 달려가 문을 열어주었다. 그녀는 서둘러 안에 타고서 접이식 지붕 위로 차가운 물방울이 떨어지는 소리를 들었다. 베넷이 운전석에 타자 그녀는 그의 머리에서 빗방울을 털어주면서 말했다.

"그래도 눈은 아니네요. 눈이 오면 운전하기가 정말 끔찍한데."

"맞아요."

그가 운전대에 손을 얹지 않고서 머뭇거리다가 말했다.

"앨비, 출발하기 전에 당신이 뭘 좀 읽어봐야 할 것 같아요."

그녀는 갑자기 진지해진 그의 표정을 보고서 인상을 썼다.

"뭔데요?"

그가 좌석 사이에 꽂아놓았던 신문을 꺼냈다.

"이건 사흘 전 거예요. 당신의 연휴를 망치고 싶지 않았고, 프래프 마법사님이 당신에게 이 얘기를 하려고 하시면 어떤 기분이실지 몰라서요."

앨비의 얼굴이 창백해졌다. 도대체 뭐지? 의수를 도둑맞았나? 발견 대회가 취소됐나? 아니면 에젤 마법사가 압축 주문이라도 발견했나?

그가 그녀에게 신문을 건네고 1면 기사를 가리켰다. 두 번째로 큰 기사의 표제는 다음과 같았다.

"하인이 간통을 고백하며 브라이어 홀이 스캔들로 뒤덮이다."

기사를 읽는 동안 그녀의 입이 떡 벌어졌다. 그녀는 대단한 작가는 아니었지만, 꽤 우회적인 내용 같았다. 그들은 하인이나 정부의 이름을 전혀 언급하지 않고, "매리언 프래프"라는 이름만 거의 단락마다 나왔다.

"이건 명예훼손이에요. 프래프 마법사님은 절대로 바람을 피울 분이 아니에요. 부인을 얼마나 사랑하신다고요. 게다가 정부랑 시간을 보내는 건 고사하고 정부를 고르실 만한 시간도 없으신걸요!"

마지막 문장을 읽고서 그녀가 말했다. 베넷도 인정했다.

"나도 좀 수상하다고는 생각했어요. 하지만 전보 뉴스랑 다른 신문 두 군데에도 나왔어요."

그녀가 신문을 내렸다.

"누가 기사를 썼죠? 대체로 기자 이름이 나오잖아요, 안 그래요?"

베넷은 인상을 찌푸린 채 신문을 받아서 기사를 훑어보았다.

"흠. 당신 말이 맞아요. 여기엔 아무 이름도 없네요."

"왜냐하면 가짜뉴스로 증명되면 아무도 책임을 지고 싶지 않으니까 그런 거죠."

그녀는 팔짱을 끼고 있다가 갑자기 얼굴이 창백해졌다.

"이런, 안 돼."

"왜요?"

"발견 대회는 높은 학술적 성과와 자격 기준으로 유명해요. 최고 중의 최고만 받죠. 프래프 마법사님의 평판을 공격하는 기사 때문에 결과물을 제출하는 데 문제가 생길 수 있어요."

베넷의 얼굴도 핏기가 사라졌다.

"그렇군요."

그녀는 깊게 숨을 들이켜며 녹이 슨 그녀의 머릿속에 있는 모든 기어를 돌리려고 노력했다. 눈이 뜨거워졌지만 눈물이 나오려는 건 아니었다. 등 근육이 팽팽하게 잡아당긴 가죽처럼 긴장됐다.

"당장 브라이어 홀로 날 좀 데려다줄래요?"

그는 고개를 끄덕이고 신문을 좌석 사이에 꽂고서 벤츠를 길 위로 몰았다. 앨비는 저택으로 가는 동안 다른 생각은 거의 할 수가 없어서 베닛에게 별로 좋은 대화 상대가 되지 못했다. 도대체 어떤 하인이 신문사에 간 걸까? 당연히 기사는 거짓말이다. 앨비는 프래프 마법사를 알고 그의 부인도 잘 알았다. 바람을 피운다는 생각조차 터무니없었다. 설령 그들의 결혼 생활이 엉망이라고 해도 프래프 마법사에게는 다른 관계를 유지할 만한 *시간이 아예 없었다.* 한번은 앨비가 그에게 목욕하라고 상기시켜줘야 할 정도였다!

근거도 없는 이런 보도가 정말 프래프 마법사의 커리어를 망가뜨릴 수 있을까? 그녀의 커리어도 망가뜨릴 수 있을까?

아니. 아냐, 그만해. 그녀는 나중에 생각하기 위해서 이 생각을 단단한 상자 속에 집어넣었다. 그녀는 지나치게 앞서나가고 있었다.

그녀가 혼자만의 생각에 잠겨 있는 동안 베닛도 침묵을 지켰다. 저택에 도착하자 그는 그녀의 짐을 집 안까지 들어

다주었다. 엠마가 하인을 불렀고 하인이 그에게서 짐을 받아 앨비의 방으로 날랐다.

앨비는 베넷의 손을 그러잡았다.

"고마워요. 내가…… 어떻게 되어가는지 연락할게요."

베넷은 고개를 끄덕이고 그녀에게 작별 인사를 했다.

"그래, 상당히 엉망진창이야."

프래프 마법사가 머릿속의 압박을 줄이려는 것처럼 한 손으로 눈을 눌렀고, 다른 손은 프래프 부인의 손을 쥐고 있었다. 그들은 꽃무늬가 가득 찍혀 있는 응접실 소파에 앉아 있었다. 앨비는 그들 맞은편의 쿠션이 있는 의자에 앉았다. 프래프 부인은 그저 안타까워하는 것 같았고, 그래서 다행이었다. 앨비는 프래프 부부를 좋아했다. 결혼 생활을 불화 속에 산다는 건 상상도 할 수 없다. 하지만 상황이 안 좋아지면 그녀는 다른 플라스틱 마법사에게로 배정될 테고, 그건 그녀의 마음을 부숴놓을 것이다. 그녀는 에젤 마법사 밑에서 훈련받는 것을 상상하고서 몸을 부르르 떨었다.

프래프 부인이 몸을 앞으로 기울였다.

"걱정할 거 없어, 앨비. 우린 할 수 있는 모든 걸 할 거니까."

"하지만 당연히 걱정돼요! 이런 말도 안 되는 내용을 게재하는 건 잘못된 일이에요."

앨비는 바지의 천을 움켜쥐고서 말했다. 프래프 마법사가 손을 내렸다.

"그래, 그렇지. 당연하지만, 우린 출처를 찾을 수가 없어. 플라스틱 연구실 침입 사건 이래로 집 안에 들어온 기자는 아무도 없었고, 처음 기사를 실은 신문사는 기자의 이름이나 제보한 사람의 이름을 절대로 밝히지 않을 테니까. 우린 모든 하인을 조사했고 다들 그런 적 없다고 맹세했어. 난 그들을 믿고 싶어. 당연한 얘기지만 우린 신문사를 기소했어. 어제 변호사가 왔었지."

그가 길게 한숨을 내뱉고 말을 이었다.

"그리고 자네가 없는 동안 휴즈 마법사에게서도 연락을 받았다는 이야기를 해야겠군. 병원 뒤에서 만난 그 망할 강도들을 찾지 못했어."

앨비는 인상을 찌푸렸다. 안 좋은 소식이 연달아 도착하다니. 우주가 그들에게 원한이라도 있는 건가?

어쩌면 우주가 아니라 질투심으로 똘똘 뭉친 플라스틱

마법사일지도 모른다. 그녀가 이 일을 그에게까지 역추적
할 수만 있다면…….

"지금 최적의 행동은 조용히 있는 거야. 변호사들이 자기
일을 하게 놔두고, 우린 우리 일을 끝내자고. 우린 할 일이
아주 많아, 앨비. 우리가 명성을 떨치고 싶다면 대회 전까
지 수많은 테스트를 해야 해."

"하지만 만약에 대회에서 –"

"나의 예전 평판과 이러한 법적 행동으로 나에 대한 어떤
반대도 막을 수 있기만을 바랄 뿐이야."

그가 말했다. 앨비가 일어섰다.

"전 일할 준비가 다 됐어요, 마법사님. 어디서부터 시작
할까요?"

프래프 부인이 킥킥 웃었다.

"우선은 좀 쉬어야지."

앨비는 인상을 찌푸렸다.

프래프 마법사의 입가에 작은 미소가 떠올랐다.

"여보, 로티, 당신도 지금쯤이면 앨비가 할 일이 있을 때
는 쉴 생각이 없다는 걸 알 만도 하잖아."

그가 일어서며 앨비를 향해 말했다.

"가지. 내가 연휴 동안 합쳐놓은 패턴을 보여주지."

프래프 부인이 혀를 찼지만 프래프 마법사가 그녀의 손을 놓고 플라스틱 연구실로 가는 걸 보면서 어떤 반대도 하지 않았다.

15

····· ★ ★🐋★ ★ ·····

앨비는 의수 프로젝트에 다시금 헌신적으로 몰두했다.
그녀는 프래프 마법사가 성공하기를 절실하게 바랐다. 언
론과 변호사 쪽 일이 잘되지 않으면 순수한 성공으로 비판
자들의 입을 다물게 할 수도 있을 것이다. 그리고 앨비의 이
름도 그 초록에 들어갔다. 그녀는 발견 대회에서 자신의 첫
등장을 올바른 이유로 기억에 남을 만하게 만들고 싶었다.

런던으로 돌아오고 며칠 후에 베넷이 보낸 종이 새가 도
착했다. 그녀와 스케이트를 타고 싶다는 내용이었다. 편지
는 앨비가 팔목을 온갖 자세로 움직이며 스승이 진공흡착

형태로 팔목 모형을 만들고 있던 오후 시간에 도착했다. 팔목의 각도가 몇 밀리미터만 달라져도 프래프 마법사는 그 모형을 본떴다. 그래서 작은 새는 사과의 말과 함께 앨비의 스케이트 실력이 아무리 좋게 봐줘도 엉망진창이라는 내용을 싣고 돌아갔다. 그녀는 얼음판 위에서 날붙이를 신고 서 있는 건 고사하고 그냥도 제대로 서지 못하고 미끄러지곤 했다.

플라스틱 연구실로 수시로 오가는 데 짜증이 난 헴슬리 씨가 또 다른 종이 새를 갖고 돌아왔을 때 그녀는 깜짝 놀랐다. 그는 프래프 마법사가 앨비의 팔뚝을 부드러운 플라스틱으로 감싸고 팔목에 딱 맞게 붙이는 동안 짜증을 뿜어내며 서 있었다. 그녀의 피부가 점점 욱신거려 손가락 관절부터 팔꿈치 사이까지 솜털이 단 한 가닥도 남아 있지 않을 것 같았지만 불평하지 않았다. 사실 새 때문에 흥분이 치솟았으나 이 과정을 반복하지 않으려면 꼼짝하지 않아야 했다.

프래프 마법사가 작업을 다 끝낸 후에야 앨비는 새를 받았다. 거기에는 간단히 이렇게 쓰여 있었다. *걱정 말아요. 내가 당신 손을 잡아줄 테니까요.*

갑자기 앨비는 거기 갈 수만 있다면 그 연못에서 다리가 부러진다 해도 상관없을 것 같았다.

"다녀오게, 앨비. 여기에 있을 만큼 있었으니까."

프래프 마법사가 플라스틱 주물을 단단하게 조절하며 말했다.

"하지만 발견 대회가ー"

그가 그녀에게 날카롭게 눈길을 던졌다.

"안 가면 자네한테 더는 숙제를 내주지 않겠어."

그녀가 입을 딱 벌렸다.

"그건 불공평해요, 마법사님."

그가 미소를 보냈고 그녀도 덩달아 마주 미소를 지었다. 그녀는 베넷이 새와 함께 보낸 종이 마법이 걸린 나비를 집은 후 좋다는 답을 적었다.

인생 처음으로 앨비가 두 번째 데이트에서 돌아올 무렵 발목과 다리는 욱신거렸지만 마음만은 가벼웠다. 그녀는 귀가 따뜻해지도록 문지르며 브라이어 홀로 돌아왔다. 날씨가 추워 그녀의 입술마저도 차가웠다. 베넷은 그녀의 입술을 여러 번 쳐다보았지만, 자신의 입술로 따뜻하게 해주지는 않았다.

프래프 마법사가 커다란 계단 아래쪽에 서서 낮은 목소리로 헴슬리 씨와 이야기하고 있었다.

앨비는 현관 앞에 멈춰서 그들의 대화가 끝나기를 기다렸다. 대화는 금세 끝났다. 헴슬리 씨가 고개를 한 번 끄덕이고 앨비의 옷차림에 못마땅한 시선을 흘끗 던지더니 화랑 쪽으로 걸어갔다.

앨비는 그가 떠나는 모습을 보며 스승에게 물었다.

"다 괜찮은 건가요?"

프래프 마법사가 한숨을 내쉬었다.

"자네가 어떻게 보느냐에 달린 것 같군. 방금 헴슬리 집사에게 브랜든을 내보내라고 했어."

브랜든. 브랜든. 그녀는 그 이름을 한참 동안 생각하다가 하인 중 한 명이라는 것을 기억해냈다.

"짐 나르는 하인이요?"

그는 고개를 끄덕였다. 입가가 아래로 처져서 실제 나이보다 더 들어 보였다.

"오늘 저녁에 자네가 나간 사이에 엠마가 왔어. 그 불쌍한 아이는 거의 울 것 같더군. 그 망할 기사가 나오기 전에 브랜든이 기자와 함께 있는 걸 봤는데, 그 녀석을 꽤 좋아

해서 아무 말도 하고 싶지 않았었나 봐. 그런데 결국 죄책
감에 사로잡힌 거지."

앨비의 얼굴이 창백해졌다.

"오, 안 돼요. 엠마를 자르시는 건—"

"이런, 아냐, 앨비. 그 애는 훌륭한 일꾼이야. 게다가 이 상
황으로 인해 아주 괴로움을 겪었다고 생각해."

다시금 한숨을 쉬고서 그가 계단 난간을 꽉 잡고 말을
이었다.

"하지만 프래프 부인이 엠마를 호되게 꾸짖었을 것 같군."

앨비는 안도했다. 그녀는 이제 막 방에 다른 사람이 있고
그 사람에게 옷을 찾고 머리를 해달라고 하는 데에 익숙해
진 터였다. 무엇보다 엠마가 마음에 들었다.

"그가 왜 그런 거예요?"

"흠."

"브랜든이 왜 마법사님에 대해 그런 이야기를 한 거예요?"

앨비가 좀 더 명확하게 물었다. 프래프 마법사는 어깨를
으쓱였다.

"나도 모르겠어. 한참 전에 자기를 제1하인으로 올려달
라고 했었는데 내가 그 자리에 새로운 사람을 고용했거든.

그것 때문인지도 모르지. 스케이트는 어땠나?"

그녀가 씩 웃었다.

"근사했어요. 제 말은, 아프긴 했어요. 전 스케이트를 잘
못 타거든요. 하지만 베넷이 굉장히 인내심을 발휘했고, 어
떤 사람들이 점프를 하면서도 여전히 얼음 위에 거의 수
직에 가깝게 착지하는 각도를 보고 있으니까 정말 놀라
워서……."

그다음 주에, 앨비 몸에 생긴 이런저런 멍이 거의 다 나을
무렵에, 그녀는 에델을 플라스틱 연구실로 초대했다. 그녀
는 에델에게 방을 하나하나 구경시켜주고, 마지막으로 프
래프 마법사가 기다리는 실험실로 데려갔다.

"전부 다 굉장히 흥미진진해요."

에델이 손과 팔이 가득한 선반을 보면서 중얼거렸다. 시
제품을 놔둘 보관 공간이 부족해져서 사흘 전에 하인들이
새 선반을 설치했다.

"그렇겠지."

프래프 마법사가 말을 하고서 그녀에게 살짝 고개 숙여
인사했다.

"여기 와줘서 기쁘군, 쿠퍼 양. 이 실험에서 자네의 협력은 핵심적이야."

에델이 미소를 지었다. 그녀는 베넷이 '모방해라' 주문에서 언급했던 가짜 팔을 달고 있었다. 손은 그녀의 가는 뼈대에 비해 너무 크고, 재질은 지나치게 무거워 보였다. 앨비의 마음에 전혀 들지 않았다.

에델은 왠지 가짜 팔을 뺄 때 좀 긴장하는 듯했으나 앨비도, 프래프 마법사도 그녀의 잘린 팔을 연구 대상으로만 보아온 터라 그녀는 금세 긴장을 풀었다. 앨비는 프래프 마법사에게 여러 개의 모형과 조각 도구를 건넸고, 그는 에델의 팔에 그것을 맞추었다. 잘린 부분이 줄어들고 부풀고 하는 모양이라 앨비가 전에 잰 것들이 완전히 정확하지는 않았다. 팔에 맞춘 다음 그들은 팔의 여러 가지 기능을 시험해 보았다. 그때 에델이 움직이자 그녀가 시험하던 모형 손의 엄지와 검지가 닫혔다.

"어머나!"

그녀가 소리치며 의수를 얼굴 앞으로 들어 올렸다. 그녀의 눈에 눈물이 고였다.

앨비가 황급히 앞으로 나와서 의수를 잡았다.

"이런, 에델. 아팠어요?"

에델은 고개를 흔들었다. 금발 머리카락이 흔들렸다.

"아니, 전혀요. 그냥…… 아직 완성된 게 아니라는 건 알지만, 벌써 다른 의수로 할 수 있는 것들 이상이라서요."

그녀는 팔을 한쪽으로, 다른 쪽으로 움직여서 압축식 엄지와 검지가 닫히는 동작을 다시 시도해보았다. 그녀는 함박웃음을 짓더니 이내 눈물이 뺨을 타고 흘러내렸다.

프래프 마법사가 실험실 아일랜드탁자에 몸을 기대고서 안도의 한숨을 뱉었다.

"대회가 없다 해도 이 순간이 그동안 들인 노력과 치른 모든 대가에 대한 보상이라는 생각이 드는군."

에델은 진짜 손으로 눈물을 닦았다.

"고맙습니다. 그리고 대회가 끝날 때까지 아무한테도 말하지 않겠다고 약속할게요. 오, 정말 고맙습니다."

몇 주 후, 플라스틱 관절의 움직임 시험을 마친 후에 앨비도 혼자 실험을 하고 있었다.

의수가 아니라 그녀가 '순간 수갑'이라고 부르는 실험이었다. 사람의 팔목에 감겨서 동작을 제지하는 플라스틱 끈이었다. 이걸 만들게 된 것은 앨비가 하루에 뇌가 받아들일 수 있는 최대치로 공부를 했고, 가을에 일어났던 두 가지 사건, 즉 병원 근처에서 만난 악당들과 플라스틱 연구실을 침입한 도둑들을 머릿속에서 지울 수가 없었기 때문이다.

아무것도 할 수 없었던 그녀는 오하이오에 있는 아버지와 길고 흐릿한 거울 통신으로 이야기하며 뭘 해야 할지 아이디어를 얻었다. 여자의 핸드백이나 주머니에 들어가고 명령에 따라서 모양을 바꿔, 이를테면 성추행범을 붙잡을 수 있는 그런 방어도구를 만들면 어떨까? 누구도 성추행범을 좋아하지 않는다. 이 아이디어로 그녀는 흥분했고, 그래서 도구와 주문을 갖고서 혼자서 작업에 착수했다. 범죄자에게 손을 묶을 수 있게 앞으로 내밀라고 설득하는 건 둘째 치고 플라스틱 수갑을 어떻게 잠기게 만들지 결정하는 문제는 나중에 해결할 것이다.

앨비는 작업하던 조각을 집었다. 그것은 커다란 혀누르개처럼 생겼고 약간 투명한 베이지색이었다. 뻣뻣하지만 몸체는 서로 잠길 수 있게 보이지 않는 경첩들로 가득했다. 그녀는 그것을 실험실 아일랜드탁자 구석에 내려치고서 양쪽 끝이 저절로 말려서 단순화된 쌍안경 모양을 만드는 것을 보았다. 그녀는 흠, 하고 소리를 내고서 그것을 다시 폈다.

플라스틱 실험실 문에서 열쇠 돌아가는 소리가 났다. 그녀는 프로젝트에서 눈을 떼고 고개를 들어 저쪽 편의 현관이 열리는 것을 보았다. 헴슬리 씨가 찌푸린 얼굴로 문을 열고서 베넷을 들여보냈다. 앨비의 맥박이 갑자기 두 배로 빨라지고 머릿속이 아찔해졌다.

"베넷!"

그녀가 외쳤다.

베넷이 그녀를 마주 보며 지난 6주 중에 가장 깨끗한 상태의 실험실로 들어왔다. 그가 미소를 지었다.

"준비가 다 됐어요?"

그녀가 눈을 깜박였다.

"무슨 준비요?"

그가 가볍게 한숨을 내뱉었지만 미소는 그대로였다.

"저녁 식사요."

그녀는 잠깐 그를 바라보았다. 그러다 갑자기 가슴속에서 꽉 낀 기어처럼 심장이 얼어붙었다.

"아! 어, 네. 옷만 갈아입으면 돼요."

베넷은 일주일 전에 베일리 마법사에게 밸런타인데이에 휴가를 달라고 설득해서 저녁 약속을 잡아놓았다. 그녀는 자신의 발명 직전인 물품을 내려다보았다. 나중에 다시 해야겠다.

"그게 뭐예요?"

베넷이 물었다. 그녀가 씩 웃었다.

"당신한테 시험해봐도 돼요?"

그가 경계하는 눈빛으로 그녀를 보았다.

"그게 뭘 하는 건지에 달렸죠."

그녀가 서둘러 일어서다가 의자를 넘어뜨렸지만 베넷이 빠른 반사 신경을 발휘해 그것을 잡아 세웠다.

"범죄자를 잡는 거예요! 아니, 그렇게 될 예정이죠. 여기요."

그녀가 그의 양쪽 팔뚝을 잡고서는 은근히 그 느낌을 즐기며 그를 아일랜드탁자에서 좀 멀리 떨어뜨렸다. 그녀는 베넷의 팔에서 손을 미끄러뜨려 그의 양 팔목이 거의 닿을 정도로 당겼다.

"뭔지 궁금한데요."

그가 그녀의 얼굴을 보며 말했다. 그 표정이 그녀의 가슴에 온기를 퍼뜨렸다. 잠시 그녀는 자신이 뭘 하고 있었는지 잊어버릴 뻔했다.

아, 맞아. 그거였지.

그녀는 순간 수갑을 집어 들고 베넷에게서 1미터쯤 떨어진 곳에 섰다.

"가만히 있어요."

그녀가 지시하고서 플라스틱을 신중하게 겨냥해 그를 향해 던졌다.

플라스틱은 그의 팔뚝에 맞고 바닥으로 떨어졌다.

그가 몸을 구부려 주우려고 했다.

"아뇨, 아뇨, 내가 - "

앨비가 말을 하려다가 그녀의 머리와 그의 머리가 쾅 부딪쳤다. 그녀는 움찔했다. 몸을 세우고서 손으로 머리카락 바로 아래쪽 아픈 부분을 잡았다. 베넷도 이마 옆쪽을 문질렀다.

"정말 미안해요!"

그녀가 말했다.

"내 잘못이에요. 내가 가만히 있어야 했는데."

그가 손을 뒤로 빼고서 피부 위의 분홍색 자국을 보여

주었다.

"아뇨, 됐어요. 아직 준비가 덜 된 것 같아요. 난 가서 옷을 갈아입을게요. 미안해요."

그녀가 몸을 구부려서 '순간 수갑'을 집었다. 베넷의 입술이 작은 미소를 그렸다. 그가 그녀의 손을 잡았다.

"우리에게 똑같은 멍이 생겼네요. 일종의…… 우정 팔찌처럼요."

"하지만 당신은 내 멍을 볼 수 없잖아요."

"거기 있다는 걸 아는걸요."

그들의 시선이 마주쳤고, 잠깐 실험실이 아주 조용해졌다. 앨비는 자신의 맥박이 머리의 멍이 있는 곳까지 움직이는 걸 들을 수 있을 것 같았다. 그녀는 입술을 깨물다가 문득 베넷의 입술을 바라보았다. 그가 마침내 그녀에게 키스할지 궁금했다. 비록 그녀가 멍청하게 그의 머리에 박치기했다 해도.

하지만 침묵이 지나치게 길어졌다. 앨비는 속으로 신음했다. 그녀는 이런 일에 감이 정말 형편없었다.

그가 먼저 침묵을 깼다.

"음, 난 태기스 프래프에서 플라스틱 마법 수업을 들었어요. 당신이 플라스틱을, 뭐랄까, 늘어나게 만들거나 뭐 그러면 도움이 되지 않을까요? 목표물에 맞기 전에 가늘어져서 늘어났다가 그다음에 줄어들면서 굳으면……."

앨비는 싱긋 웃었다.

"그거 정말 훌륭한 생각인데요. 프래프 마법사님께 여쭤봐야겠어요. 난 그걸 어떻게 하는지 아직 모르거든요. 당신은 훌륭한 플라스틱 마법사가 됐을 거예요, 베넷. 물론 훌륭한 종이 마법사가 아니라는 뜻은 아니고요. 음."

다시금 침묵이 내려앉았고 앨비는 목을 가다듬어 침묵을 깨뜨렸다.

"당신에게 줄 게 있어요."

그녀는 자신의 작업실로 재빨리 가서 순간 수갑을 책상위에 내려놓았다. 대회가 끝나기 전에는 베넷의 생각을 시험해볼 만한 시간이 없었다. 그리고 서랍을 열어 지난주에 그녀가 손수 만든 여러 개의 밸런타인데이 카드를 보았다. 어떤 걸 그에게 줄지 아직 결정을 못 했다. 결국 그녀는 짙은 밤색 종이로 가장자리를 따라 구멍을 뚫고 리본을 펜 직사각형 모양으로 골랐다. 가운데에는 그녀가 다른 종이에 앞뒤로 세 번이나 연습하고 나서 마침내 펜으로 쓴 메시지가 있었다.

분리된 '나'와 '그대'의 사이를 자유로운 사랑이 없앴어요.
사랑할 때는 하나가 둘이고 둘 모두가 하나니까요.
풍부한 사랑은 '내 것이 아닌 당신 것'이란 걸 모르죠.
그래서 우리 둘 다, 우리를 하나로 만드는 사랑의 힘과
사랑의 길이를 갖게 되죠.

그녀가 창작한 글은 아니었다. 크리스티나 로제티 시인
의 시를 쓴 거였다. 앨비는 시와 근사한 말에는 능숙하지 못
했다. 노력은 해봤다. 하늘은 그녀가 얼마나 노력했는지 알
리라. 하지만 언제나 잘못된 것 같거나 멍청하게 들리거나
너무 마음을 드러내는 것 같았다. 다른 사람의 말을 인용하
면 우아하고 확신에 찬 것처럼 들렸다. 심지어는 대담하게
*사랑*이라는 단어도 쓸 수 있었다. 베넷이 이걸 이상하게 여
긴다면 그녀는 이게 근사한 시이고 오늘은 밸런타인데이
라고, 너무 진지하게 받아들이지 말라고 주장할 수도 있다.
그녀는 한숨을 쉬고서 손가락으로 카드를 집었다. 다시
금 맥박이 쿵쿵 뛰었다. 침을 삼키고 그녀는 재빨리 방에

서 나와 불이라도 붙은 것처럼 베넷에게 카드를 내밀었다.

베넷은 카드를 받았다. 리본을 보자 그의 눈이 부드러워졌다. 최소한 그렇게 바라보는 것 같다고 앨비는 생각했다. 메시지를 읽다가 겨우 몇 초 만에 그가 웃기 시작했다.

그가 웃어댔다.

앨비는 심장의 반쪽을 붙들고 있던 실밥이 풀어져 절반이 떨어져 나가는 느낌이었다. 그녀는 등 뒤로 주먹을 꽉 쥐고서 힘없이 물었다.

"왜 - 왜요?"

그는 웃음을 멈추고서 미소를 지었다. 그리고 재킷 안에서 자신의 카드를 꺼내 앨비에게 내밀었다. 무척 아름답게 만들어진 카드라서 앨비는 가슴 아래서 욱신거리는 감각을 거의 잊을 뻔했다. 그녀는 그것을 손가락으로 조심스럽게 받았다. 가장자리에 레이스를 두른 듯 빨간 종이를 예쁘게 잘랐고 조금도 구겨지거나 잘못된 부분 없이 하트 모양으로 접혀 있었다. 하지만 이 정도는 종이 마법사에게 당연한 일 아니겠어?

그녀는 카드를 뒤집었다. 거기에, 아주 예쁘지는 않은 글씨로 그녀가 그에게 준 카드에 쓴 것과 똑같은 시가 적혀 있었다.

그녀의 심장 절반이 제자리로 돌아가며 안도의 한숨을 쉬었다. 그녀가 흐뭇한 미소를 지었다.

"비슷한 취향을 가졌나 봐요."

"그런 것 같네요."

그녀는 그를 쳐다보았고, 그의 눈에서 장난기가 반짝였다. 장단을 맞추려고 그녀가 말했다.

"꽃은 없어요?"

그의 얼굴에 미소가 퍼졌다.

"아, 앨비, 당신은 꽃으로는 절대로 행복해하지 않을걸요. 더 나은 게 있어요. 벤츠를 몰아보게 해줄게요."

앨비는 하마터면 카드를 떨어뜨릴 뻔했다.

"정말요? 정말로요?"

베넷이 깊게 숨을 들이켰다.

"네. 베일리 마법사님께 말하지만 말아요."

16

· · · · · · ★ · ★ · ★ · · · · ·

런던은 서서히 따뜻해졌지만 봄기운 가득한 비를 몰고
왔다. 앨비는 활동적인 체질이 아님에도 그런 그녀조차 햇
빛이 보고 싶어 안달이 나기 시작했다.

운 좋게도 발견 대회 2주 전에 햇살이 찾아왔다.

작업실에서 한창 접착제의 특성에 관한 숙제를 연구하고
있을 때 헴슬리 씨가 불쑥 나타났다. 그는 그녀의 열린 문
앞에 서서 코를 살짝 위로 들어 올린 채 말했다.

"쿠퍼 씨가 찾아오셨습니다. 또요."

그는 그 이상 말하지 않고 떠났다. 베넷이 안으로 들어오

자 앨비는 몸을 똑바로 펴고 앉았다.

그는 다른 의자 등받이를 잡고 그녀의 책상 쪽으로 끌어당겼다. 그가 자리에 앉자 무릎이 그녀의 무릎을 스쳤고, 허벅지를 타고 얼얼한 감각이 위로 올라와서 턱까지 닿았다. 그가 종이 한 장을 내밀었다.

#1. 문을 열 수 있는 것.

그녀가 그것을 읽고 나자 베넷이 종이를 도로 내렸다.

"내 시험문제예요."

앨비가 의자에서 펄쩍 일어났다.

"그럼 진짜 하는 거예요? 공식적으로?"

그는 고개를 끄덕였다.

"당신이 한 말을 생각해보고 결심했어요. 4월 16일이에요."

그가 떨리는 숨을 내쉬고서 말을 이었다.

"긴장돼요. 하지만 할 수 있을 것 같아요. 내가 종이 마법으로 만들어야 하는 목록이 아주 길고, 그걸 내 스승님과 평가위원이 될 다른 마법사들에게 제출해야 해요. 각각을 두 개씩 만들어야 할 수도 있어요. 그러면 안 된다는 규칙은 없거든요."

그녀는 시험용지를 구기지 않으려고 신경 쓰며 그의 손을 잡았다. 그의 손은 지난 몇 달 동안 그녀에게 놀랄 만큼 친숙해졌다. 그도 그녀의 손을 잡거나 어깨를 만지는 걸 주저하지 않게 되었다. 하지만 앨비는 여전히 키스를 꿈꾸었다.

"오, 베넷. 나도 정말로 기뻐요. 당신은 반드시 통과할 거예요. 난 알아요."

그는 미소를 짓고서 엄지손가락으로 그녀의 손가락 관절을 쓰다듬었다. 그녀는 그를 놓아주었고 그는 종이를 다시 접어서 재킷 안에 넣었다.

"나도 그러길 바라요. 하지만 이 말은 내가 또 바빠질 거라는 뜻이에요. 그래서 당신한테 이걸 가져왔어요."

그가 한숨을 쉰 다음 똑같은 재킷 주머니에서 조그만 공책을 꺼냈다. 앨비는 즉시 그게 '모방해라' 주문을 건 종이 묶음이라는 것을 알아보았다. 그녀와 베넷은 지난번 공책을 구석구석 꽉꽉 채웠었다.

"내가 들를 수가 없을 테니까 - "

"완벽해요! 매일 쓸게요."

앨비는 텅 비고 가장자리가 울퉁불퉁한 공책을 넘겨 받

으며 말했다.

베넷은 안도한 얼굴이었다. 재킷 단추를 만지작거리며 그가 말했다.

"19일에 대회에 참석하러 떠나죠?"

"18일이요. 그래야 거기까지 가서 설치할 시간이 있을 테니까요. 프래프 마법사님이 정오쯤 출발하자고 하셨어요."

"도와줄 사람 필요해요? 짐을 싣는다든지."

앨비의 머릿속에 아이디어가 떠올랐다. 그 생각에 미소가 떠올랐지만 그녀는 베넷이 눈치채지 못하게 표정을 숨기려고 노력했다.

"네, 그러면 정말로 좋을 것 같아요. 당신이 시간을 낼 수 있으면요."

"꼭 그럴게요."

그의 표정이 부드러워졌다. 그가 다시 그녀의 손을 잡았고, 그 동작에 그녀의 미소가 더욱 커졌다. 마치 꿈을 꾸듯 근사했다. 베넷처럼 상냥하고 근사한 남자를 알게 되었을 뿐만 아니라 심지어 그가 그녀를 중요한 사람처럼 대했다.

그녀의 시선이 그의 팔을 타고 올라가서 입술에서 멈췄다. 그녀의 평소 성격과 달리 앨비는 얼굴을 붉혔다. 에델은 베넷이 여자들에게 수줍음을 탄다고 했지만, 지금쯤이면 그가 그녀에게 키스할 용기를 낼 때도 되었다고 생각했다. 하지만 상상만으로도 그녀의 온몸이 경주 준비를 하는 것처럼 꿈틀거렸다.

"당신 괜찮아요?"

그가 물었다. 그녀가 목을 가다듬었다. 그날 그를 놀라게 하려면 그가 일찍 와야 했다.

"그럼 아홉 시까지 와요. 그냥 여기로 오면 돼요. 헴슬리 씨는 다른 일들로 바쁠 거고, 프래프 마법사님은 당신이 믿을 만한 사람이라는 걸 아시니까요."

그는 고개를 끄덕였다.

"꼭 올게요. 약속해요."

앨비는 대회장으로 떠나기 전날 밤에 거의 잠을 잘 수가 없었다. 의수 전시품을 마지막으로 마무리하기 위해서 거의 자정까지 깨어 있었고 그다음에는 베넷의 깜짝 선물을 마무리하기 위해서 두 시간을 더 깨어 있었다.

앨비는 엠마에게 일찍 깨워달라고 부탁했지만, 하녀가 그녀를 깨우러 오기 전에 이미 일어나 있었다. 그녀는 목욕하고 적당한 치마를 골라 입었다. 대회 의장과 옥스퍼드에서 오는 다른 마법사들을 만날 가능성이 크고, 그들에게 좋은 인상을 주고 싶었다. 그녀는 빨간 견습생용 앞치마를 그 위에 입고, 엠마에게 머리를 맡겼다. 엠마는 곱슬머리를 다듬고 핀을 찌른 다음에 꽃이 달린 밤색 헤어밴드로 감쌌다. 약간 화려해 보였지만 앨비는 별로 개의치 않았다.

그녀는 안경을 말끔하게 닦았다. 그런 다음 플라스틱 연구실로 향했다.

프래프 마법사는 전날 밤에 그녀보다 더 늦게까지 안 잤음에도 불구하고 이미 실험실에 있었다. 그들은 2월에 발목 관절을 함께 끼워 맞췄고, 그는 바닥에서 그것을 시험하는 중이었다.

"작동하나요?"

앨비가 물었다.

"그래, 상당히 잘."

프래프 마법사가 몸을 펴자 그의 등에서 여러 번 뚜두둑 소리가 났다. 그가 목을 돌렸다.

"정말 사는 게 짜릿하군. 프레드가 곧 트레일러를 연결할 거야. 쿠퍼 군이 오기 전에 어서 준비를 해두지 그래."

앨비는 고개를 끄덕였다. 프래프 마법사는 이미지돔을 대회에 또 가져갈 거라서 패널들을 넣은 상자를 현관에 놔두었다. 그녀는 최근에 돔 조각들을 갖고 오랜 시간을 보내며 대회 참석자들을 놀라게 할 만한 새로운 이미지를 집어넣었다. 그녀는 그것을 꺼내서 옆에 새겨놓은 조그만 숫자에 따라서 분류했다. 그런 다음 아랫부분부터 돔을 만들기 시작했다. 대회장에서도 이걸 만들 거지만, 연습을 좀 더 해둬서 나쁠 건 없으리라. 특히 치마를 입은 상태라면.

근처에서 자동차 경적이 들렸다. 프래프 마법사는 발목 모형을 아일랜드탁자 위에 놔두고서 프레드와 트레일러가 어떤 상태인지 보려고 서둘러 나갔다. 앨비는 이미지돔의 마지막 조각들을 제자리에 꽂고 밖으로 나와서 자신의 작업을 관찰했다. 그리고 미소를 지었다. 앞으로 이틀은 그녀의 인생에서 최고의 날이 되리란 걸 느낄 수 있었다.

머리 위 플라스틱 돔형 창문으로 햇빛이 환하게 들어오며 따스한 봄을 예고했다. 앨비는 위를 올려다보며 몸을 쭉 폈다. 사다리를 타고 올라가서 창문을 투명하게 만들어야겠다. 이 실험실에는 하늘이 좀 더 보일 필요가 있었다.

문이 열려 있었지만 베넷이 들어오기 전에 노크하는 소

리가 들렸다. 지난 2주 내내, 심지어는 거울을 통해서도 그를 보지 못했지만 매일 그에게 편지를 썼다. 그녀는 그의 따스한 갈색 눈과 밝은 머리카락, 그가 육체노동을 하기 위해서 여기 왔음에도 불구하고 챙겨 입은 근사한 버튼업 셔츠를 보며 흡족한 미소를 지었다.

"안녕."

그녀가 말했다.

"안녕."

그의 눈이 앨비에게서 이미지돔으로 갔다가 다시 돌아왔다.

"맙소사, 이게 그거예요? 이걸 어떻게 저 트레일러에 실을지 잘 모르겠는데."

그녀가 웃었다.

"분리되니까 걱정하지 말아요."

그는 주위를 빙 돌며 육각형의 패턴을 살폈다. 그리고 손가락으로 하나를 두드려보았다.

"이게 당신이 나한테 줬던 거군요."

"음- 흠."

그가 그녀 옆으로 다가와 손을 잡았다. 그녀는 그와 손가락을 깍지 꼈다. 그는 다른 손으로 이미지돔의 비늘 같은 겉면을 쓰다듬었다.

"내가 플라스틱 마법사가 되었다면 이걸 이해할 수 있었을 텐데. 아, 여기 접합선이 있군요."

"후회하지는 않죠?"

그가 그녀를 보았다.

"그럼요. 처음에는 종이 마법사가 된 게 좀 씁쓸했지만, 결국에는 잘된 거라고 생각해요. 이런 일을 하는 게 훨씬 더 힘들었을 것 같거든요. 게다가 종이 마법사는 인력이 부족해서 일자리도 많고요."

그는 앨비를 데리고 이미지돔의 나머지 부분을 빙 돌았다.

"당신도 이거랑 같은 걸 만들 수 있을 것 같아요?"

앨비는 안경을 고쳐 썼다.

"어, 아마도요. 오랜 시간이 걸리겠지만요."

그녀가 나지막한 문으로 그를 잡아당겼다.

"자, 안으로 들어가요. 당신한테 보여주고 싶은 게 있어요."

그의 눈이 호기심으로 반짝였다. 그가 몸을 구부리고 문을 열고서 돔 안으로 느리게 들어갔다. 앨비는 그를 따라 들어가다가 치마에 발이 걸려서 바닥에 턱을 찧을 뻔했다. 안에서 몸을 펴고서 그녀는 치마를 쓸어내린 다음 문을 닫았다.

실내는 어두웠지만 베넷이나 육각형 모양 타일의 형태가 보이지 않을 정도로 어둡지는 않았다.

"자, 이제 눈을 감아요. 감았어요? 잘 안 보여서요."

그가 낄낄 웃었다.

"네."

그녀는 문 바로 위에 있는 패널에 손을 얹고서 말했다.

"이미지 기억: 10월 피크닉."

마법으로 만든 장면이 떠오르며 타일을 전부 삼켰다. 그녀는 영상을 구하기 위해서 그린파크에 갔었지만, 겨울의 끝자락이어서 나무들은 잎이 하나도 없었고 모든 게 음울했다. 그래서 상당 부분 임기응변으로 처리했다.

"이제 눈을 떠요."

영상 덕분에 베넷의 반응을 볼 수 있을 만큼 환해졌다. 그는 놀란 입을 다물지 못한 채 천천히 돌아가며 풍경을 바라보았다.

그들이 공원 한가운데, 완만한 초록색 언덕 근처의 평평한 곳에 서 있는 것만 같았다. 커다란 검은색 포플러나무가 그들 근처에 서 있고, 삼각형 이파리들이 햇살에 반짝거렸다. 이미지돔에는 바닥이 없었지만, 경계 주변으로 격자무늬 피크닉 담요 가장자리가 보였다. 커다란 등나무 바구니가 한쪽 옆에 있고 거기서 포도가 밖으로 빠져나왔다. 멀리서 조그만 남자아이가 하얀 정자 근처에서 빨간 연을 날렸다. 하늘은 밝고 선명한 파란색으로 빛났으나 머리 위쪽까지 보면 짙은 남색으로 어두워지고 오리온자리를 포함한 별들이 박혀 있었다.

앨비는 벽에서 손을 떼고 베넷의 옆으로 걸어오며 그 풍경을 보았다.

"마음에 들어요?"

"굉장해요."

그가 속삭이며 고개를 들어 올려 별들을 보았다. 그가 한 손을 들어 그것을 만지려고 했다.

"10월의 피크닉이에요?"

"내가 전에 그 기회를, 말하자면, 날려버렸잖아요."

그의 손이 아래로 떨어지고 그의 커다래진 눈이 그녀에

게 멎었다.

"프래프 마법사님이 아니라 당신이 이걸 만든 거예요?"

그녀는 고개를 끄덕였다.

그가 씩 웃으며 다시 그녀의 손을 잡았다.

"근사해요. 그리고 10월의 피크닉은 다음에 또 갈 기회가 있을 거예요."

그녀의 심장이 약간 빠르게 뛰었다.

"정말로요?"

다음 10월이 될 때까지 그가 여전히 그녀의 손을 잡아주고 만나러 오고 편지를 써줄까?

그는 그녀의 얼굴을 응시하다가 한 손을 들어 그녀의 머리선을 따라 쓰다듬었다.

"난 정말로 그러고 싶어요."

그들은 함께 서서 잠깐 서로를 바라보았다. 앨비는 그의 눈에 떠오른 표정을 잘 알았다. 다른 사람은 그녀를 그런 식으로 바라본 적이 없지만, 그래도 알았다. 머리가 아니라 심장으로 이해했다. 심장이 베넷에게도 들릴 정도로 그녀의 가슴을 아주 힘차게 쿵쿵 두드리니까.

그가 그녀의 손을 놓고 그녀의 안경다리를 손가락으로

잡아 코에서 들어서는 머리의 헤어밴드 위로 올렸다. 그의 모습과 피크닉의 색깔이 흐릿하게 뭉쳤지만 별로 상관없었다. 그녀가 눈을 감고 턱을 들어 올렸다. 베넷의 손이 그녀의 머리 양옆을 감쌌고, 그의 입술이 따스하고 달콤하게 그녀의 입술을 눌렀다.

오.

키스는 앨비가 상상했던 것보다 훨씬 더 근사했다. 어쩌면 그와 키스할 때에만 그런 걸지도 모른다. 베넷이 그녀의 키와 비슷했기 때문에 몸을 힘들게 뻗을 필요가 없었다. 그에게서 차(tea)와 아니스(anise)와 앨비가 굉장히 좋아하는 애프터셰이브 향이 났다. 그녀는 그 향을 들이켜고 그의 입술에 대고 미소를 지었다. 그의 한 손이 그녀의 뒤통수로 돌아갔고, 그녀의 손은 그의 허리를 감쌌다.

첫 키스치고 꽤 오래 한 것 같았으나 앨비는 별로 신경 쓰지 않았다. 그녀는 고개를 기울여 그에게 더욱 깊이 키스했고, 그는 그녀의 아랫입술을 자신의 입술로 감쌌다. 그녀는 행복감에 젖었다. 손길과 향기만이 아니라 그가 그녀를 원하고 사랑하는 것에, 그리고 *그녀가* 원하고 사랑하는 것에 대한 확신 덕분이었다.

그녀는 더 가까이 다가가고 싶어 그에게로 몸을 기울였다. 그는 잠깐 숨을 쉴 수 있을 정도로 그녀에게서 입술을 뗐다가 다시 겹쳤고, 앨비는 그의 부드러운 햇살 같은 머리카락 사이에 손가락을 밀어 넣었다. 오!

그에게 영원히 키스할 수 있을 것 같았다. 그녀는 형편없는 춤꾼이었지만 이런 종류의 춤은 대단히 행복하고 쉬웠다. 베넷의 입술이 그녀의 입술 위에서 움직이고, 그녀가 입술을 벌리고 –

"앨비? 거기 있나?"

프래프 마법사가 현관에서 불렀다.

베넷이 황급히 물러나 앨비는 그에게로 쓰러질 뻔했다. 그녀가 균형을 잡느라 그의 어깨를 붙잡고서 침을 삼켰다.

"음, 네!"

"그래. 이 패널들을 곧 상자에 넣는 거 잊지 말라고!"

"네, 마법사님!"

그녀는 베넷에게 달라붙은 채 멀어지는 스승의 발소리를 들었다. 베넷은 웃음을 터뜨렸다.

그녀가 안경을 찾아서 커다란 테를 자신의 눈앞으로 당겼다. 베넷은 부드럽게 미소 짓고 있어서 좋은 책을 한 권

들고 그의 품에 웅크리고 싶은 기분이었다. 심지어는 그 책이 《암흑의 핵심》이라 해도.

그가 그녀의 턱 아래에 손가락 관절을 대고서 안경알이 얼룩지지 않게 조심하며 키스했다.

"당신은 나에게 특별한 사람이에요, 앨비."

"당신한테 부도덕한 목적이 있는 것 같군요, 쿠퍼 씨. 이제 내 전시에 집중할 수가 없을 것 같아요."

그가 낄낄 웃었다.

"나도 가서 볼 수 있으면 좋을 텐데, 아쉬워요. 당신은 잘 해낼 거예요."

그가 그녀의 이마에 키스했다. 앨비는 그를 보고 활짝 웃은 다음 오리온자리를 올려다보았다.

"이런, 이제 이걸 해체해야겠어요."

"내가 도와줄게요. 그리고 당신이 돌아오면 진짜 별자리를 보여줄게요."

그녀는 그를 보고 씩 웃었다. 이미지돔에서 나올 때는 그녀가 치마를 무릎 사이로 뭉쳐서 들어 올려 기적적으로 발이 걸리지 않았다.

프레드가 자동차 뒤쪽에 하얀색 트레일러를 연결했다. 바닥에는 금속 마법이 각인되어 있었으나 앨비는 그 목적을 분명히 알 수가 없었다. 매끄럽게 굴러가게 하려는 건지, 아니면 트레일러를 잡아끌기 더 쉽게 하려는 건지 말이다. 프래프 마법사의 집 안에서 일하는 모든 하인이 자동차와 트레일러 주위를 오가며 이걸 나르고 저걸 조정하느라 분주했다. 엠마는 심지어 운전석 거울까지 닦았다. 베넷이 해체한 이미지돔을 플라스틱 연구실에서 들고 나왔고, 앨비는 다양한 조절도구가 가득 든 플라스틱 컨테이너를 날랐다. 프레드가 차고 쪽에서 트레일러로 뛰어왔다.

"모든 게 다 멀쩡한 것 같습니다."

그가 초록색 플라스틱 마법사 제복을 입은 프래프 마법사에게 말했다. 베넷이 트레일러에 상자를 내려놓는 동안 프래프 마법사가 고개를 끄덕였다.

"그럼 아무 피해도 없는 거로군."

앨비가 물었다.

"무슨 일이죠?"

운전사가 어깨를 으쓱였다.

"어젯밤에 제가 차고 문을 제대로 잠그지 않았던 모양입니다. 분명히 잠갔다고 맹세할 수 있는데, 열쇠를 끝까지 돌리지 않았던 모양이에요."

프래프 마법사가 말했다.

"엔진이 출발할 수 있을 만큼 뜨거워졌는지 확인해보지 그래? 그리고 쿠퍼 군, 도와줘서 고맙네."

"별거 아닙니다."

베넷이 말했다. 하인 한 명이 의수 진열용 스탠드를 갖고서 트레일러로 올라갔다. 앨비도 트레일러에 탔다. 정말이지 마지막 순간에 이 치마를 갈아입었어야 했는데. 그녀는 여러 하인과 베넷, 프래프 마법사가 플라스틱 실험실에서 물건들을 가져오는 동안 모든 것을 분류했다. 어제 물품들을 다 점검했음에도 불구하고 앨비는 봉투와 상자를 하나하나 열고 필요한 모든 것이 안에 들어 있는지 확인했다. 옥스퍼드에 도착해서 중요한 것이 빠져 난감해지는 상황은 바라지 않았다.

이미지돔이 대부분 공간을 차지했고, 의수 자체는 충격 완화를 위해 스펀지를 댄 플라스틱으로 싸놔서 두툼했다. 하지만 모든 걸 다 실어도 트레일러는 여전히 3분의 1쯤 비어 있었다. 앨비는 상자와 봉투들 위로 끈을 매서 가는 동안 움직이지 않게 고정했다.

엠마가 트레일러 바깥에서 모습을 드러냈다. 그녀의 눈이 모든 것을 훑었다.

"정말 흥분되네요, 앨비! 도와드릴까요?"

앨비는 몸을 돌리다가 트레일러 벽에 머리를 박을 뻔했다.

"오, 아뇨. 괜찮아요!"

그녀가 트레일러에서 뛰어내리자 치마가 부풀어 올랐다. 그녀는 양손을 털었다.

"나중에 다 이야기해줄게요. 그동안 뭘…… 이런, 엠마. 손은 어떻게 된 거예요?"

오른손 안쪽으로 시뻘겋게 상처가 나 있었다. 상처는 엄지손가락 아랫부분에 초승달 모양이었다. 엠마가 인상을 찌푸렸다.

"일하다가 생긴 상처예요. 아프진 않아요."

그녀가 플라스틱 연구실 쪽을 힐끗 보았다. 헴슬리 씨가 문을 잠그고 자동차를 향해 걸어오고 있었다.

앨비는 엠마를 재빨리 껴안았다.

"대회에서 엠마에게 줄 뭔가를 사 올게요."

프래프 마법사가 깊게 숨을 들이켜고 주머니를 확인한 후 주위를 둘러보았다. 그리고 집 뒷문에 있는 프래프 부인을 발견했다. 그가 부인에게 다가가서 작별 키스를 했다. 신문 스캔들이 터진 후에도 프래프 부인은 진심으로 남편을 믿었고, 앨비는 그런 그녀를 존경했다. 다행히 후속 기사가 없고 프래프 마법사의 아주 비싼 변호사들이 활약한 덕분에 초반의 기사 외에 다른 이야기는 나오지 않았다. 발견 대회에서 그의 참가를 금지하지도 않았다.

프래프 마법사는 숨을 헐떡이며 돌아왔다.

"대회를 앞두고 이렇게 긴장해본 적은 처음이야! 나를 젊은 시절로 되돌려놓았군, 앨비."

스승이 짐을 묶은 끈을 확인하는 동안 그녀는 미소를 지었다.

베넷은 앨비가 좋아하는 방식으로 소매를 팔꿈치까지 걸어 올린 채 손으로 허리를 짚었다.

"그럼 난 이제 가는 게 좋겠군요. 공책 챙겼어요?"

앨비는 어깨에 멘 가방을 두드렸다.

"거기서 생기는 일을 전부 다 얘기해줄게요. 아마도 당신은 공책을 또 만들어야 할 거예요."

"부디 그렇게 되면 좋겠네요."

그는 프레드를 보았고, 프레드는 눈에 띄게 몸을 홱 돌리고서 운전석에 올라탔다.

앨비는 베넷의 뺨에 키스했다. 그리고 아무도 보지 않는 것을 확인한 다음 그의 입에 키스했다.

"열심히 공부해요."

그녀가 속삭였다. 그는 그녀의 손을 잡고 꼭 쥐었다.

"그럴게요. 조심해서 다녀와요."

"꼭 그럴게요."

그는 미소를 지으며 벤츠로 갔다. 프래프 마법사는 모든 준비가 끝났다고 선언했다. 앨비는 자동차에 올라탔다. 차에는 유리 창문이 달려 있고 다른 차보다 좀 더 넓었다. 앨비는 프래프 마법사가 두 *대의 자동차에다가 저택까지 유*지하려면 얼마를 버는 걸까 잠시 궁금했다. 그녀도 플라스틱 마법사가 되고 나면 자신의 차고를 가질 수 있을까? 자신의 벤츠도? 어쩌면 그때쯤이면 포드에서 새 모델이 나올지도 모르고, 그것도 가질 수 있을지 모른다. 엔진을 플라스틱으로 개조할 수 있을지도. 자동차가 더 매끄럽게 달리면서 너무 뜨거워지지 않게 말이다. 그걸 미래의 발견 대회에서 전시할 수도 있을 것이다. 그녀가 중앙 홀로 자동차를 몰고 나온다면 얼마나 굉장한 인상을 주게 될까 ─

"앨비?"

앨비는 눈을 깜박였다. 그제야 프래프 마법사가 옆자리에 올라탄 것을 깨달았다.

"아, 죄송해요. 저에게 뭘 물으셨나요?"

그가 낄낄 웃었다.

"필요한 건 다 잘 챙겼냐고 물었는데."

"네. 트레일러도 다시 한 번 확인했어요. 준비가 다 됐어요."

프래프 마법사가 프레드의 의자 뒤쪽을 철썩 때렸다.

"그럼 출발하세!"

자동차가 출발해 저택을 빙 돌아가자 앨비의 가슴속에서 나비가 펄럭거렸다. 그녀는 베넷의 벤츠를 찾아보았지만 그는 이미 떠나고 없었다. 그녀는 가방에서 새 공책을 꺼내서 첫 장에 적었다. *우리 출발해요! 난 옥스퍼드에 가본 적이 없어요. 엄청난 모험이 될 거예요!*

그녀는 공책을 다시 넣었다. 베넷은 어차피 운전하는 동안에는 답을 쓸 수 없을 것이다. 그들은 런던을 가로질러서 기차역 하나를 지나고 또 하나를 지났다. 앨비는 건물과 다리들이 얼마나 오래되어 보이는지 감탄했다. 자동차가 서쪽으로 갈수록 집과 가게들은 점점 작아지고 띄엄띄엄 나타나다가 사방이 드넓은 초록색 풍경으로 바뀌었다.

프레드는 운전대를 쥐고 왼쪽으로 휙 돌렸다.

"길이 나빠서요."

그가 중얼거렸다.

프래프 마법사는 작년 발견 대회에 관해 이야기하기 시작했다. 그는 앨비에게 뭘 기대해야 할지, 언제 자유 시간을 가질 수 있을지, 누구를 만나게 될지에 관해서 이야기했다. 그녀가 기억할 수 없는 수많은 이름이 나왔고, 대회는 그녀가 상상한 것보다도 훨씬 규모가 크게 들렸다. 플라스틱, 종이, 고무, 금속 합금, 유리, 불꽃이라는 각각의 재료들이 나름의 섹션을 차지했다. 고무와 플라스틱이 새로운 분야라서 가장 큰 공간을 차지하지만 말이다.

그들은 의자에서 앨비의 엉덩이가 아파올 때까지 한참이나 이야기를 나눴다. 그녀는 주위를 둘러싼 초록색 언덕들을 힐끗 보며 풍경을 담을 만한 카메라가 있으면 좋겠다고 생각했다. 베넷은 이런 언덕들을 본 적이 있을까?

그녀가 혹시 베넷이 답장을 보내지는 않았는지 확인하려고 공책을 꺼내려는 찰나 자동차가 왼쪽으로 홱 기울어졌다. 앨비는 벽에 세게 부딪쳤고 어깨가 욱신욱신 쑤셨다. 프래프 마법사가 앞에 있는 의자를 붙잡았다. 자동차 전체가 흔들리다가 앞으로 덜커덕 움직였다. 프레드는 운전대를 꽉 잡고 욕을 하며 간신히 자동차를 도로 옆으로 몰고 가서 세울 수 있었다.

"이런 맙소사, 프레드! 어떻게 된 건가?"

프래프 마법사가 외쳤다.

"모르겠습니다. 갑자기 자동차가 말을 안 듣네요."

그가 의자에서 몸을 돌렸고 앨비는 그의 머리선 근처 상처에서 얼굴을 타고 피가 흐르는 것을 보고 숨을 헉 들이켰다.

프래프 마법사가 주머니에서 손수건을 꺼내 접었다.

"제기랄, 프레드! 이걸 이마에 대게!"

그가 상처에 대고 천을 눌렀다. 프레드는 고분고분하게 말을 따랐다. 프래프 마법사가 차에서 내렸고 앨비도 뒤를 따랐다.

차는 전혀 잘못된 데가 없어 보였다. 타이어도 모두 멀쩡했다. 엔진 소리도 괜찮았고 연기가 나지도 않았다. 심지어 트레일러도 꽤 흔들리긴 했지만 멀쩡해 보였다.

"시동 *끄게*, 프레드."

프래프 마법사가 한 손을 흔들었다.

엔진이 꺼졌다.

프래프 마법사가 후드를 들어 올렸다. 안에서 열기가 솟구쳐 앨비의 얼굴에 훅 끼쳤다. 그녀가 말했다.

"저라면 아직 건드리지 않겠어요 - "

프래프 마법사가 버팀대를 만졌다가 손을 홱 뺐다.

"아직 뜨거우니까요."

앨비가 말을 마무리했다. 프래프 마법사는 한숨을 쉬었다.

"일찍 출발해서 다행이군. 자넨 이걸 잘 아나?"

"네, 마법사님. 겉으로 봐선 잘못된 게 없어 보이지만요. 열기가 식으면 아래쪽을 봐야겠어요. 이게 엔진 문제일 수도 있거든요."

허리에 손을 올리고서 프래프 마법사는 도로로 나와서 포트홀(도로가 파손돼 냄비처럼 파인 작은 구멍 - 옮긴이)이라도 찾듯이 뒤로 돌아갔다. 이윽고 고개를 흔들며 돌아왔다.

운전석에서 프레드가 신음했다.

"운전대에 부딪힌 모양이군."

프래프 마법사가 운전사를 곁눈질하면서 중얼거렸다. 그의 시선이 이리저리 움직여 주변을 살폈다. 그들은 마을과 마을 사이에 있었다. 양쪽 옆으로 초록색의 허허벌판만 쭉 펼쳐진 상태였다.

앨비의 머릿속이 꼬였다.

프래프 마법사가 운전석으로 다가갔다.

"프레드, 자네 괜찮나?"

"약간 어지럽습니다, 나리."

"우리가 어디 있는지 아나?"

그가 시선을 들었다. 눈꺼풀 한쪽에 피가 굳어서 뻣뻣하게 움직였다.

"메이든헤드 근처인 것 같습니다."

그가 힘없이 언덕 쪽을 가리켰다. 동네 이름치고는 이상하다고 생각했으나 앨비는 자신의 의견을 말하지 않았다.

프래프 마법사가 고개를 끄덕였다.

"도와줄 사람을 찾을 수 있나 살펴보지. 좀 쉬게, 프레드. 앨비, 차에서 프레드를 좀 살펴보고 있어."

"네, 마법사님."

"되도록 빨리 다녀오지."

그가 고개를 끄덕이고서 길을 따라 언덕 쪽으로 달려 갔다.

입술을 깨물며 앨비는 가방에서 손수건을 찾아 프레드에게 내밀었다. 지금 가진 손수건은 이미 피로 흠뻑 젖었기 때문이었다. 그가 운전석 등받이로 고개를 젖히며 눈을 감았고 그녀는 그의 곁에 서 있었다. 그의 맥박이 목 혈관에서 뛰는 게 보였다.

몇 분 동안 전혀 쓸모없이 서 있다가 앨비는 도로로 나와서 길을 위아래로 살피며 다른 차가 지나가기를 기도했다. 자동차를 가진 사람이 별로 없긴 하지만, 그래도 바랄 수는 있으니까. 하다못해 말을 탄 사람이라도 괜찮은데. 그녀는 손가락을 비틀며 찾아보고 기다렸지만 그들을 도와줄 구원자는 나타나지 않았다.

한숨이 새어 나왔다. 그녀는 자동차를 다시 돌아보았다. 엔진. 그녀는 그쪽으로 다가가서 다시 안을 보았다. 여전히 뜨거웠지만 손을 델 만큼은 아니었다. 그래도 신중하게 손을 뗀 채 그 위로 몸을 기울였다. 그녀는 파이프와 밸브, 케이싱을 꼼꼼히 눈으로 살폈다. 그녀는 입술을 잘근잘근 깨물었다. 도대체 뭐가 문제일까.

그녀의 시선이 엔진 앞쪽으로 향하는 실린더 헤드 아웃렛 호스 근처에서 멈췄다. 굉장히 두툼하고 불투명한 플라스틱으로 된 커다란 돼지 코처럼 보이는 둥그스름한 것이 있었다. 그녀는 머릿속을 뒤져봤지만 이게 엔진의 어느 부분에 들어가는 건지 전혀 알 수가 없었다. 차가 잘 달리게 프래프 마법사가 주문이라도 썼을까? 입술을 일자로 꾹 다물고서 앨비는 신중하게 손을 내밀어 그것을 건드렸다.

그녀의 손가락이 그 물건을 건드리자 자동차가 저항하듯 수많은 부품 중 하나가 그녀를 공격했다. 그녀는 힉 소리를 내며 손을 뒤로 뺐다. 손가락의 첫 번째 두 개 관절에 검은 기름이 묻었고 엄지손가락 주위로 길고 빨간 상처가 나 진물이 흘렀다. 그녀는 손을 흔들며 상처를 후후 불고서 자동차에서 물러났다. 본능적으로 거기에 있어서는 안 되는 물건이라는 생각이 들었다. 프레드가 차고 문이 잠겨 있지 않았다고 그랬었지.

프레드. 그를 확인해봐야 한다. 손을 감싸고서 그녀가 그의 이름을 불렀다. 그는 대답하지 않았다. 문가에서 그녀가 다시 불렀다.

"프레드?"

"여기 있습니다."

그가 지친 목소리로 대답했다.

손가락을 한데 모아 쥐고 앨비는 트레일러로 향했다. 안에 붕대가 있을지도 모른다. 설사 없더라도 자동차가 흔들리고 부딪치는 동안 물품들은 멀쩡했는지 확인해봐야 했다. 그녀가 문을 열었다.

여러 물품이 트레일러 바닥에 쏟아져 있었다. 그녀는 무릎을 꿇고서 각각의 물건들을 점검한 후 부서진 게 없다는 걸 확인하고서 제자리에 돌려놓았다. 단순 반복 작업은 오른손에 난 얕은 상처에서 느껴지는 쓰라림도 잊게 했다. 모든 걸 정리한 후 그녀는 이미지돔 쪽으로 갔다. 프레드를 확인해보기 전에 그게 망가지지 않았는지 살펴보고 싶었다.

손가락이 막 상자를 스쳤을 때 트레일러 문이 그녀 뒤에서 철컹 닫히더니 사방이 어두워졌다.

그녀는 심장이 목까지 솟아오른 기분으로 홱 돌아섰다.

"프레드?"

엔진이 살아났다.

"프레드!"

그녀가 외쳤다. 문으로 달려가서, 아니 문에 부딪히고서 그녀는 주먹으로 문을 두드렸다. 손잡이나 걸쇠 같은 것을 찾아보았지만 안에서는 문이 열리지 않았다.

"프레드! 프래프 마법사님! 저 안에 있어요! 도와주세요!"

트레일러가 덜커덩거리며 길 위로 올라왔고 앨비는 엉덩 방아를 찧었다. 그녀가 어둠 속에서 주먹이 욱신거릴 때까지 금속 문을 두드리고 목이 쉴 때까지 소리를 질렀다. 차가운 3월 날씨에도 불구하고 트레일러 안의 공기는 찌는 것 같았다. 이미 흘러내린 앨비의 머리카락은 이마에 달라붙었고 안경은 땀으로 미끄러운 코 위에서 위태롭게 흘러내리려 했다.

트레일러가 빙 돌자 그녀는 바닥에 주저앉았다. 그리고 머릿속을 맑게 하려고 눈을 몇 번 깜박였다. 안이 완전히 어두운 건 아니었다. 문 옆쪽으로 빛이 조금 들어왔다. 그녀의 정신이 실내 공간을 1제곱미터씩 계산하기 시작했지만, 신음을 내뱉으며 그 생각을 억눌렀다. 그건 아무짝에 쓸모가 없었다.

그녀는 무겁게 내려앉은 공기 속에서 숨을 쉬려고 노력

했다. 떨리는 다리로 일어서서 주변을 더듬어봤지만 트레일러는 단단한 금속 마법이 걸린 금속이었고 유일한 출구는 잠겨 있었다. 어쩌면 긴 지렛대로 힘을 주면 트레일러가 쓰러져 자동차를 멈추게 할 수도 있지만 트레일러와 그 내용물, 그리고 그녀 자신이 다칠 위험이 있었다.

그녀는 이를 악물고 유일하게 할 수 있는 일을 했다. 양손 주먹으로 문을 두드리며 엔진과 길의 소음 위로 소리를 질렀다. 트레일러가 멈출 무렵 앨비는 목이 쉬고 열기로 어지러울 지경이었지만 그래도 안도했다.

트레일러 밖에서 발소리가 들렸다. 문이 열리고 눈이 부시게 빛이 쏟아졌다.

하지만 그녀를 구하러 온 사람은 프래프 마법사나 프레드가 아니었다.

에젤 마법사였다.

17

그녀가 그를 보고 놀란 만큼이나 그도 그녀를 보고 놀란 얼굴이었다.

"이런 빌어먹을."

"당신!"

그가 내뱉는 것과 동시에 앨비도 외쳤다.

그가 앞으로 나왔다. 앨비는 이미지돔이 있는 곳까지 물러섰고 그 와중에 치마가 다리에 엉켰다.

"당신! 이 도둑!"

그녀가 그의 너머를 보았다. 나무들이 있었다. 얼마나 멀리 온 걸까? 차를 타고 한 시간은 온 것 같은데.

에젤 마법사가 트레일러 가장자리에 무릎을 올리고 앨비의 다리 쪽으로 손을 뻗었다. 그녀가 그를 걷어찼지만, 그는 그녀의 발목을 잡고 트레일러 밖으로 잡아끌었다. 팔다리를 버둥거리느라 안경이 코끝까지 미끄러졌고 머리카락 한 줌이 엠마가 묶어준 데서 흘러내려 얼굴을 덮었다.

"가만히 있어!"

에젤 마법사가 그녀와 엎치락뒤치락하며 끙끙거렸다. 그녀는 머리카락 사이로 자신이 어디 있는지 알아내려고 주위를 살폈다. 흙길, 나무들. 자동차와 트레일러가 오래된 통나무집 앞에 서 있었다. 은신용 별장? 버려진 오두막? 사람들에게서 멀리 떨어진 곳이라는 것만은 분명했다.

"도와주세요!"

그녀가 외쳤고 에젤 마법사의 손이 그녀의 입을 틀어막았다. 그의 다른 팔이 그녀의 팔을 둘러 몸통을 감쌌고, 그가 그녀를 길에서 끌어내 집 옆쪽의 문을 발로 걷어차고서 안으로 끌고 들어갔다.

"아무도…… 네 소리를 못 들어."

그가 힘겹게 말했다.

다시 욕을 하면서 머뭇거리다가 그녀를 구석으로 끌고 가 계단을 내려갔다. 앨비는 난간을 붙잡고 도와달라고 소리쳤다. 그녀의 손을 떼려고 하다가 에젤 마법사는 계단에서 굴러떨어질 뻔했다. 그가 한 손을 그녀에게서 떼고 난간을 붙잡았다. 팔이 자유로워지자 앨비는 플라스틱 순간 수갑을 찾기 위해서 자신의 가방에 손을 넣었다. 에젤 마법사가 그녀를 다시 잡자 그녀는 몸무게를 실어서 그의 팔목을 한데 모으고 수갑을 그 위에 내려쳤다.

그가 으르렁거리며 쉽게 그것을 떼어냈다. 앨비는 자신이 가진 유일한 방어도구가 아래쪽 계단으로 떨어지는 것을 바라볼 수밖에 없었다.

에젤 마법사가 그녀의 팔을 잡고서 등 뒤로 당기자 어깨를 따라 톱날로 자르는 듯한 고통이 밀려왔다. 그녀는 비명을 지르고 다시 소리를 질렀다.

"입 다물어!"

그가 큰소리쳤다. 그는 몸으로 밀어 그녀를 벽 쪽으로 몰아세웠다. 그녀의 이마가 색칠한 나무판에 부딪혔고, 잠깐 주변이 빙빙 돌았다. 그녀는 더듬더듬 난간을 찾았지만 허공뿐이었다. 에젤 마법사는 그녀를 나머지 계단 아래로 끌고 가서 단순한 책상과 팸플릿 몇 장이 흩어져 있는 하얀 상자 모양의 선반들만 있는, 텅 빈 방에 밀어 넣었다. 유일한 창문으로 빛이 들어왔으나 창문은 땅 위에 나 있는 가는 틈새에 지나지 않았다.

그제야 에젤 마법사가 그녀를 놓아주었다. 앨비는 바닥으로 쓰러졌고 머리카락과 치마가 사방으로 흩날렸다. 이마가 욱신거렸다. 그녀는 머리카락을 뒤로 걷어내고 안경을 올렸다. 심장이 부풀었다.

"당신 무슨 *짓 하는* 거예요? 프레드! 프레드는 다쳤는데, 당신…… 당신이 플라스틱 연구실에 침입한 사람이군요!"

에젤 마법사가 코웃음을 쳤다.

"설마. 난 내 손에 피를 묻히진 않아. 좀 더 오래 내 손을 깨끗하게 유지해야 했는데. 넌…… 예상치 못했어."

그가 잔뜩 인상을 찌푸렸다. 문을 가로막고 손가락 관절을 입에 대고 생각에 잠긴 채 그녀를 응시했다.

"예상치 못했다고요?"

그녀가 따라 말했다. 그리고 창밖을 쳐다보았다. 창문은 길에서 비켜서 나 있었다. 최소한 창문으로 길이나 트레일러는 보이지 않았다.

그럼 뭘 *예상했던 거지?* 트레일러를 훔치면서 그 안에 견습생은 없는 것. 하지만…… 차가 바로 그 순간에 고장이 날 걸 어떻게 알았던 걸까?

엔진에 있던 플라스틱 물건을 떠올리자 그녀의 피가 차갑게 식었다.

"당신이 차에 뭔가를 설치했군요."

"당신이 차에 뭔가를 설치했군요."

에젤 마법사는 어린애가 노래하는 말투로 그녀의 말을 따라 했다.

"물론 내가 차에 손을 좀 썼지, 이 멍청아. 그걸로 네 운전사를 처리하고 프래프가 도움을 청하러 간 것까지는 운이 좋았는데. *네가* 거기 있을 줄은 몰랐어. 발견 대회에 어떤 바보 같은 놈이 갓 들어온 견습생을 데려가는 거야? 빌어먹을!"

그가 숱이 적은 머리를 손으로 움켜잡았다.

앨비는 그제야 이해가 갔다.

에젤 마법사가 어젯밤 프래프 마법사의 차고에 들어왔던 게 분명했다. 그리고 자동차가 망가지게 뭔가를 설치했다. 자동차가 도시 경계를 넘어선 후에 망가지도록 조종할 수 있는 뭔가를, 한참 달린 후에 작동되는 주문 같은 것을 걸어놓은 거다. 엔진에 있던 그 플라스틱 물건이겠지. 프레드는 다쳤다. 프래프 마법사는 사라졌다. 목격자는 아무도 없을 것이다. 그녀를 제외하면.

그녀는 그의 도둑질을 증언할 수 있을 뿐만 아니라 그는 자신도 모르는 새 그녀를 납치까지 했다. 이중으로 차질이 생긴 셈이다. 확실히 오랫동안 감금 생활을 해야 하리라.

그녀의 손이 입으로 올라갔다. 바늘 수천 개가 피부를 찌르듯 소름이 오소소 돋았다.

"당신이 프레드를 죽였어요."

"그 친구는 내가 운전석에서 끌어낼 때까지 숨을 쉬고 있었어. 이 모든 건 네가 상관할 바 아니야."

그가 으르렁거렸다.

그의 번뜩이는 눈이 방 안을 훑었다. 그러다가 그가 이를 드러내고 벨트를 풀더니 그것을 빼냈다. 에젤 마법사가 다가오자 앨비는 뒤로 물러났지만 결국 벽에 닿아서 멈출 수밖에 없었다.

"도와주세요!"

그녀가 소리치면서 그를 피해 달아나려고 했다.

그의 손이 그녀의 머리카락을 잡고 목이 뚝 꺾일 정도로 홱 잡아당겼다.

"가만히 있어!"

그가 웅얼거리며 그녀와 몸싸움했다. 앨비는 발길질을 하고 비명을 질렀으나 에젤 마법사는 그녀가 몸으로 싸워 이기기에는 너무 강했다. 그가 앨비를 책상 쪽으로 밀고서 벨트를 그녀의 양 손목에 감은 후 버둥거리는 걸 막기 위해서 그녀를 깔고 앉았다. 그리고 벨트를 책상다리에 감아 그녀를 묶어버렸다.

그는 앨비가 다시 발길질하기 전에 재빨리 뒤로 물러났다.

"널 어떻게 할 건지는 나중에 결정하겠어. 난 대회에 참석해야 하거든."

그가 잘난 척하며 말했다.

"소용없을걸요!"

앨비는 팔이 어색하게 묶여 있음에도 불구하고 그를 더 잘 보려고 몸을 비틀며 소리쳤다.

"프래프 마법사님의 업적을 당신 걸로 삼을 순 없을 거예요. 벌써 초록을 제출하셨거든요!"

에젤 마법사가 코웃음을 터뜨렸다.

"나를 어떻게 보는 거야? 프래프는 초록을 제출한 적이 없어."

앨비는 꼼지락거리던 행동을 멈췄다.

"하지만 마법사님이…… 마법사님이 저한테 확인서를 보여주셨어요."

에젤 마법사가 눈을 굴렸다.

"내가 가로챘지. *내가* 확인서를 보냈고. 대회에서는 프래프가 오는 것조차 몰라. 이번에는 *그놈이* 바보 꼴이 되는 게 어떤 기분인지 이해하게 될 거야."

그를 보는 동안 그녀의 몸이 무거워졌다. 그가 이 일에서 빠져나간다면…….

에젤 마법사는 주머니를 뒤져 주머니칼을 꺼냈다. 칼을 든 채 그가 앨비 쪽으로 다가왔다.

"도와주세요! 도와줘요!"

"멍청한 계집애. 아무도 네 소리를 못 들어."

그가 그녀를 빙 돌아서 오더니 그녀의 가방을 집어 들고 끈 아래로 칼을 넣어 잘랐다. 베넷의 '모방해라' 주문 공책은 난장판에서 빠져나갈 유일한 기회였다.

"제발, 그건 갖고 있게 해줘요."

그녀가 외쳤다.

"넌 형편없는 책을 너무 많이 봤군. 네가 이야기의 주인 공이라고 상상하는 모양인데, 나는 지나치게 열성 넘치는 악당이라서 말이야. 네가 자유를 얻도록 내가 무슨 실수라도 저지를 줄 알았어?"

그가 코웃음을 치고는 가방을 문 쪽으로 던지고 칼을 주머니에 넣은 다음 앨비 옆에 웅크리고 앉아 치마 주머니를 확인했다. 그는 왼쪽에서 몇 파운드를, 오른쪽에서 펜을 찾았다. 앞치마에는 아무것도 없었다. 그녀는 그의 축축한 손 아래에서 몸을 꿈틀거렸다. 그는 그녀의 허리 밴드를 더듬고, 그다음에는 뭐가 없는지 스타킹을 확인했다. 그의 손이 잠깐 그녀의 무릎에 멈췄다가 치마 안으로 들어가 허벅지까지 올라갔다.

그녀는 에젤 마법사에게서 몸을 비틀고서 가죽 벨트가 팔목을 찌르는 상태로 그의 어깨를 걸어찼다. 그가 욕을 하고 뒤로 펄쩍 물러나서는 그녀의 신발을 보았다. 그러고는 그것도 억지로 벗겨냈다.

그가 무겁게 숨을 헐떡이며 문으로 물러났다.

"내가 말했지. 널 어떻게 할지는 나중에 생각해보겠다고."

그는 그녀의 물건들을 집어 들고 문을 쾅 닫았다. 자물쇠 잠기는 소리만 텅 빈 공간에 울렸다.

"도와주세요! 도와주세요!"

앨비가 소리쳤다.

위층에서 또 다른 문소리가 들렸다. 다리를 위쪽으로 구부리고 그녀는 몸을 돌려 무릎으로 최대한 균형을 잡았다. 이 자세로는 손에 피가 안 통하긴 했지만 말이다. 그녀는 세게 확 잡아당겼고, 벨트가 살에 파고들자 이를 악물었다. 책상이 1센티미터 움직였다. 책상은 단순하게 생겼고 두 개의 서랍이 비어 있음에도 무거웠다.

그녀는 이로 벨트를 물고서 매듭을 느슨하게 만들려고 애를 썼다.

밖에서 모터 돌아가는 소리가 들렸다.

눈물이 뺨을 타고 흘렀다. 그녀는 눈을 깜박여 눈물을 삼키고 마음을 다잡았다. 침착해야 했다. *여기서 나가야만 했다.*

그녀는 숨 쉬는 데 집중했다. 고르게 숨을 쉬고 흥분을 가라앉혀야 했다. 집중해야 한다. 에젤 마법사가 돌아올 때까지 여기 있을 수는 없었다. 프레드를 도와야 했다. 프래프 마법사에게 경고해야 했다. *뭐라도* 해야 했다.

그녀는 개처럼 벨트를 이로 꽉 물고 홱 잡아당겼다. 벨트가 약간 느슨해지다가 그대로 꽉 끼었다.

앨비는 조였던 손가락에 피가 다시 통하도록 엉덩이를 대고 몸을 돌렸다. 도움이 될 만한 것을 찾아 방 안을 둘러보았지만 아무것도 없었다. 그녀는 잠시 눈을 질끈 감고 숨을 쉬는 데에, 길고 깊게 숨을 들이켜고 내쉬는 데에만 집중했다. 그런 다음 옆으로 몸을 굴려 엄지손가락이 압력으로 부러질 것처럼 느껴질 때까지 잡아당기고, 잡아당기고, *또 잡아당겼다.*

몸을 반대편 옆으로 굴려 다른 손에 압박이 가게 한 다음 잡아당겼다. 그것마저 효과가 없자 어깨로 책상을 밀었다.

어깨가 아팠다. 상상 이상으로 훨씬 아팠다. 앨비는 차사고가 났을 때 부딪힌 어깨를 쓰고 있다는 사실을 뒤늦게 기억해냈다.

"넌 할 수 있어."

그녀는 눈물을 삼키려고 눈을 깜박이며 혼자 중얼거렸다.

"넌 브레켄마커야, 제기랄."

그녀는 다시 책상을 밀었다. 어깨의 멍이 더 깊어지는 느낌에 신음을 삼켰다. 그리고 다시, 미색의 카펫이 깔린 바닥에 발을 꽉 딛고서 힘껏 밀었다. 발이 미끄러졌다. 마지막 힘까지 내어 앨비는 몸을 돌려 욱신거리는 손가락 가까이 무릎을 끌어당겨 스타킹에 손가락을 걸었다. 그리고 다리를 차고 문지르며 간신히 스타킹을 벗었다. 맨발이 되자 좀 더 미는 데 힘이 들어갔다.

그녀는 밀치고, 떠밀고, 신음했다.

책상이 뒤로 기울어지다가 요란하게 쾅 소리를 내며 바닥에 부딪쳤다.

웃음이 나왔다. 그녀는 묶어놓은 벨트를 책상다리에서 뺀 후 손을 풀었다. 피가 통하지 않던 양손을 문지르고 팔목과 손가락을 돌리고 쥐었다 폈다 했다. 계속 움직이느라 오른손 엄지의 상처에서 피가 났다. 그녀는 그 부분을 잠시 입으로 후후 불다가 앞치마에 닦았다.

서둘러 문으로 가서 손잡이를 돌렸다. 손잡이는 돌아가다가 멈췄다. 잘 만들어진 무거운 문은 일종의 문 잠금장치로 틀에 고정되어 있었다. 아니, 아마 그런 것 같다고 손가락을 열쇠 구멍에 넣어보며 그녀는 짐작했다.

몸을 돌려 창문으로 다가갔다. 창문은 열리지 않았고, 가슴과 엉덩이는 고사하고 머리도 들어가지 않을 것 같았다. 그녀는 엎어진 책상 위로 올라가서 제일 가장자리에 서서 창틀을 잡고 바깥을 내다보았다. 그녀의 눈높이가 지면과 딱 맞았지만 웃자란 풀들이 시야를 가로막았다. 나무와 풀들. 그게 보이는 전부였다.

그녀가 유리 마법사였으면 뭐라도 해볼 수 있었을 텐데.

유리 마법. 마법.

"플라스틱."

그녀가 중얼거리고서 책상에서 뛰어내렸다. 천천히 돌아서서 방을 두 번 더 살펴보았다. 플라스틱. 플라스틱으로 된 거 무엇이라도. 하지만 아무것도 보이지 않았다.

그녀는 책상 서랍을 전부 다 열어보았으나 숯 한 조각만 나올 뿐이었다. 그녀는 손가락 아래에서 따끔거리는 느낌이 느껴지기를 바라며 선반을 확인했으나 종이뿐이었다. 로마에 관한 팸플릿, 또 하나는 전화 쓰는 법에 대한 상세한 설명서였다. 아무것도 쓰여 있지 않은 종잇조각도 몇 개 있었다.

선반은 나무로, 책상은 나무와 금속으로 만들어졌다. 창문은 유리였다.

그녀는 에젤 마법사의 벨트를 확인해보았다. 가죽과 금속. 자신의 주머니도 확인해보았다. 아무것도 없었다.

손과 무릎을 바닥에 대고서 앨비는 카펫의 뭉친 털 위를 손으로 샅샅이 쓸며 뭔가 떨어진 게 없나 찾았다. 스테이플과 딱딱하게 굳은 음식 한 조각을 찾았고, 그뿐이었다. 그녀의 블라우스에도 단추 하나 없었고, 치마는 금속 스냅으로 잠그는 식이었다.

그녀는 다시 책상 위로 올라가서 창문을 주먹으로 두드렸다.

"도와주세요! 도와주세요!"

그녀가 소리쳤다.

몇 분 후 그녀는 멈췄다. 에젤 마법사는 아무도 그녀의 목소리를 듣지 못할 거라고 자신만만했다. 그녀는 집 외부를 잠깐 보았을 뿐이지만 다른 집도, 건물도, 심지어는 창고조차 보이지 않았다. 가장 가까운 이웃이 얼마나 떨어져 있을까? 누군가가 여기를 지나다가 그녀의 목소리를 들을 가능성은 얼마나 될까?

그녀는 책상 위에 풀썩 앉았다. 그녀의 뱃속이 동정을 표하고 싶은 것처럼 꾸르륵거렸다. 눈물이 속눈썹을 타고 흘렀다. 그것을 닦다가 안경에 얼룩이 생겼다.

안경. 그녀의 안경.

"오, 프래프 마법사님, 키스라도 해드리고 싶어요."

그녀는 안경을 벗었다. 검은 테가 즉시 손안에서 흐릿해졌다. 모든 게 흐릿해졌다. 그녀는 엄지손가락으로 오른쪽 안경알을 꾹 밀었다. 플라스틱의 욱신거리는 느낌이 그녀에게 희망을 선사했다. 알이 만족스러운 픽 소리를 내며 빠졌다.

그녀는 안경을 도로 썼다. 한쪽 눈은 안 보이고 한쪽 눈만 보여서 좀 어지럽고 무게가 안 맞아 안경이 약간 왼쪽으로 기울어졌다. 그래도 안경이 아예 없는 것보다는 낫다. 플라스틱이 아예 없는 것보다 낫고.

그녀는 손에 있는 반쯤 흐릿한 알을 보았다. 플라스틱. 완벽해. 이제 어쩌지?

그녀가 아는 모든 주문을 떠올려봤다. 이미지 기억. 굳어라. 부드러워져라. 녹아라. 부착해라. 일치시켜라. 감싸라. 뚜렷해져라. 흐려져라. 유연해져라, 그리고 버텨라. 압축해라. 나아가라. 따라라: 패턴. 이 중 뭐가 도움이 될 수 있을까?

그녀는 문을 바라보며 안 보이는 오른쪽 눈보다 시력이 교정된 왼쪽 눈으로 더 많이 보기 위해서 고개를 옆으로 기울였다.

그녀에게 필요한 건 열쇠였다. 열쇠를 만들 수 있을까?

그녀는 자물쇠로 다가가서 열쇠 구멍을 관찰했다. 입구는 좁았고 바깥을 볼 수 있는 종류가 아니었다. 앨비가 금속 마법사였으면 좋았을 텐데. 금속 마법사는 혼합 금속으로 된 거라면 뭐든 열 수 있었다. 프래프 마법사가 플라스틱 연구실에 설치한 자물쇠처럼 거기에 저항하는 마법이 특별히 걸린 자물쇠가 아니라면 말이다.

"부드러워져라."

그녀는 플라스틱에 명령했다. 플라스틱이 그녀의 손안에서 부드러워졌고, 그녀는 안경알을 평평하게 만든 다음 말했다.

"굳어라."

그녀가 플라스틱을 문과 문틀 사이 틈새에 밀어 넣었으나 빗장이 있어서 밀어낼 수가 없었다.

앨비의 맥박이 빨라졌다. 목 뒤로 두려움이 따끔거리며 올라왔다. 이걸 해내야 했다. 성공해야 했다. 이 방에는 음식도 물도 없었다. 에젤 마법사가 한참 있다가 돌아온다면 그가 그녀를 "어떻게 할지" 결정하기 전에 그녀가 죽을 수도 있었다. 어쩌면 정확히 그게 그의 의도인지도 모른다. 살인은 도둑질과 납치에 더하기에는 꽤나 끔찍한 일이니까.

그녀는 무릎을 꿇고 망가진 안경알을 손안에서 이리저리 뒤집었다. *생각해.* 어쩌면 창문 유리를 깰 수 있을지도 모른다. 그러면 그녀의 목소리가 더 크게 들릴 수도 있지만 이 집이 외딴곳에 있다는 게 문제다. 그녀를 도와줄 누군가가 절실했다.

그녀는 자물쇠를 응시했다. 양쪽 눈의 시력 차이 때문에 머리가 지끈거렸다.

"부드러워져라."

그녀가 주문을 외친 다음 안경알을 반으로 나누어 반은 단단하게 굳혀 옆에 내려놓았다. 나머지는 길고 가늘게 늘려서 점토처럼 작업했다.

"굳어라."

그녀가 말을 하고서 플라스틱을 자물쇠 안에 넣었다.

열쇠. 그녀에게는 열쇠가 필요했다.

그녀는 선반에서 팸플릿을 낚아채 그걸로 플라스틱 막대의 끄트머리를 감쌌다. 그녀의 손이 닿지 않으면 플라스틱은 그녀의 다음 명령을 무시할 수 있었다. 그리고 그녀는 재료의 한 톨이라도 잃을 위험을 감수할 수 없었다. 손가락을 자물쇠 안의 플라스틱에 대고서 그녀가 말했다.

"녹아라."

그녀는 플라스틱 끝부분, 열쇠의 이가 있는 부분의 모양만이라도 만들고 싶었다.

막대 끝부분이 녹아서 자물쇠를 채우고 나머지 부분은 팸플릿 덕분에 거의 형태를 잃지 않았다. 2초쯤 후에 앨비가 말했다.

"굳어라."

그리고 막대를 돌렸다.

막대는 꿈쩍도 하지 않았다. 당연히 그렇겠지. 그건 자물쇠 안을 전부 다 그냥 채웠을 뿐이었다. 도대체 무슨 생각을 한 걸까?

그녀는 플라스틱과 종이를 놓고 머리를 문질렀다. 그녀는 생각하고 있지 *않았다*. 공포에 사로잡힌 상태였다. 그냥 창문을 깨는 게 나을지도 모르겠다. 그녀가 아주 훌륭하게 소리를 지른다는 사실은 잘 알고 있으니까.

앨비는 나머지 절반의 안경알을 손에 들고 더 이상 단단해질 수 없을 때까지 굳으라고 명령한 다음 그걸로 주먹을 감싸고서 유리가 금이 가고 깨질 때까지 두드렸다. 남은 유리 조각들을 쓸어내다가 몇 군데 베였지만 아랑곳없이 그녀는 목에서 피가 나기 직전까지 소리를 질렀다.

아무도 그녀에게 응답하지 않았다. 길을 따라오는 자동차나 어떤 말소리도 들리지 않았다.

그녀는 책상 위에 주저앉아 숨을 골랐다. 그리고 문으로 돌아가서 손가락을 그 아래로 밀어 넣고 뭔가, 아무거라도 손에 닿는 게 있는지 찾으려 했다. 하지만 뭉친 카펫만 손에 닿을 뿐이었다. 그녀는 뒤로 물러나서 자물쇠를 부술 수 있거나 나무 자체가 부서지기를 바라며 문을 발뒤꿈치로 세게 걸어찼다. 불행히 문에는 자국조차 생기지 않았다. 그녀의 시도는 맨발만 멍들게 했을 뿐이었다.

그때 모터 소리가 들렸다. 앨비는 벌떡 일어나 창문으로 달려갔다. 책상 위로 올라가 자신의 격한 호흡 사이로 소리를 들으려고 귀를 쫑긋 세웠다.

"여보세요?"

그녀가 외쳤지만 아무도 대답하지 않았다. 그녀는 이를 악물고 사람 소리를 들으려고 귀를 바싹 세웠으나 사방이 조용했다. 그녀의 상상력은 그녀 자신만큼이나 다급한 모양이었다.

한숨을 내뱉으며 책상에서 내려와 다시 문가에 앉아 플라스틱을 채운 자물쇠를 응시했다. 프래프 마법사는 돌아와서 자동차와 트레일러가 사라진 걸 발견했을 것이다. 도와줄 사람을 데리고 왔을까? 적절한 시간 내에 프레드를 발견했을까? 아마도 경찰에 신고했을 것이다.

에젤 마법사가 부정하게 얻은 물건을 가지고 대회장에 도착하기까지 얼마나 걸릴지 문득 궁금해졌다.

프래프 마법사는 에젤 마법사가 자신의 발명품을 훔친 건 *보지* 못했지만 분명한 건 에젤 마법사가 그걸 가지고 있다는 것이다. 그가 얼마든지 거짓말을 하고 거짓 이야기를 꾸며낼 수 있겠지만, 설령 의수를 움직이게 만드는 주문을 알아낸다 해도 그는 치명적인 실수를 저질렀다. 플라스틱 연구소에서 원형을 훔치도록 다른 사람을 고용한 것이다. 런던 경찰은 프래프 마법사가 가지고 있던 의수를 먼저 보았다. 경쟁으로 완전히 정신이 나가서 그 사실은 고려하지 않았던 걸까? 아니면 다른 계획이라도 있나? 자신의 플라스틱 연구소 침입을 꾸며낸 것과 관계가 있을까?

프래프 마법사가 *자신의* 의수를 훔친 거라고 비난하려는 걸까?

그녀는 입술을 잘근잘근 깨물었다. 경찰은 프래프 플라스틱 연구실에서 의수들을 분명히 보았다. 그게 다 숨겨져 있었고, 깜짝 놀라게 하려고 프래프 마법사가 경찰에 도둑이 뭘 노린 건지 말하지 않았으면 어떡하지?

그녀는 헉 하고 숨을 내쉬었다. 병원에서 만난 강도. 그 악당들은 돈보다 물품 상자에 더욱 관심이 있었다. "쓸모없어." 남자는 그렇게 말했다. 그가 의수를 찾고 있었던 걸까? 그가 에젤의 부하 중 한 명이었을까? "설마. 난 내 손에 피를 묻히진 않아."

앨비는 이를 악물면서 무릎을 대고 일어섰다. 그녀가 플라스틱을 잡고 손잡이가 부서질 때까지 비틀었다. 두 가지 주문으로 그녀는 그것을 다시 녹였다.

에델과 베넷이 당연히 증인이 되어줄 것이다. 하지만 에젤 마법사에게도 나름의 '증인'이 있을지 모른다. 다행히 앨비는 팔에 관한 모든 메모와 도표를 갖고 있었다. 그걸 만든 날짜를 증명하는 건 좀 어려울 수도 있지만. 어쩌면 베넷이 종이에 쓴 시기를 드러내는 주문을 알지도 모른다. 그저 그러길 바랄 뿐이었다.

"물러나라."

그녀는 플라스틱이 빠져나오기를 바라며 말했지만, 플라스틱은 자물쇠 안에 그대로 뭉쳐 있었다.

"부드러워져라. 물러나라."

플라스틱은 말을 듣지 않았다. 그녀는 다시 플라스틱을 굳히고 입술을 꾹 다물었다. 플라스틱 마법 분야엔 미처 발견하지 못한 온갖 주문이 있었다. 그녀에게 도움이 될 만한 걸 찾을 수 있을까?

"부드러워져라. 압축해라."

플라스틱이 앞으로 튀어 나갔다가 다시 튀며 자물쇠에서 그녀 쪽으로 쏟아져 나왔다. 그녀는 '굳어라' 주문으로 그것을 멈췄다.

집이 삐걱거렸다. 그녀는 몸을 굳히고 숨을 멈췄다. 그리고 귀를 기울였다. 집이 조용해지자 새로운 가능성 하나가 머릿속에 떠올랐다.

에젤 마법사만이 이 집에 들어올 수 있는 유일한 사람이 아니라면? 그의 *더러운* 일을 하는 일꾼 중 하나도 들어올 수 있다면?

앨비가 아직 지하실에 갇혀 있는 동안 '일꾼'이 나타난다면? 그녀는 에젤 마법사의 손이 그녀의 다리를 만지던 것을 떠올렸다. 만약에……?

이번에 그녀가 플라스틱 막대를 잡자 손가락이 떨렸다.

여기서 나가야 해. *지금 당장* 나가야 해.

"부서져라. 열려라. 풀려라. 꼬여라. 부드러워져라. 부서져라. 열려라. 풀려라. 꼬여라. 굳어라. 녹아라. 부서져라? 열려라. 당겨져라. 제발!"

그녀는 막대를 앞으로 밀었다가 뒤로 당기고 양옆으로 흔들었다. 다시 부수었다가 고쳤다. 그녀의 손가락이 플라스틱으로 미끌미끌해졌다. 그녀는 멍이 든 이마를 문에 기댔다.

"부드러워져라. 따라. 열려라. 놓아라. 빗장…… 벗겨라. 풀려라. 해제해라. 끌러라."

빗장이 플라스틱으로 가득한 구멍 안쪽으로 달칵 소리를 내며 움직였다.

앨비는 막대를 뺐다. 그리고 쳐다보았다.

그녀의 손이 손잡이를 잡고, 당겼다.

문이 열렸다.

그녀는 숨을 헐떡이며 당장 일어섰다. '끌러라'는 금속 마법 주문이었다. 그렇지? 그녀는 프래프 마법사가 그게 플라스틱 마법 주문 목록에 없다고 말하는 걸 확실히 기억했다. 마법사님이 틀린 걸까?

그게 지금 중요한가?

음, 그래, 중요하다. 하지만 지금 당장은 아니었다.

치마를 한 손으로 잡고서 앨비는 계단을 올라갔다. 문으로 가서, 에젤 마법사가 여기 올 때 따라온 길을 찾아서, 그 다음에 –

갑자기 두툼한 손이 그녀의 팔을 꽉 잡았다.

"이런, 안 되지. 그럴 순 없지."

작지만 옆으로 어깨가 떡 벌어진 남자가 앨비의 피부에 멍이 들 정도로 손가락에 힘을 꽉 주었다. 그녀의 목이 하도 조여들어 비명이 뱃속에서 빠져나오지 못할 정도였다. 그는 다리만 빼면 모든 부분이 다 커다랬다. 커다란 머리, 널찍한 턱, 술통만 한 팔뚝, 벤츠 타이어 두 개를 합쳐놓은 듯한 가슴. 눈에는 다크서클이 빙 두르고 있고 뺨에는 수염이 드문드문 돋아 있었다.

집 반대편에서 엔진이 꺼지는 소리를 들은 *기억*이 났다. 이 남자, *부하*가 도착했던 거다.

더러운 일을 하는 사람. 그 생각에 앨비의 몸에서 힘이 빠졌다. 무릎이 후들거리고 팔도 늘어졌다.

부하는 60킬로그램의 여자를 한 손으로 버텨야 할 거라는 예상은 못 했는지 앞으로 휘청거리다가 계단으로 굴러떨어질 뻔했다. 그는 넘어지지 않으려고 난간을 붙잡았다. 그때 앨비는 기력을 되살려 있는 힘껏 그의 손에서 팔을 홱 잡아 뺐다.

하지만 아래로 돌아갈 수는 없었다. 집에서 나갈 수 있는 유일한 길은 계단을 올라가는 거였다.

그래서 그녀는 커다란 악당을 지나쳐서 마지막 계단을 뛰어 올라갔다. 문까지만 도착할 수 있으면 –

그가 그녀의 종아리를 붙잡았다. 앨비는 앞으로 고꾸라져 바닥에 턱을 찧고 말았다. 충격으로 입이 콱 닫히면서 이가 혀를 깨물었다. 비릿한 피 맛이 입안을 채웠고, 그녀는 구역질하며 피를 뱉었다.

부하는 그녀의 다리를 다른 손으로 잡고 그녀가 그물에 걸린 물고기라도 되는 것처럼 뒤로 당겼다. 앨비는 마루판 사이의 틈새에 손톱을 박고 버텼고, 판자가 하나 떨어졌다. 나가야 해. 여기서 나가야 했다. 저 남자가…… 저 남자가 덤비기 전에…….

그녀는 자유로운 발로 남자를 세게 걷어찼다. 신발을 신고 있었다면 발길질이 효과가 있었을 텐데. 대신 남자는 그저 그녀의 발목을 잡고 뒤로 잡아당겼다. 그의 손가락 하나 하나가 앨비의 몸에 멍을 남겼다.

"도와주세요!"

앨비가 소리치며 손에 닿는 것은 무엇이든 찾았다. 무거운 물체, 뭔가 들 수 있는 거, 심지어는 먼지 덩어리라도 좋으니까! 그러나 안경의 나머지 알 말고는 도움 될 만한 게 아무것도 없었다. 이 남자가 그녀에게 할 일을 생각하면, 차라리 앞이 안 보이는 편이 더 나을지도 모르겠다. 하지만 실패하면 그녀는 이 언덕 지역에서 절대로 빠져나가지 못할 것이다. 흐릿한 풍경 속에서 그녀의 존재는 영영 사라질 것이다.

부하가 그녀를 허공으로 들어 올리는 바람에 갑자기 앨

비는 공중에 떴다. 그리고 그의 넓은 어깨 한쪽에 쿵 놓였다. 짓눌린 백파이프처럼 그녀의 몸에서 공기가 훅 빠져나왔다.

부하는 욕설을 중얼거리며 계단을 내려갔다. 앨비는 그의 등을 할퀴고 난간을 잡으려고 하다가—

그녀의 순간 수갑이 계단 가장자리에 떨어져 있는 것을 보았다.

원형은 실패일지 모르겠지만, 어쨌든 그건 플라스틱이었다.

그녀는 발버둥을 쳤고, 발가락이 부하의 벨트 버클에 닿았다. 그녀는 그것을 최대한 세게 밟고서 몸을 앞으로 쭉 뻗어 남자의 균형을 무너뜨렸다. 두 사람 다 몇 계단 아래로 쓰러졌다. 남자는 등으로, 앨비는 배로. 그녀는 오른손을 쭉 뻗어서 둥글게 말린 수갑 가장자리를 낚아챘다.

부하가 욕을 하면서 몸을 홱 돌려 그녀의 허리를 낚아챘다.

"이런 짓 한 걸 꼭 후회하게 해주지!"

그는 그녀를 들어 올렸고, 그가 그렇게 할 때 앨비가 계단을 발로 찼다. 그는 너무 세게 당기는 바람에 계단 아래쪽의 문틀에 쾅 부딪혔다. 그의 손에서 고작 1초쯤 힘이 빠졌지만 앨비에게 그 시간이면 충분했다. 그녀는 그의 손에서 빠져나와 자유를 얻었다. 그는 일어나서 그녀에게 손을 뻗었다. 그가 손을 내밀었을 때 앨비는 그의 팔목을 잡고 난간에 내려쳤다. 그리고 한 손에 순간 수갑을 들고서 외쳤다.

"녹아라!"

수갑이 부글거리는 플라스틱으로 녹자 앨비는 그것을 부하의 팔목과 난간에 내려놓았다.

"굳어라! 굳어라, 굳어라!"

플라스틱이 명령에 따라 최대한 단단히 굳었다.

부하가 으르렁거리며 몸을 빼려 했지만 플라스틱은 단단하게 버텼다. 그가 근육질의 팔을 그녀 쪽으로 휘저었으나 그녀는 그의 손이 닿지 않는 계단 위쪽으로 황급히 물러났다.

그녀는 플라스틱이 얼마나 오래 버텨줄지 몰랐고 그걸 시험해볼 생각도 전혀 없었다. 도망쳐야 한다는 일념으로 그녀는 앞만 보고 달렸다.

그녀는 계단을 뛰어 올라가 모퉁이를 돌아서 현관 자물

쇠를 비틀어 열었다. 부하는 계속해서 그녀의 뒤에서 소리치고 욕을 해댔다. 갑자기 옆구리가 욱신거렸지만 무시한 채 그녀는 길을 따라, 언덕 반대편으로, 문명이 있기를 바라는 방향으로 계속 달려갔다.

18

* * * * * ★ 🐋 ★ * * * *

에젤 마법사가 저지른 가장 큰 실수는 앨비에게 안경을
남겨둔 것이었다. 그가 한 가장 영리한 행동은 그녀의 신발
을 가져간 거였다.

앨비는 풀이 더 많고 땅이 더 부드러워서 발에 완충 역할
을 해주는 길 한가운데로 달렸지만 멍이 든 발바닥에서는
여전히 모든 돌과 자갈, 가시, 미늘까지 느껴졌다. 그녀는
중간에 멈춰서 치마로 발을 감쌀 붕대를 만들어보려고 했
지만 단단히 감처놓은 치맛단을 뜯을 수가 없었다. 또한 이
걸 하려다 귀중한 시간을 낭비할 수도 있었다. 어쩔 수 없이

계속해서 달렸고, 종종 비틀거렸다. 어느 정도는 바닥이 울퉁불퉁해서였고 어느 정도는 오른쪽 안경알이 없어서였다.

하지만 멈출 수 없었다. 에젤 마법사나 그의 부하들이 돌아왔을 때 방어할 수 없는 곳에 있으면 안 되니까. 발견 대회가 프래프 마법사의 업적을 잘못된 사람의 것으로 돌아가게 놔둘 수도 없었다. 구해줄 사람이 나타나기만을 그저 기다릴 수도 없었다.

앨비는 운동선수가 아니었다. 길이 대부분 내리막이었지만 오래지 않아 폐가 타는 것처럼 느껴졌다. 그녀는 전력으로 달릴 수 없을 때는 천천히라도 달려서 앞으로 나아갔다. 초록빛 언덕을 만나면 그 꼭대기로 가서 방향을 잡기 위해 위로 올라갔다. 에젤 마법사가 자신도 모르는 사이 그녀를 납치했을 때, 트레일러 안에서 몇 번인가 회전하는 걸 느꼈었다. 처음에는 차를 똑바로 몰다가 나중에 그랬다. 그 말은 메이든헤드보다 서쪽으로 왔다는 뜻이었다. 그게 많은 걸 알려주는 건 아니지만, 그래도 나름 의미는 있었다.

앨비는 계속해서 달려갔다. 발바닥이 찢어지고 땀투성이에 단단한 치마 가장자리는 먼지와 진흙으로 엉망진창이 됐다. 하지만 태양이 서쪽 지평선에 가까워질 무렵 그녀는 또 다른 길을 발견했다. 포장도로였다.

그녀는 신께 감사드리며 새롭게 치솟는 힘으로 거기로 달려갔다. 방향을 알리는 표지판이 보였다. 무엇보다도 감사하게 낯익은 자동차 엔진음이 들렸다.

포드가 평생 이렇게 아름답게 보인 적이 없었다. 운전석이 지붕이나 창문 없이 열려 있는 차였다. 남자 한 명이 운전하고 있었고, 고급스러운 옷차림에 바람으로 회색 머리가 흩날렸다. 그는 절대 범죄의 공범처럼 보이지 않았기 때문에 앨비는 운을 시험하기로 했다.

그녀가 길 한가운데로 달려나가 양손을 흔들었다. 그리고 발과 발목이 욱신거리는데도 펄쩍펄쩍 뛰었다.

"멈춰요! 제발 멈추세요!"

차의 브레이크가 끼이익 소리를 내고 운전사가 그녀를 치지 않기 위해서 도로 옆쪽으로 틀어 차를 세웠다. 차가 멈추자 남자는 그녀를 보고 성난 어조로 외쳤다.

"*무슨 짓을 하는 거요?*"

그는 억센 독일 억양으로 말했다.

그녀의 심장이 가슴속을 꽉 채웠다. 천사들이 그녀를 돌봐주시는 게 분명했다. 그녀가 독일어로 말하자 운전사가 충격받은 표정으로 쳐다보았다.

"제발요! *이히 브라우헤 힐페! 지 뮈센 미어 헬펜!(Ich brauche Hilfe! Sie mussen mir helfen!)*"

도와주세요! 저를 도와주셔야 해요!

그녀는 그에게 달려가 운전석 문을 붙잡고 계속해서 다급하게 독일어로 말했다.

"제 이름은 앨비 브레켄마커예요. 전 납치됐어요."

남자의 눈이 더더욱 커졌다. 그가 그녀를 위아래로 살펴며 그녀의 피투성이 맨발과 헝클어진 머리와 옷, 비뚤어진 안경을 보았다. 남자의 놀란 표정으로 보아 그녀의 말을 믿는 듯했다.

"전 매리언 프래프 마법사님의 견습생이에요. 저희는 옥스퍼드에서 열리는 발견 대회에 가던 중이었는데 누가 차를 고장 냈어요. 운전사가 다쳤고요. 전 제가 어디 있는지도 모르겠어요. 제발요. 여기가 어디죠?"

그는 목을 가다듬고 부드러운 독일어로 대답했다.

"이런, 아가씨, 정말로 유감이군. 우린 뉴 힌스키 근처에 있지. 타요. 가까운 경찰서까지 데려다줄 테니까."

"아뇨, 전 옥스퍼드로 가야 해요!"

그는 그녀의 강력한 애원에 몸을 뒤로 젖혔다.

"옥스퍼드에도 경찰이 있어요. 전 대회장에 꼭 가야만 해요, 선생님. 에젤 마법사를 막아야만 해요."

"에젤 마법사?"

"그 사람이 저를 납치했어요."

남자의 표정이 멍해졌다.

"정말이지 이런 일은 전혀 예상하지 못했는데."

"정말로 죄송해요. 너무 먼 곳이라는 건 아는데 –"

"그렇게 멀진 않아요, 아가씨. 그렇게 멀진 않지. 좋아, 내가 데려다주지. 타요."

눈에서 눈물이 솟구쳤다.

"고맙습니다, 고맙습니다."

그녀는 차 반대편으로 가려고 거친 포장도로를 돌아가는 동안 움찔했다. 망할 치마가 문에 끼었지만 그녀는 상관하지 않았다.

남자는 포드에 기어를 넣고 도로로 나와 차를 돌리느라 방향을 몇 번 바꾸었다. 올바른 방향으로 향하자 남자가 물었다.

"정말로 그래도 되겠어요? 뉴 힌스키에 경찰서가 있는데.

음식도 있을 거고."

"정말 친절하시네요. 하지만 전 옥스퍼드에 가야 해요. 프래프 마법사님을 찾아야 해요."

그는 고개를 끄덕였다.

"그렇게 하지요."

잠시 후 덧붙였다.

"혹시 학교를 세운 그 사람은 아니겠지?"

발견 대회가 열리는 보들리언 도서관에 도착한 후에 경찰을 찾는 것은 별로 어렵지 않았다. 두 명이 정문 입구를 지키고 있었다.

그녀를 옥스퍼드 대학까지 데려다준 친절한 남자가 그녀가 문까지 가는 것을 도와주었다. 잘 차려입은 남자의 어깨에 힘겹게 기댄 엉망인 여자 모습을 보자 경찰들은 즉시 관심을 보였다. "납치됐어요"라는 말에 빠르게 움직였다. 마법이 걸린 콤팩트 거울을 열고 동료 경찰들에게 알린 후 그녀를 안으로 데려갔다. 그녀는 당황스럽게도 자신의 구세주인 운전자가 어디로 가는지 보지 못했다.

경찰들은 그녀를 도서관에 있는 작은 방으로, 거의 책이나 가구가 없는 일종의 공부방으로 데려간 후 의자에 앉혔다. 그녀는 다른 의자에 욱신거리는 발을 올리고 비뚤어진 안경을 코 위로 밀었다.

그녀는 브라이어 홀을 떠난 것부터 부하와의 싸움, 독일인 포드 운전자를 도로에서 만난 것까지 기억할 수 있는 한 아주 자세하게 이야기했다. 운전자의 이름은 그녀가 미처 물어보지 못했지만 경찰들이 그 역시 심문하고 있었다. 그녀가 이야기를 나눈 젊은 경찰이 놀란 표정으로 그녀의 이야기를 전부 받아 적은 다음에 복도로 나가서 다른 사람들과 이야기를 했다. 바깥에 제복을 입은 사람이 두 명 더 있는 게 보였다. 그녀가 소란을 일으킨 모양이었다. 잘됐다.

앨비가 자신의 욱신거리는 발을 검사하고 신중하게 조그만 자갈들을 뽑아내고 있는데 경찰이 돌아왔다.

"에젤 마법사를 심문하기 위해서 데려왔습니다, 브레켄마커 양. 하지만 프래프 마법사는 여기 없습니다. 대회 참석자 명단에 없더군요."

"에젤 마법사가 우리 초록을 가로챘으니까요. 우린 접수됐다는 안내문을 전보로 받았어요. 하지만 런던에 있죠."

그녀는 한숨을 쉬었다. 몸에 기운이 하나도 없고, 욱신거리고, 지쳐서 마냥 쉬고 싶었지만 머릿속은 다급하게 핑 핑 돌았다.

"마법사님을 찾아야 해요. 우리 운전사도요. 그 사람은 메이든헤드 근처 도로변에 있을 거예요. 아, 프레드……."

그녀는 손을 쥐어짰다. 에젤 마법사는 프레드를 죽이지 않았다는 식으로 말했지만, 그녀는 그의 말을 믿을 수가 없었다. 그가 사람을 몇 명이나 고용했는지 누가 알겠는가? 어쩌면 앨비가 계단통에 묶어놓고 온 그 남자가 그 일을 처리했을지도 모른다. 프레드가 죽어서 배수로에 버려져 있거나 혹은 죽어가는 상태로 배수로에 버려져 있으면 어쩌지? 그 생각을 하자 그녀의 가슴이 조여들고 두근거렸다. 거대하고 무거운 피로감이 그녀의 몸을 아래로 끌어당기는 것 같았다.

경찰은 고개를 끄덕이고 나갔다. 그는 등 뒤로 문을 닫았고, 최소한 다른 경찰 한 명이 문을 지키고 서 있었다. 그녀가 도망이라도 칠 것처럼. 도망을 칠 수 *있기라도* 한 것처럼. 문 때문에 목소리가 나직하게 들렸지만 "매리언 프래프를 찾아"라는 말이 들려왔다. 그녀는 앉아서 자신의 찢어지고 벗겨진 발에 대해 생각하지 않으려고 노력하며 기다렸다. 다행히도 30분 후에 여자 경찰이 의료용 키트와 물, 내일 대회의 오프닝을 위해서 준비해둔 것 같은 예쁘게 잘린 채소들을 갖고서 들어왔다. 앨비는 감사의 인사를 하고 당근을 씹었다. 경찰이 발에 난 여러 개의 자상을 닦고 거즈와 붕대를 감을 동안 통증으로 그녀는 팔걸이에 손톱을 눌렀다. 끔찍했지만, 그래도 고마웠다. 경찰은 응급처치를 끝내자마자 나갔다.

음식과 물, 치료를 받았지만 앨비는 점점 초조해지기 시작했다. 바깥은 이제 완전히 어두워서 최소한 열 시는 된 것 같았다. 그녀는 의자에서 꼼지락거렸다. 경찰들은 그녀가 화장실에 갈 때만 밖으로 내보내주었고, 거기까지 걸어가는 데에도 앨비는 도움이 필요했다. 최소한 그녀는 피해자처럼 보였다. 그게 그녀의 이야기에 좀 더 진실성을 부여하겠지?

한숨을 쉬고 그녀는 의자 등받이에 목을 기대고 천장을 올려다보았다. 그리고 눈으로 그것을 측정하기 시작했다. 가로 2.4미터에 세로 3.6미터, 거기에 몇 센티미터쯤 오차가 있겠지. 발에서 맥박이 쿵쿵 뛰었고 그녀는 그 시간을 재기 시작했다. 그녀의 맥박은 분당 79회였다. 그렇게 편안한 상태는 아니었다.

그녀는 꼬리뼈의 압박을 줄이기 위해서 다시금 똑바로 앉았다. 엄지손톱으로 다른 손톱들을 깨끗하게 파냈다. 이제 거의 자정이었다. 그녀는 지쳤지만 졸리지는 않았다. 간절하고, 초조하고, 좀 배가 고팠다.

그녀는 눈을 감고 서로 안 맞는 시력 때문에 생긴 두통을 가라앉히려고 애썼다. 다시 눈을 떴을 때 시야에 문득 손이 들어왔다. 검지손가락 두툼한 부분에 딱지가 앉은 상처가 있고 엄지손가락 아래쪽에는 자동차 엔진이 그녀에게 입힌 초승달 모양 자국이 있었다.

"일하다가 생긴 상처예요. 아프진 않아요."

앨비는 그녀와 프레드, 프래프 마법사가 브라이어 홀을 떠나기 전에 들은 엠마의 말을 떠올리고 동작을 멈추었다. 불현듯 하녀의 손에 있던 상처가 생각났다. 엄지손가락 아래쪽을 감싸던 초승달 모양의 베인 상처.

지금 앨비의 피부에 난 상처와 똑같은 모양이었다.

팔다리를 따라 소름이 돋았다. 설마 우연이겠지……

"어젯밤에 제가 차고 문을 제대로 잠그지 않았던 모양입니다. 분명히 잠갔다고 맹세할 수 있는데, 열쇠를 끝까지 돌

리지 않았던 모양이에요."

앨비는 의자에서 몸을 앞으로 기울였다. 엠마가 차고 열쇠를 가져갈 수 있을까?

그녀의 생각이 망가진 자동차에서 베넷의 벤츠에 있던 신문으로 넘어갔다.

"하인이 간통을 고백하며 브라이어 홀이 스캔들로 뒤덮이다."

그녀는 입술을 잘근잘근 깨물었다. 그 명예훼손 기사 때문에 프래프 마법사는 짐 나르는 하인 브랜든을 내보냈다. 하지만 그에 대해 말한 사람이 엠마 아니었나? 그가 기자와 이야기하는 걸 봤다고 주장해서?

그녀의 머리는 밀가루 반죽을 주무르는 것처럼 작동했다. 엠마는 그녀에게 침입이 있던 날 밤에 플라스틱 연구실에 가지 말라고 말했었다. 난장판을 정리하는 걸 돕기 위해서 안으로 들어오려고 애를 썼다. 하녀들은 플라스틱 연구실을 청소한 적이 한 번도 없는데. 헴슬리 씨만이 열쇠를 가진 유일한 하인이어서 청소를 했다.

병원 근처의 강도 중 한 명은 엠마 덩치의 여자였다…….

앨비의 눈이 손에 난 상처로 다시 돌아갔다. 자신이 의자에서 점점 더 작아지는 듯한 느낌이 들었다.

문 바깥에서 사람들의 목소리가 들렸으나 앨비는 느릿느릿 알아차렸다.

"……그 사람이…… 실종 신고를 했고…… 메이든헤드에서……."

문이 너무 세게 열려서 뒤쪽의 벽에 쾅 부딪혔다. 그 앞에 서 있는 사람은 놀랍게도 프래프 마법사였다. 그 역시 머리는 헝클어지고, 셔츠는 반쯤 바지춤에서 빠져나왔지만 눈에는 안도감이 돌았다.

"하느님 감사합니다."

그가 황급히 앨비의 옆으로 와서는 붕대를 감은 발과 부서진 안경을 보았다.

"자네 괜찮나?"

"그럭저럭이요. 어디 계셨어요? 프레드는요?"

그녀는 미소를 지으려고 했지만 입이 무거워 움직이기 어려웠다.

"프레드는 메이든헤드의 병원에 있어. 내가 도와줄 사람을 데리고 돌아와 보니 도로변에서 의식을 잃고 있더군. 차와 트레일러는 사라졌고. 자네도 같이 말이야. 몇 시간이나

415

사방팔방을 찾아다녔어. 자네가 무사해서 정말 다행이야."

그가 한 손으로 머리카락을 쓸어 넘겼다.

그의 뒤에서 경찰이 말했다.

"오두막이 어디 있는지 말해줄 수 있을까요?"

경찰의 요청이 앨비의 당밀 같은 머릿속을 뚫고 들어왔다.

"음. 운전자분이 아직 여기 계신가요?"

"정보와 증언을 받은 다음 보내줬습니다."

"그분이 저를 발견한 곳이 흙길에다 언덕으로 이어지는 교차로였어요. 오두막은 그 한참 위쪽으로 있어요. 아마……."

그녀는 자신이 걷고, 뛰고, 달리는 보폭을 계산하고서 각각에 얼마나 시간이 걸렸는지, 발에 붕대를 감아보려고 멈춘 시간과 언덕 꼭대기에서 속도를 늦췄다가 내리막에서 빨라지는 등 속도의 변수까지 감안했다. 그리고 처음 탈출했을 때와 비교해 마지막에 태양의 위치가 어떻게 달라졌는지를 기억해내려고 애를 썼다.

"브레켄마커 양?"

경찰이 이름을 불렀다.

"지금 생각 중입니다."

프래프 마법사가 날카롭게 말했다.

"그 교차로에서 북쪽으로 5.4킬로미터에서 6킬로미터쯤 될 거예요."

그녀가 추측했다.

경찰은 잠깐 머뭇거리다가 숫자를 받아썼다.

"사람을 보내 조사해보겠습니다."

"그 남자가 아직도 거기 있을지 몰라요. 플라스틱이 얼마나 잘 견딜지 모르겠는데…… 그리고 자물쇠 안에도 플라스틱이 있을 거예요."

그녀가 그를 잡고 덧붙였다.

"지하실에 있는 방의 자물쇠요. 내 안경으로 만든 거죠. 그리고 창문도 부서져 있을 거예요. 그리고…… 제가 그 자물쇠를 좀 볼 수 있을까요?"

"뭐라고요?"

경찰이 물었다. 그녀는 마찬가지로 의아해하는 표정의 프래프 마법사를 힐끗 보았다.

"증거물 수집이 끝나거나 아니면 살펴보는 게 끝나면…… 제가 그 자물쇠를 가져도 될까요?"

"앨비, 내가 새로운 안경알을 만들어주지."

프래프 마법사가 말했다.

"그것 때문이 아니에요. 그게…… 가능하다면, 그 자물쇠를 좀 봐야 해서요."

경찰은 눈썹을 치켜 올렸지만 종이에 다시 적고서 고개를 끄덕인 후 방을 나갔다.

"자물쇠는 왜?"

프래프 마법사가 물었다.

그게 앨비에게 굉장한 관심을 불러일으키는 대화이기는 했지만 그녀는 좀 더 급한 주제로 화제를 돌렸다. 목소리를 낮추고 그녀가 말했다.

"엠마요, 마법사님."

"엠마와 막힌 자물쇠와 무슨 관계가 있지?"

그녀는 머리를 흔들고 그에게 손에 난 상처를 보여주었다.

"그게 아니에요. 제 말은, 엠마가…… 제 생각엔 엠마가……."

그녀는 도저히 말을 할 수가 없었다. 그녀가 도착한 이래로 항상 자신에게 상냥했던 여자를 비난하는 말을 하는 건 잘못된 것 같았다. 그녀는 그렇게 말하는 대신 모든 증거를 하나하나 프래프 마법사에게 설명했다. 그녀가 말을 할수록 플라스틱 마법사의 얼굴이 창백해지고 멍해지는 걸로보아 그 역시 똑같은 결론에 도달한 것 같았다.

그가 욕을 하며 고개를 흔들었다.

"제기랄. 엠마라니…… 당장에 전보를 보내야겠어. 엠마를 체포하라고 말이야. 그리고 브랜든은……."

그가 눈을 문지르고서 손바닥으로 얼굴을 쓸었다.

"자물쇠 말인데요, 마법사님."

그가 시선을 들었다. 앨비가 침을 삼켰다.

"제가 거기서 빠져나온 게 그 덕분이에요. 자물쇠 안에서 플라스틱을 녹였는데, 전 그걸 여는 데에 금속 마법 주문을 사용했어요. 정말로요. 그리고 –"

문이 열렸다. 앨비에게 붕대를 감아주었던 경찰이 다시 나타났다.

"죄송합니다, 프래프 마법사님. 브레켄마커 양과 더 이상 이야기를 하기 전에 마법사님 이야기를 기록해야 해서요."

플라스틱 마법사가 일어섰다.

"네. 네, 그렇겠죠. 당장 하죠. 필요한 건 뭐든지요."

경찰은 고개를 끄덕였고, 프래프 마법사는 앨비를 다시

금 혼자 놔두고서 그녀를 따라나섰다.

"그건 말도 안 돼요!"

앨비가 책상 너머로 잠꼬대를 했다.

도서관 의자에서 잠시 잠이 든 그녀에게 경찰들은 옥스
퍼드 경찰서로 데려가 간이침대를 내주었다. 그녀는 이제
붕대 신은 발이 들어가는 좀 큰 신발을 신었고, 머리도 끈
으로 묶었다. 여전히 전날 입은 더러운 옷을 입은 채 안경
은 엉망이었지만 말이다. 왼쪽 눈으로 보기 위해서 종종 한
쪽 눈을 감아야 했다. 그녀 옆에서 프래프 마법사는 뱃속이
꽉 뭉친 것처럼 뻣뻣하게 앉아 있었다. 그녀는 경찰이 엠마
에 관해서 런던 경찰에게 연락했다는 건 알았지만, 어떻게
돌아가는지 아는 건 그게 끝이었다.

앨비는 경찰서장과 책상을 사이에 두고 앉아 있었다. 그
가 막 에젤 마법사 입장을 말했을 때 앨비가 폭발했다.

"난 그저 들은 이야기를 반복했을 뿐입니다."

나이 많고 덩치 큰 남자가 인내심 있게 말했다. 그는 넓은
어깨에 직사각형 모양의 몸매를 가졌고, 숱 많은 회색 콧수
염과 더 숱이 많은 회색 눈썹을 갖고 있었다.

"에젤 마법사가 여러분이 그가 훔쳤다고 주장하는 물품에 대해서 발견 대회에 초록을 제출했다는 걸 아셔야 합니다. 저희는 지금 그 사본을 구하려고 노력 중입니다. 어제 그의 행방을 증언해줄 목격자도 있습니다. 그의 플라스틱 연구실도 다섯 달 전에 침입당했고, 이 의수의 설계도가 도둑맞은 물건 중 하나라고 주장하고 있어요."

"교활한 자식."

프래프 마법사가 중얼거렸다.

"설계도랑 모두 다요? 그 초록을 정말이지 꼭 읽어보고 싶네요."

앨비가 주장했다. 에젤 마법사가 프래프 마법사의 초록을 가로채서 똑같은 내용을 제출했을까? 아니면 그걸 잃어버려서 엠마가 다른 사본을 구하려고 했던 걸까? 너무 많은 의문이 떠올라서 앨비는 그 답을 찾으려다 숨이 막힐 지경이었다.

경찰서장이 한숨을 쉬었다.

"내가 초록을 읽을 겁니다, 브레켄마커 양. 우린 이 사건을 끝까지 파볼 겁니다."

프래프 마법사가 물었다.

"오두막은요?"

"네, 오두막을 찾았고 모든 게 브레켄마커 양이 말한 대로더군요. 계단통 아래쪽에 묶여 있는 남자는 없었습니다만, 녹은 플라스틱이 난간에 감겨 있었습니다. 찢어진 천이 그 안에 박혀 있었고요. 벽의 흠집은 싸움이 있었다는 걸 알려주더군요."

그가 손에 든 종이를 내려다보았다.

"부동산 증서에 소유주는 개럿 씨라는 이름으로 되어 있더군요. 그 사람을 찾아보는 중이지만 그 이름으로 된 다른 기록은 찾지 못했습니다."

"그렇군요."

프래프 마법사가 대답했다. 경찰서장은 깊게 숨을 들이켰다.

"또한 에젤 마법사가 이 비난에 굉장히 화를 냈다는 걸 알려드려야겠군요. 변호사를 고용했고 브레켄마커 양을 추방하려는 절차를 시작했습니다. 브레켄마커 양을 절도와 연결할 수 있다면 꽤나 강력한 근거를 갖게 될 겁니다."

앨비는 체온이 최소한 0.7도는 떨어지는 것을 느꼈다.

"농담이시겠죠."

서장은 엄격하고 나이 든 얼굴로 그녀를 쳐다보았다. 농담이 아니었다.

"사건의 진실을 우리가 파악할 때까지는 어떤 일도 진행되지 않을 거라는 걸 장담하지요. 하지만 양쪽 모두 떠나는 건 허락할 수 없습니다."

앨비가 자신의 몸을 껴안았다.

"하지만 대회는ㅡ"

"이쪽이든 에젤 마법사든 이 문제를 해결할 때까지는 대회에 참석할 수 없을 겁니다."

늘 현실적인 프래프 마법사가 고개를 끄덕였다.

"좋습니다."

몇 시간 후, 또 다른 경찰이 앨비가 갈아입을 옷을 그녀의 옷장에서 가져왔다. 즉 브라이어 홀에 갔다는 말이다. 아마도 거기 있는 동안 가족과 하인들에게 질문도 했을 것이다. 어쩌면 엠마를 체포했을지도 모르지만, 앨비가 물어도 대답해주지 않았다. 앨비의 몸이 단단히 조여들었지만, 블라우스와 치마 사이에 끼어 있는 유리 안경알을 발견하고서 약간 안도감을 느꼈다. 프래프 마법사가 경찰에게 어디서 그걸 찾아야 하는지 말해준 게 분명했다. 약간 노력을 기울여서 그녀는 오른쪽 알을 안경테에 끼웠다. 두통이 거의 즉시 가라앉았다. 다시 또렷하게 볼 수 있게 되니까 정말로 좋았다. 설령 앞으로 영국을 오래 보지 못할지 모른다고 해도.

깊게 숨을 쉬어, 앨비. 침착해야 했다. 시스템을 믿어야 했다. 에젤 마법사가 영원히 속임수를 유지하지는 못할 것이다. 절도 사건을 그녀의 탓으로 돌릴 수도 없을 것이다. 처음 두 번의 사건 때 그녀는 이 나라에 있지도 않았으니까!

오후 늦게 대회 첫날이 거의 끝나고서야 앨비와 프래프 마법사는 회의실로 소환되었다. 여러 명의 경찰이 안에 있었다. 긴 탁자 끝에 에젤 마법사가 변호사로 추측되는 남자와 함께 앉아 있었다.

"너! 감히 어떻게 – "

자리에서 일어선 그의 따가운 시선이 프래프 마법사가 아니라 앨비에게 먼저 멈췄다.

변호사가 그의 어깨에 한 손을 올렸고, 경찰서장이 말했다.

"앉으시죠, 에젤 마법사님. 안 그러면 내 인내심이 허용하는 이상으로 일이 길어질 겁니다."

에젤 마법사가 자리에 앉았다. 앨비는 그를 보고 인상을 썼다. 그는 형편없는 배우였다.

서장이 양쪽 끝에서 똑같은 거리에 있는 의자에 앉았다. 앨비와 프래프 마법사는 문에서 가까운 쪽, 에젤의 맞은편에 앉았다. 다른 경찰들은 계속 서 있었다.

서장이 제복을 입은 젊고 머리가 벗어진 남자에게 손짓했다.

"이쪽은 북런던 경찰서의 캘더스 경찰입니다. 플라스틱 연구실 연쇄 절도 사건을 담당한 사람 중 하나죠. 최근에는 프래프 마법사의 사건을 맡았고요."

변호사가 말했다.

"범인이 잡히지 않은 절도 사건 말이죠. 브레켄마커 양만 목격했고요. 일부러 주의를 끌기 위해서 한 짓이 분명합니다. 아니면 더 큰 범죄를 감추기 위한 수단이었든지요."

앨비가 발끈했다. 서장은 변호사를 무시하고 말했다.

"캘더스 경찰?"

"저희는 프래프 마법사님이 서면으로 작성한 증언을 가지고 있습니다. 거기에는 의수를 도둑맞았을 수 있다는 내용이 들어 있지요. 에젤 마법사님이 작년 10월에 소유물에 관해서 이야기한 증언도 있습니다만, 의수에 관한 특정 내용은 없습니다."

에젤 마법사의 어깨가 면도칼처럼 꼿꼿하게 펴졌다.

"내 가장 위대한 업적에 대한 비밀을 그런 식으로 공개할 것 같습니까? 나중에 모두가 보도록 신문에 인쇄되어 나오게요?"

변호사가 말했다.

"제 고객은 기록을 제공할 수 있습니다."

에젤 마법사가 남자에게 몸을 기울여 뭔가를 속삭였다. 남자는 고개를 끄덕였다. 두 사람 다 더는 말하지 않았다.

앨비는 심장에 다리가 달려서 목에서 기어 나오려는 것 같았으나 기침을 하며 그것을 삼켰다.

서장이 탁자 아래로 손을 뻗어 에델의 원형을 앞에 놓았다.

"내 방을 뒤진 겁니까?"

에젤 마법사가 물었다. 서장이 눈썹을 치켜 올렸다.

"이걸 가져올 영장을 못 받을 거라고 생각하셨습니까?"

에젤 마법사는 침묵을 지켰다. 그의 변호사가 그에게 뭔가를 속삭였다.

"로스코 에젤 마법사가 작년 11월 14일에 재료공학 발견 대회 위원회에 제출한 논문 사본을 받았습니다. 하지만 논문에는 이 프로젝트가 '의학의 모든 면'을 바꿔놓을 만한 거라고만 할 뿐 특별히 의수에 대해서 언급하지는 않았더군요."

변호사가 말했다.

"대회에서 그런 식으로 모호하게 이야기하는 건 흔한 일입니다."

"그렇지요."

서장이 고개를 끄덕였다. 앨비는 손가락으로 치마 주름을 펴면서 머릿속으로 그 말을 곱씹었다. 그건 그녀가 프래프 마법사에게 고분자 보관소에서 했던 말과 비슷하지 않나?

그녀는 탁자를 꽉 쥐었다.

"그 사람한테 엠마에 관해 물어보셔야 하지 않을까요?"

그녀가 중얼거렸다.

"뭐라고요?"

경찰서장이 물었다. 앨비는 목을 가다듬었다.

"제 말은, 제 하녀인 엠마에게 돈을 얼마나 줬는지 물어보

427

셔야 할지도 모르겠다고요."

에젤 마법사의 얼굴이 창백해졌지만 그의 표정은 여전히 무심했다.

"난 자네의 고용인들에 대해서 잘 모르네, 브레켄마커양."

서장은 엠마가 아니라 계속해서 의수에 관해 물었지만 앨비는 머릿속에서 핑핑 도는 생각 때문에 그의 말에 집중할 수가 없었다. 에젤은 의수를 갖고 있었다. 의수에 대해서 전부 알았다. 어쩌면 프래프 마법사와 그녀를 상대로 자신의 결백을 입증할 증거로 사용하려고 초기 설계도처럼 보이는 스케치를 해뒀을지도 모른다. 당연히 유죄를 증명해 줄 이미지돔과 다른 물건들은 버렸을 것이다. 하지만……. 앨비와 프래프 마법사가 지금까지 잡혀 있었다면, 에젤 마법사도 그랬을 것이다. 의수를 연구할 시간이, 거기에 대해서 알아낼 시간이 별로 없었을 텐데. 앨비가 그의 지하실에서 문을 상대로 시험했던 것처럼 의수를 시험할 시간이 없었으리라.

에젤 마법사는 실수 따위 저지르지 않는 열성 넘치는 악당이라고 앨비에게 말했었다. 하지만 그는 실수했다. 다른 플라스틱 연구실 침입, 자신을 피해자로 만들기, 그를 범죄 현장에서 절대 발견하지 못하도록 폭력배들을 고용하기 등 모든 것을 아주 완벽하게 준비했다. 하지만 앨비의 등장이 거기에 찬물을 끼얹었다. 그녀는 목격자일 뿐만 아니라 그녀의 예상치 못한 등장으로 에젤 마법사의 귀중한 시간까지 잡아먹었다. 그의 범죄 일정이 늦어진 것이다.

"잠깐만요."

모든 시선이 그녀에게 쏠렸고, 그녀는 자신이 서장의 말을 중간에 잘랐다는 것을 깨달았다.

"앨비."

프래프 마법사가 엄하게 말했지만 그녀는 무시했다.

"죄송하지만, 에젤 마법사님이 정말로 이 물건의 제작자라면 의수가 어떻게 움직이는지를 물어보는 게 어떨까요?"

사악한 플라스틱 마법사의 무심한 표정에 마침내 변화가 생겼다.

"뭐라고요?"

서장이 물었다.

"이 여자는 지금 제 의뢰인을 모독하고 –"

변호사가 말을 하려고 했지만 프래프 마법사가 쏘아붙

였다.

"여긴 빌어먹을 법정이 아니야."

앨비가 일어섰다.

"이게 정말로 에젤 마법사님의 작품이라면 어떻게 작동하는지 시범을 보여달라고 해보세요."

에젤 마법사가 코웃음을 쳤다.

"생각 좀 하라고. 이건 그냥 원형이야."

그녀는 심지어 그를 쳐다보지도 않았다. 서장의 눈만 똑바로 바라보았다.

"프래프 마법사님이 대회에 제출하려고 하셨던 초록에는 이전까지 플라스틱 마법에서 발견하지 못했던 주문에 관한 이야기가 있어요. 이 의수의 진짜 발명자라면 당연히 그 주문을 알겠죠. 그러니까 에젤 마법사님에게 그게 뭔지 말해보라고 하세요."

변호사가 말했다.

"이건 악의적인 괴롭힘이에요."

에젤 마법사가 덧붙였다.

"이건 내 전시의 제일 중요한 부분이에요! 절대로 그런 –"

서장이 엄격한 눈으로 에젤 마법사를 보았다.

"우리가 많은 청중이라고 할 수는 없지만, 브레켄마커 양의 말대로 하시죠."

변호사가 말했다.

"이건 내 의뢰인에 대한 불공정한 대우입니다. 프래프 마법사의 말처럼 여기는 법정이 아니고 서장님은 내 의뢰인에게 어떤 것도 요구할 권리가 없어요."

경찰서장이 그를 노려보았다.

"나는 규정상 재판 날짜를 결정할 때까지 당신의 의뢰인을 감방에 넣을 권리가 있어요."

에젤 마법사의 하얀 손가락이 탁자 가장자리를 꽉 잡았지만 그의 턱은 자신감 혹은 단호한 결심으로 힘이 들어가 있었다. 그가 재빨리 일어나느라 의자가 뒤로 넘어졌다. 그는 탁자를 빙 돌아와서 경찰서장 쪽으로 다가가 의수를 몇 초 동안 바라보다가 손을 뻗어 그것을 잡았다.

플라스틱 마법사는 의수를 양손으로 잡은 채 이쪽저쪽으로 돌렸다. 은근하지만 확실하게 그의 행동은 그가 아직 주문을 알아내지 못했음을 외치고 있었다. 앨비는 그가 말을 하기를 기다리며 도로 앉았다. 모두가 기다렸다. 방 안은 영안실처럼 고요했다.

에젤 마법사가 자기 팔의 연장인 것처럼 의수를 들어 올리고서 말했다.

"따라라: 지시."

앨비 머릿속은 한 가지 생각으로 가득 찼다. 겨우 *저걸* 해보려고 마음먹었던 거야? 이미 발견된 주문이자 1년 차 견습생도 아는 걸?

그가 졌다.

팔은 움직이지 않았다. 그도 자신이 졌다는 걸 알았고, 이제 방 안의 모든 사람이 알았다. 에젤 마법사의 눈이 번뜩였고 앨비는 그가 거의 불쌍할 지경이었다.

경찰서장이 일어났지만, 그가 한마디 하기 전에 프래프 마법사가 자리에서 일어나 손을 앞으로 내밀어 에젤 마법사의 손에서 의수를 가져왔다. 그는 목을 가다듬지도 않고서 말했다.

"압축해라."

팔의 플라스틱 튜브 안에 있는 액체 플라스틱이 압축되며 의수의 다섯 손가락이 전부 펴졌다.

앨비가 씩 웃었다.

서장이 신음을 뱉었다.

"아서, 에젤 마법사를 재산 절도와 납치죄로 체포하게. 범죄 목록은 나중에 추가하지."

에젤 마법사는 한 대 얻어맞은 것처럼 몸을 뒤로 홱 뺐다.

"저놈이 저걸 어떤 식으로든 손본 게 분명해요! 이건 확실한 증거가 전혀 아니야! 이건 말도 안 되는 짓거리라고!"

"조용히 하시지, *에젤 씨*. 안 그러면 혐의만 더 많이 쌓일 테니까."

경찰서장이 지루하다는 표정으로 말했다.

에젤 마법사가 입을 딱 다물었고 다음 순간 아서라는 경찰이 수갑을 들고 그의 뒤로 다가왔다.

간헐천처럼 앨비의 몸속에서 짜릿한 안도감이 치솟았다. 그녀는 자리에서 벌떡 일어나서 만세를 불렀다가 아픈 발 때문에 착지하고는 그대로 넘어졌다.

19

발견 대회는 사흘간 열렸다. 둘째 날 아침에 엠마는 처벌을 가볍게 해주는 대가로 에젤 마법사에게 협력한 사실을 자백했다. 악당 플라스틱 마법사에게는 징역형과 영구적인 마법사 면허 박탈이라는 운명이 확정됐다. 저녁에 경찰이 프래프 마법사와 앨비의 나머지 물건들을 근처 창고에서 찾아냈고 자동차와 트레일러는 옥스퍼드 바로 바깥의 도랑에서 찾았다. 사건에 배정된 경찰 한 명이 앨비를 오두막에서 공격했던 폭력배에 관한 실마리를 찾아냈고 곧 체포할 수 있을 것 같았다. 오두막 주인은 끝내 발견되지 않았고, 서장은 에젤이나 그의 공범 중 한 명이 가짜 이름으로 그 집을 산 것이라고 생각했다. 셋째 날에 앨비와 그녀의 스승은 마침내 대회에 참가해도 된다는 허가를 받았다.

거대한 이미지돔은 이미 경험해본 사람과 경험하지 못한 사람이 뒤섞여 수많은 참가자를 끌어들였다. 몇 시간 동안 앨비는 줄을 세우고 표를 나눠준 뒤 별 밤, 아라비아의 모래 바다, 왕궁 정원이라는 세 가지 영상 중 사람들이 고른 것을 보여주었다. 이미지돔과 그 비현실적인 즐거움이 온갖 감탄사를 끌어내긴 했지만, 마법사와 과학자, 발명가들이 한결같이 질문을 쏟아낸 것은 의수였다. 홀딱 빠진 관객들은 프래프 마법사가 양말을 씌운 주먹을 에델의 잘린 팔에 맞게 만들어진 소켓에 넣고서 손가락이 꿈틀거리고 구부렸다 펴졌다 하는 다양한 동작을 하자 놀란 숨을 들이켰다. "굉장하군", "엄청나" 같은 말을 들을 때마다 앨비는 활짝 웃었다. 플라스틱 마법사들이 수십 명씩 와서 연구하고 새 주문을 배워갔다. 하도 많은 플라스틱 마법사들이 한데 모여서 압축 고분자를 다른 데에 적용할 방법에 대해서 논의하느라 앨비는 이미지돔 참가자들이 '공연'을 망치는 소음에 대해 불평하는 걸 여러 번 들어야 했다.

대회가 끝나기 네 시간 전인 두 시에 프래프 마법사가 그녀의 어깨에 손을 얹고 말했다.

"자네 차례야."

앨비는 프래프 마법사가 고쳐줘서 더 이상 한쪽만 금붕어 눈처럼 보이지 않게 된 안경을 바로잡았다.

"네?"

그가 인공 발목과 팔을 가리켰다. 새로 온 사람들이 벌써 전시품 쪽으로 다가가고 있었다.

그녀는 침을 삼켰다.

"하지만 이건 마법사님의 발명품인데 - "

"우리 발명품이지."

그가 말을 고쳐주었다.

깊게 숨을 들이켜고 앨비는 고개를 끄덕였다. 견습생용 앞치마의 끈을 조이며 대부분 남자로 이루어진 구경꾼들 사이로 들어가서 그녀가 말했다.

"어서 오세요. 이 원형들은 인공 발목과 팔, 손이죠. 매리언 프래프 마법사님과 제가 설계한 거예요."

"당신이요?"

젊은 남자가 물었다.

"네. 전 프래프 마법사님의 견습생이죠."

그는 의심스럽게 쳐다보았다.

"이름이 뭐죠?"

"앨비 브레켄마커예요."

다른 남자가 물었다.

"에디슨의 브레켄마커와 관계가 있지는 않겠죠?"

"그분이 저희 아빠세요."

"전구를 만든 그 브레켄마커?"

또 다른 사람이 물었다.

"전구는 관두고 우리한테 손가락을 보여줘요!"

네 번째 남자가 소리쳤다.

앨비는 미소를 지으며 하얀 양말을 들어 자신의 손 위에 끼고 주먹을 쥐었다.

"소켓은 압력에 예민해요. 다들 새로운 플라스틱 주문인 '압축해라'를 발견했다는 얘기 들으셨죠? 보시다시피 이 힘줄은 속이 비어 있고 액체 폴리에틸렌이 가득 들어 있어요……."

앨비는 두 시간 반 동안 원형에 관해 이야기를 나눴다. 시간이 순식간에 흘러갔다. 그녀는 일 분 일 초를 즐겼고, 프래프 마법사가 돌아와 대회장을 구경하라고 말했을 때도 흥분을 느꼈다. 겨우 90분 동안 모든 것을 다 경험할 수는 없을 것이다. 마음에 흡족할 만큼 돌아다니고 배울 수 없다는 사실이 아직도 욱신거리는 발보다 더 아프게 느껴졌다. 하지만 얼마 안 되는 시간을 낭비하지는 않을 것이다.

그녀는 플라스틱 마법 섹션에서 시작해서 선반 가득한 도서관의 책들을 배경으로 서 있는 부스들을 살펴보며 지나갔다. 어느 마법사는 낙하산을 위한 새 재료를 만들었고, 또 다른 마법사는 더 얇고 투명한 종류의 테이프를 발명했다. 그녀는 이런 것들을 베넷에게 전부 다 이야기해주고 싶었지만, '모방해라' 주문 공책이 든 그녀의 가방은 아직도 발견되지 않았다. 그것은 트레일러의 다른 물건들과 함께 있지 않았다. 그녀는 에젤 마법사가 자신의 신발과 짐과 함께 옥스퍼드에 오기 한참 전에 버렸을 거라고 짐작했다. 한숨이 절로 나왔다. 최소한 그보다 *아주 많이* 감정적 추억이 깃든 물건은 없으니까.

그녀는 종이 마법사들로 된 아주 작은 섹션을 돌아다니며 날갯짓하는 새나 헤엄치는 물고기, 심지어는 양피지를 말아서 만든 끈으로 된 움직이는 이미지와 거대한 전시품들, 교과서를 보았다. 불 마법사들은 불 색깔이 변하는 특징을 가진 저절로 켜지는 벽난로와 저절로 불이 붙는 담배를 보여주었다. 유리 마법사들은 대단히 다양한 보석들을 진열해놓았다. 에젤 마법사가 그녀의 돈을 가져갔지만 프래프 마법사가 친절하게도 다시 주었기 때문에 그녀는 에델을 위해서 투명한 구슬로 된 긴 목걸이와 자신을 위한 수련 모양의 머리핀을 샀다. 고무 마법사 섹션에서는 명령하기 전에는 절대로 멈추지 않는 통통 튀는 공을 발견했고, 아버지와 베넷을 위해 두 개를 샀다. 섹션들 사이에는 다른 과학자들과 발명가들의 특이한 전시품들이 있었다. 마법에 걸린 물질이 어떻게 작동하는지 비마법사들을 위해 시범을 보여주는 곳도 있었고, 대단히 복잡한 방식으로 단순한 일을 하도록 설계된 기계들도 있었다. 앨비는 볼베어링이 장치의 '시작' 통으로 떨어지는 것을 보았다. 이 첫 번째 동작이 일련의 다른 동작을 유발했다. 카드 한 무더기를 쓰러뜨리고, 연필을 움직여서 촛불 위로 무게를 이동시키고 결국 무거운 밀랍 봉인을 편지에 찍도록 만들었다. 또 다른 부스를 지나가다가 누군가 사춘기 아이들 무리에게 인공 유리와 천연 유리의 차이를 설명하는 것을 잠시 들었다. 그 내용 중 아름답고 뒤틀린 모양의 유리를 보여주었는데, 사막에 벼락이 떨어져 만들어진 게 분명했다. 이런 유리는 인간이 마법을 걸 수 없고, 자연적으로 시작된 불은 불 마법사들이 통제할 수 없으며, 순수한 금속은 금속 마법사들이 사용할 수 없었다.

금속 마법사 섹션이 마지막이었다. 앨비는 금속 마법사들 사이에서 마법에 걸린 열차 선로와 진열된 곁쇠들을 보았다. 곁쇠를 팔면 좋을 텐데. 지하실에서 모양이 변하는 열쇠가 있었으면 참 좋았을 것이다.

종소리가 언덕 너머로 퍼지며 대회의 끝을 알리는 동안 그녀는 그 생각에 몸을 떨었다. 끝나고서 저녁 식사가 있을 것이다. 앨비는 그걸 빼먹고 전시를 좀 더 봐도 괜찮을까 생각했다. 아, 뭐, 내년에도 있으니까. 다음 발견 대회는 1907년에 뉴욕시에서 열렸다. 집으로 돌아갈 좋은 이유였다.

앨비와 프래프 마법사는 늦게 호텔로 돌아왔다. 가까운 곳들은 이미 꽉 찼기 때문에 길 아래쪽에 있는 작은 곳이었다. 앨비는 자기 방이 따로 있었다. 본 것을 전부 다 기억할 수 있을 때 집에 편지를 썼다. 오두막 모험 이야기는 브라이어 홀로 돌아가서 프래프 마법사의 마법 거울을 사용해서 알려드릴 것이다. 그녀는 다음 날 일찍 일어나서 옷을 입었다. 불행히도 치마였다. 고용한 마차를 타고 집으로 향했다. 프레드가 병원에서 퇴원했다고 프래프 마법사가 말해주었지만, 지금은 집에서 쉬고 있었다. 다음 월요일까지는 일하러 오지 않을 것이다.

마차가 정오쯤 되어 브라이어 홀의 진입로로 들어갔다. 앨비는 빨리 내리고 싶었다. 발은 약간만 아팠으나 엉덩이는 마차 뒤쪽의 푹신한 의자에 앉아 있는 데에 질렸다. 막 몸을 쭉 펴다가 그녀는 앞쪽에 벤츠가 서 있는 것을 알아챘다.

"베넷!"

그녀가 집 안으로 달려 들어가 가정부를 화들짝 놀라게 했다. 베넷 쿠퍼를 찾느라 멀리 갈 필요는 없었다. 그는 에델과 화랑에서 여러 초상화를 구경시켜주는 프래프 부인과 함께 있었다.

"베넷! 에델!"

그녀가 소리쳐서 모두가 깜짝 놀랐다. 앨비를 보고서 프래프 부인은 아마도 남편을 찾으려는 듯 화랑을 빠져나갔다. 베넷과 에델은 그 자리에 남았고, 앨비는 베넷이 그녀에게 팔을 두르자 숨이 콱 막혔다.

"당신 괜찮아요?"

그녀의 머리카락이 그의 목소리를 삼켰다.

에델이 말했다.

"이런, 앨비, 엄청 걱정했어요!"

베넷이 몸을 뒤로 뺐고 앨비가 말했다.

"얘기 들었어요?"

그는 고개를 끄덕였다.

"옥스퍼드 경찰들이 우리 집 앞에 나타나서 프래프 마법사의 작업에 관해 질문했어요."

앨비의 입이 작게 오 자를 그렸다. 옥스퍼드 경찰서장이 앨비가 의수의 시범을 보여달라고 말하기 *전에* 에젤 마법사가 유죄라고 결정했는지 궁금했다. 에젤 마법사가 어떤 증인을 들이대든 간에 그들에게는 원래 프로젝트의 영감이 된 에델과 플라스틱 연구실을 여러 번 방문했던 그녀의 동생이 증인으로 있었다.

"당신 괜찮아요?"

베넷이 그녀의 어깨에 양손을 올리고서 다시 물었다. 그녀는 고개를 끄덕였다.

"욱신거리는 발과 치마를 빼면 괜찮아요."

에델이 웃었고 동시에 베넷이 물었다.

"발에 무슨 일이 있었는데요?"

앨비는 그제야 자동차가 일으켰던 문제와 트레일러, 지하실 감금에 관한 이야기를 들려주었다. 에델은 내내 손으로 입을 가리고서 앨비가 대단한 연극 이야기라도 해주는 것처럼 몸을 앞으로 기울이고 들었다. 반면 베넷은 들으면서 얼굴이 조금 창백해졌다. 그녀는 에젤 마법사의 손이 다리를 더듬은 건 차마 말하지 않았다.

"하지만 대회는 굉장했어요! 정말로요. 당신한테 편지를 쓰지 못해서 미안해요, 베넷 –"그녀가 황급히 마지막에 덧붙였다.

"사과할 필요 전혀 없어요. 오, 앨비, 이런 일이 일어나서 정말 유감이에요. 내가 뭔가 할 수 있었으면 좋았을 텐데."

그의 목소리는 약간 힘이 없었다. 에델은 성한 팔로 동생을 쿡 찔렀다. 왼팔은 여전히 그 무겁고 가짜처럼 생긴 손을 달고 있었다.

"그 사람들의 유죄를 증명하는 걸 도왔잖아. 그거면 됐지."

그래도 베넷의 시선은 죄책감으로 바닥을 향했다. 앨비가 그에게 다가서서 그의 손을 잡았고, 그 답으로 그의 입술이 살짝 올라갔다.

"에델!"

프래프 마법사의 목소리가 화랑을 울렸다. 앨비는 몸을 돌려 프래프 부부가 팔짱을 끼고 미소를 띤 채 서 있는 것을 발견했다.

"딱 내가 보고 싶었던 아가씨로군. 나한테 자네를 위한 물건이 있는 것 같은데."

에델의 표정이 전구처럼 환하게 밝아졌다.

"정말로요? 지금 당장이요?"

프래프 마법사가 씩 웃었다.

"이리 오게. 하인에게 플라스틱 연구실로 가져오라고 시키지."

에델의 웃음은 마법 등불보다도 더 환하게 빛났다.

앨비가 베넷과 손을 살며시 잡았다.

"이리 와요. 이건 완벽할 거예요."

3주 후에 옥스퍼드에서 소포가 도착했다. 앨비는 뜯어

보지도 않고 자신의 작업실로 가져갔다. 책상 위와 카운터 공간을 깨끗이 치우고 새로운 주문들과 그게 설명된 책들도 밀어냈다. 그리고 주머니칼로 소포를 뜯어 자물쇠를 꺼냈다.

도구들을 들고서 그녀는 신중하게 자물쇠를 해부했다. 플라스틱이 녹아서 안에서 재형성되었기 때문에 꽤 어려운 일이었다. 빠른 작업을 위해 그걸 다시 연화시킬 수는 없었다. 그러면 온전한 그녀의 발견을 망가뜨릴 수도 있었다.

그녀는 뭔가를 발견했다. 마침내 자물쇠 안쪽을 뜯고 나자 그녀의 의심이 확인되었다.

플라스틱은 섬세한 금속 부품들과 함께 녹은 상태였다.

금속과 맞닿은 *채* 녹은 게 아니라 금속과 *함께* 녹았다. 안쪽 실린더의 금속이 앨비가 함께 녹인 것처럼 플라스틱과 엉겨 붙어 있었다.

하지만 그녀가 그랬을 리가 없다. 그녀는 금속 마법사가 아니었고, '녹아라' 주문이 금속에 영향을 미칠 정도로 뜨거울 수도 없는 일이었다.

그녀는 경이로운 기분으로 자물쇠를 응시하며 이쪽저쪽으로 돌려보고 도표를 그려보기 시작했다. 나중에 실험실에서 그녀는 자신만의 자물쇠를 만들어보았다. 모든 부품을 플라스틱으로 만든 단순한 디자인의 자물쇠였다. 자물쇠를 완성하는 데 하루 반이 걸렸다. 숙제 마감 기간을 놓쳤지만 자물쇠 형태를 만들고 구성하고 모양을 잡느라 바빠서 신경 쓸 틈이 없었다.

그녀는 작업실 문에, 손잡이에서 30센티미터쯤 떨어진 곳에 새 자물쇠를 시험 삼아 달아보았다. 당연하게도 자물쇠는 잠겼다.

"끌러라."

그녀가 명령했지만 플라스틱은 반응하지 않았다.

그녀는 또 다른 자물쇠를 만들고 각각의 부품들이 완벽하도록 확실히 확인했다. 그리고 또 다른 마감을 놓쳤다. 자물쇠를 첫 번째 위에 설치하고 그녀가 명령했다.

"끌러라."

플라스틱은 그녀의 말을 따르지 않았다.

그래서 앨비가 자신의 한 달 치 봉급을 갖고서 프레드에게 철물점에 데려다달라고 했을 때 마침내 프래프 마법사가 물었다.

"앨비, 뭘 하려는 거지? 우린 30분 안에 열역학 공부를 할 예정인데."

"곧장 돌아올게요. 이건 아주 중요해요."

그녀가 약속했다. 프래프 마법사는 한숨을 쉬었으나 결국 동의했다. 누구보다도 그는 발견의 의미를 잘 이해했기 때문이다.

앨비는 나가서 자물쇠 여덟 개를 사 왔다. 전부 똑같은 업체 것이었고, 전부 열쇠로 돌려야 하는 걸쇠식이었다. 그녀는 작업실에서 그것들을 연구했다. 분해하고, 복제해보았다. 메모하고, 가설을 세웠다. 오두막 지하실의 자물쇠를 살폈다.

마침내 그녀의 문에는 열두 개가 넘는 자물쇠가 달렸다. 금속으로 된 대부분은 쓸모가 없었고, 열쇠 구멍에는 플라스틱으로 꽉 찼다.

첫 번째 자물쇠가 옥스퍼드에 도착하고 11일 후에 앨비는 논문을 쓰기 시작했다. 12일째에 프래프 마법사가 밤 열시쯤 그녀의 작업실을 찾았다.

"자네한테 새 문을 달아주지."

그가 자물쇠들을 쳐다보며 말했다. 앨비는 메모를 적었다.

"앨비?"

"제가 뭔가를 찾은 것 같아요."

그녀가 고개를 들고서 연필을 내려놓았다. 그리고 쥐가 난 손을 문질렀다.

"가설을 세웠어요, 프래프 마법사님."

그는 팔짱을 끼고 카운터에 기댔다.

"그래? 가설이 대체 뭐길래, 자네를 한밤중까지 여기 붙 잡아놓고, 먹지도 않고, 해야 할 일도 미루고, 완벽하게 멀 쩡한 문을 망가뜨리게 만든 거지?"

그녀가 그에게 지하실의 자물쇠를 건넸다.

"이것 좀 보세요."

그는 그것을 살폈다. 금속과 플라스틱이 함께 녹아 붙 은 것을 그도 알아챈 듯 미간에 주름이 생기고 입술이 살 짝 찌푸려졌다.

"제가 그 방을 탈출할 수 있었던 이유가 이거예요. 전 이 걸 '휘어짐'이라고 불러요. 딱히 더 나은 이름이 없어서요."

그녀는 서랍을 열고 엉망진창으로 섞인 종이들을 뒤졌 다. 그중에는 베넷이 준 다 쓴 '모방해라' 주문 종이들도 있 었다. 그러다가 얼룩이 진 도표를 꺼냈다. 신체 마법을 포함해서 일곱 개의 마법 전부를 원으로 그려놓은 거였다.

"상상해보세요. 이 도표에 따르면, 완벽한 도표는 아니지만요, 인접한 재료 쪽으로 *휘어져서* 그걸 다룰 수 있는 마법사요."

프래프 마법사가 도표를 내려놓았다.

"자네 말이 잘 이해가 안 가는데."

앨비는 그의 손에서 도표를 받아 들고 책상 위에 내려놓았다.

"그게 제가 했던 일인 것 같아요. 제가 그 지하실에 있을 때 금속 마법 쪽으로 휘어졌던 거예요. 그래서 플라스틱이 금속과 결합한 거죠. 그래서 '끌러라' 주문이 작동했던 거고요."

"앨비―"

"이게 둘 다 땅에서 나온 거기 때문에 금속에도 작동했던 거예요, 아시겠어요?"

그녀가 도표를 가리켰다. 플라스틱과 금속은 서로 양옆에 붙어 있었다.

"그리고 고무에도 가능할 거라고 생각해요. 두 마법이 굉장히 밀접하게 연관되어 있고 많은 원료를 공유하니까요.

생각해보세요! 어쩌면 금속 마법사가 유리 마법을 쓸 수 있을지도 몰라요. 두 재료가 다 기본적으로 돌로 만들어진 거니까요. 종이 마법사는 어쩌면 신체 마법을 쓸 수도 있어요. 둘 다 원재료가 유기체고, 음, 모든 마법사가 피와 살로 이루어져 있으니까—"

"잠깐만, 앨비. 거기까지만 해. 이건…… 엄청난 이야기야."

스승이 다급하게 말했다. 앨비는 잠시 입술을 깨물었다.

"이건 말이 돼요. 제 생각으로는요."

프래프 마법사는 카운터 위에 망가진 자물쇠를 내려놓았다.

"그래서 이걸 다시 해볼 수 있었나?"

그녀의 어깨가 처졌다.

"아뇨."

그녀는 그 지하실에서 했던 것과 정확히 똑같이 시도하고 또 해보았다. 같은 주문들을, 심지어는 효과가 없었던 것까지 전부 해보았다. 그녀가 뭔가를 잊어버린 건지, 아니면 특별한 종류의 금속이거나 오래된 자물쇠여야 하는 건지, 또는 당시와 똑같은 정신 상태가 아니어서인 건지 알 수가 없었다.

"하지만 다른 거로는 설명이 안 돼요."

그녀가 덧붙였다. 프래프 마법사가 한숨을 내쉬었다.

"어쩌면 이게 요행일 수도 있어. 아니면 문이 완전히 잠겨 있지 않았거나ー"

"완전히 잠겨 있었어요."

"ー아니면 자네가 이렇게 될 만큼 플라스틱을 뜨겁게 만들었을 수도 있어."

그가 자물쇠를 가리키며 말을 이었다.

"어떤 외부 힘이 자네가 이렇게 하는 걸 도와줬는지 영원히 모를 수도 있어. 자네가 이 일을 다시 해내기 전까지 이 가설은 내놓을 수가 없어. 과학계에서도 마법계에서도 말이야."

앨비는 인상을 찌푸렸다. 물론 그녀도 알았다. 그래서 문에 저렇게 많은 자물쇠가 달린 거였다.

잠깐 침묵이 흐른 후에 프래프 마법사가 말했다.

"자네가 하던 공부로 돌아가야 할 것 같군."

앨비는 고개를 끄덕였다.

"네, 그래야죠."

그녀는 안경 아래로 눈을 문질렀다. 이걸 입증하려면 그녀가 훨씬 더 많은 공부를 하고, 훨씬 많은 실험을 해봐야 할 것이다. 그녀가 지금 투자하는 것보다 훨씬 많은 시간을 들여야 하고. 그러면, 플라스틱 마법에 통달하고 나면, 그녀에게 모든 것들이 더 명확하게 이해될 수도 있다.

"내일 아침부터. 오늘 밤에는 가서 좀 쉬지. 헴슬리에게 자네에게 달아줄 새 문을 찾아보라고 하겠네."

그가 그녀의 어깨를 한 손으로 두드리며 말했다. 그녀는 고개를 끄덕였다. 엉망이 된 서랍과 그녀와 베넷의 글씨가 쓰여 있는 찢어진 종이들을 내려다보았다. 프래프 마법사가 떠나기 전에 그녀가 말했다.

"프래프 마법사님?"

"왜?"

"견습생이 결혼을 해도 되나요?"

그의 눈썹이 위로 하도 많이 올라가서 이마에 주름이 생길 정도였다.

"물론이지. 그걸 금지하는 규칙은 없으니까."

앨비는 고개를 끄덕였다.

프래프 마법사는 앨비가 뭔가 더 말하기를 기다리는 것

처럼 잠깐 더 그 자리에 있다가 수많은 자물쇠가 달린 문을 닫고 조용히 사라졌다.

앨비는 한참 동안 의자에 앉아 있었다. 딱히 특별한 걸 생각하거나 뭔가를 보는 건 아니었다. 잠시 후 그녀가 서랍을 열었다. 안에는 "재료의 병합: 휘어짐 이론"이라는 제목의 짧은 타이핑 원고가 들어 있었다. 그녀가 그 오두막에서 했던 일을 다시 할 수 있기까지 이 논문은 출간되지도, 진지하게 받아들여지지도 않을 것이다. 서랍에 다시 넣어놓으려다가 그녀는 머뭇거렸다. 생각했다. 자물쇠를 바라보았다. 그리고 논문 안에 도표를 끼워 넣고 세 번 접어서 봉투에 넣은 후 집 주소를 썼다. 주소 위에는 군터 브레켄마커라는 이름을 적었다.

나머지는 나중에 걱정할 것이다.

앨비는 거대한 런던 로얄 알버트 홀의 넷째 줄에 앉아 있었다. 손은 꽉 깍지를 끼었고 무대를 더 잘 보려고 등은 꼿꼿하게 세웠다. 머리 위에 달린 화려한 샹들리에의 유리 마법 등불은 어두웠고 무대를 밝히는 등불들은 환하게 타올랐다. 그녀의 의자는 카펫이 깔린 통로와 똑같이 진홍색 천

으로 되어 있었다. 앉을 자리가 가득한 커다란 발코니가 그
녀의 뒤쪽 위로 있었으나 아무도 그곳에는 앉지 않았다. 이
것은 큰 행사였지만, 사람들이 표를 사서 참석하는 행사
는 아니었다. 앨비는 새로운 하녀인 제인에게 머리를 해달
라고 부탁해서 곱슬머리를 정돈하고 일부는 뒤로 모아 옥
스퍼드에서 샀던 수련 머리핀을 꽂았다. 머리핀은 살짝 초
록색이 도는 바지와 잘 어울렸다. 그녀는 공식적인 행사라
서 드레스를 입을 생각이었지만, 베넷이 그러지 말라고 말
했다.

"그건 당신이 아니에요, 앨비."

그는 가장 최근의 '모방해라' 주문 공책에서 그렇게 말했
다. 공책은 그녀의 새 핸드백 안에 안전하게 들어 있었다.

프리트윈 베일리 마법사가 그녀 옆에 앉아 있었다. 그는
별로 말이 없었다. 쳐다보지도 않았다. 그는 검은 머리 때
문에 하얀 피부가 더욱 창백해 보였다. 가는 은테 안경을
썼고, 앨비는 몇 번이나 그녀도 그렇게 조그만 안경을 쓸
수 있으면 좋을 텐데 하고 부러워했다. 그녀는 좀 전에 그
에게 플라스틱 안경알에 관해 이야기했지만, 그는 지루해
하는 얼굴이었다. 그러나 발견 대회에서 보았던 교과서에

대해서 그녀가 언급하자 훨씬 열성적으로 이야기했다. 그들은 유리 마법 등불을 전구로 바꾸면 로얄 알버트 홀을 밝히기 위해서 얼마만큼의 전력이 필요할지도 이야기했다.

그녀는 베일리 마법사가 스승이면 어떨까 상상해보고 프래프 마법사 쪽이 훨씬 낫다는 결론을 내렸다. 그는 이번 주 내내 여러 회의에 참석하느라 롬포드에 가 있었다. 프레드는 다행스럽게도 다시 건강해져서 일에 복귀했다. 그가 한 시간 전에 그녀를 여기에 데려다주었다.

베일리 마법사가 갑자기 몸을 폈다. 앨비의 시선이 다시 무대로 향했다. 무대에서 왼편, 다시 말해 그녀의 왼쪽으로 두 줄의 의자가 있었고 그녀는 다음 차례인 남자를 보고 미소를 지었다.

오른쪽의 연단에서 나이 많은 남자, 프래프 마법사의 삼촌인 태기스 프래프 마법사가 말했다.

"6번 지구, 베넷 존 쿠퍼 마법사."

앨비는 하얀 종이 마법사 제복을 입어서 더욱 말쑥해 보이는 베넷이 일어나서 무대를 가로지르자 최대한 크게 박수를 쳤다. 그는 태기스 프래프 마법사와 악수하고 마법사 자격증을 받으며 미소를 지었다.

앨비가 예상했듯이 그는 당연히 해냈다. 그녀는 그가 무대에 나와서 다른 새 마법사들과 함께 앞줄에 앉는 동안 계속해서 박수를 쳤다. 새로운 마법사 중 두 명은 초록색 플라스틱 마법사 제복을 입고 있었다. 조만간 그녀도 저렇게 될 것이다. 그녀는 견습 생활을 그날 아침부터 2년 7개월 1주일하고 2.6일 안에 끝낼 거라고 계산했다. 그러면 그녀의 졸업식은 12월이나 1월이 될 것이다.

하지만 오늘은 그녀의 날이 아니었다. 그녀의 눈이 베넷에게로, 희미한 불빛 아래서도 환하게 빛나는 그의 머리카락으로 향했다. 나머지 졸업자들은 흐릿하게 지나갔다. 그녀 옆에서 베일리 마법사 역시 흥미를 잃은 모습이었다.

마지막 사람이 무대에서 내려가자 태기스 프래프 마법사가 청중을 향해 말했다.

"신사 숙녀 여러분, 이 새로운 마법사들에게 다시 한 번 큰 박수를 부탁드립니다."

앨비는 손바닥이 아프도록 박수를 쳤다.

"이 사람들에게는 기나긴 길이었습니다만, 결국 이겨냈습니다. 온갖 어려움을 극복하고 자신의 분야를 대표해서 오늘 이 자리에 앉아 있습니다. 저는 이들에게 최고의 칭찬을 해주고 싶습니다."

그가 몸을 돌리고 목을 가다듬었다.

"마법사 여러분에게는 인내하라는 충고를 해주고 싶습니다. 이 세상에 여러분의 자취를 남기십시오. 여러분의 선물을 펼치세요. 도움이 필요한 사람들에게 손을 내밀고, 신께 닿을 만큼 올라가세요. 존경심과 충성심을 갖고 여러분의 마법을 다룬다면 마법 역시 여러분을 그렇게 대할 겁니다. 이 세상을 여러분이 처음 들어왔을 때보다 더 좋은 곳으로 만드세요. 미래가 여러분을 부르고 있습니다. 이제 거기에 응답할 시간입니다."

청중은 다시 박수를 쳤다. 태기스 프래프 마법사가 다시 한 번 인사한 후 무대에서 내려왔다. 앨비의 결합 의식에 참석했던 유리 마법사 에이비오스키가 무대로 나와서 마법사들에게 축하의 말을 한 후 졸업생들과 이야기를 나누고 싶은 사람들을 위해서 연회장의 위치를 알려준 다음 졸업식을 마쳤다. 머리 위의 유리 마법 등불이 최대로 밝아져서 앨비의 눈을 찔렀다.

그녀는 핸드백을 들고 벌떡 일어나서 통로로 나가기 위해서 자기 차례가 되기를 기다렸다. 베일리 마법사는 자리에서 나가는 것보다 뒤쪽의 뭔가에 더 관심이 있는 것 같았다. 앨비는 그의 시선을 따라가다가, 잠깐 우체국에서 만난 그 마법사를 본 것만 같았다. 하지만 오렌지색 머리카락은 홀의 수많은 문 중 하나로 금세 사라져버렸다.

마침내 자리에서 나온 앨비는 황급히 통로를 따라 내려와 무대로 향했다. 베넷은 거기에 가족들과 함께 서 있었다. 그녀는 그의 어머니 뒤에서 잠시 머뭇거리며 베넷과 아버지 사이의 대화에 틈이 생기기를 기다리면서 베넷의 눈길을 붙잡았다.

그가 씩 웃으며 앞으로 나와서 그녀의 손을 잡고 옆으로 잡아끌었다.

"이쪽은 앨비예요."

그가 아버지에게 말했다.

그의 아버지는 덩치가 크고 숱 많은 갈색 콧수염에 더욱 숱이 많은 갈색 머리를 갖고 있었다. 또한 눈도 갈색이었다. 베넷과 에델은 아버지에게서 그 눈을 물려받은 모양이었다.

"아, 그렇군. 내가 내내 이야기를 들었지만 한 번도 만나지 못한 사람이로군. 만나서 반갑네, 아가씨."

앨비는 미소를 지으며 손을 내밀었다. 쿠퍼 씨는 그 손을 힘차게 흔들었다. 손아귀 힘이 상당히 좋았다.

"만나 뵙게 되어 반갑습니다."

베넷은 다른 누이들에게도 그녀를 소개했다. 베넷과 에델 사이의 결혼한 엘리자베스, 그리고 열아홉 살의 막내 해티였다. 그녀가 아버지의 짙은 색 머리카락을 물려받은 유일한 사람이었다. 남매 전부가 아버지의 갈색 눈을 갖고 있었다. 앨비는 이미 쿠퍼 부인을 만났지만, 그래도 베넷이 소개하는 걸 그냥 두었다. 쿠퍼 부인은 앨비가 빗속에서 집 앞에 나타났던 때보다 훨씬 더 친근하게 대해주었다.

소개가 다 끝나고 그녀가 그를 향해 돌아섰다.

"당신이 해냈어요! 당신은 이제 종이 마법사예요. 오, 베넷, 당신이 할 수 있는 일이 정말 많아요! 전문 분야로 나갈 건가요?"

그녀가 활짝 웃으며 물었다. 그가 웃음을 터뜨렸다.

"아마도요. 하지만 아직은 뭐에 집중할지 결정하지 않았어요. 당신한테 아이디어가 넘칠 테죠."

그녀는 고개를 끄덕였지만, 가족들 쪽을 힐끗 보고서 지금은 그가 고대 문서 복원이나 파티장 데코에 얼마나 뛰어

날지를 떠들어댈 때가 아니라는 결론을 내렸다.

가족들이 잠시 더 이야기를 나누다가 쿠퍼 씨가 그들을 연회장으로 이끌었고, 축하의 저녁 식사를 하러 나갔다. 앨비는 베넷과 손가락을 깍지 꼈고, 거대한 연회장을 나올 때 에델이 앨비에게 팔짱을 꼈다. 플라스틱 손가락이 그녀의 팔뚝을 부드럽게 감쌌다.

앨비는 그 손길에 펄쩍 뛸 뻔했다.

"에델! 이제 정말로 그걸 잘 쓰네요!"

의수를 끼고 처음 몇 주 동안 에델의 손길은 강하고 아팠었다.

그녀가 씩 웃었다.

"알아요! 그리고 이거 봐요!"

에델이 가짜 손을 빤히 쳐다보며 검지, 중지, 약지를 하나씩 따로따로 들어 올렸다. 그러다 그녀가 인상을 썼다.

"새끼손가락은 여전히 좀 어려워요."

"아무도 새끼손가락은 안 필요해요."

앨비가 말했다. 에델은 눈을 굴렸다.

"새끼손가락 없이는 차를 제대로 마실 수 없죠!"

베넷이 끼었다.

460

"누나는 오른손으로 차를 마시잖아."

에델은 어깨를 으쓱였다.

"선택지를 갖고 싶단 말이야."

앨비가 웃었다. 에델이 의수를 이렇게 잘 다룬다는 것, 그리고 의수 덕분에 집에서 더 자주 나오게 되었다는 게 그녀에게 끝없는 짜릿함을 선사했다. 플라스틱 손은 피아노를 칠 수 있을 정도로 빠르거나 무겁지 못했지만 두 번째 모델, 세 번째, 네 번째라는 기회가 여전히 존재했다. 어쩌면 그게 플라스틱 마법사가 된 후에 앨비의 전문 분야가 될 수도 있었다. 그리고 그 후에는 뭔가 새로운 것, 아무도 들어보지 못한 것을 만들 것이다. 전 세계 대회들에 내놓을 만한 것. 그녀의 이름을 붙일 수 있는 것.

어쨌든 이건 마법에 관한 게 아니니까. 이건 발견에 관한 거니까.

★ 감사의 말 ★

대단히 많은 사람이 이 책에 도움을 주었다. 지원 시스템은 굉장히 큰 도움이 되었고, 정말이지 덩굴을 이루는 이파리 하나하나에까지 모두 굉장히 감사한다. 우선은 내 남편 조던과 아빠 필에게 감사하고 싶다. 두 사람은 이 책이 아직 '플라스틱 마법사'라는 제목이고 다른 사람들에게 이야기하는 게 겁이 났던 시절에 내가 내놓는 여러 가지 아이디어를 귀담아 들어주었다. 그리고 당연히 내 에이전트 말린 스트린저와 편집자 제이슨 커크에게도 감사를 표한다. 그들은 이 프로젝트에 열정을 보여주었고 내가 잘할 수 있을 거라고 믿어주었다. 안젤라 폴리도로와 원고의 모든 편집자, 교정자, 디자이너 등 이 소설을 말끔하게 다듬어준 수많은 사람에게도 감사를 표한다.

감사의 덩굴을 더 따라 내려가면 내가 크게 감사해야 하는 나의 1차 독자들이 있다. 케이틀린 헤어, L. T. 엘리엇, 로라 크리스텐슨, 레이첼 몰트비이다. 그다음에는 나의 용맹하고 세세한 것까지 놓치지 않는 2차 독자들이 있다. 휘트니 행크스, 레아 오닐, 리앤 글렌트워스, 테레사 가너(이 책을 헌정한 바로 그 테스)이다. 모두에게 감사합니다, 감사합니다, 감사합니다.

또 다른 감사의 말은 나의 여동생 알렉스, 내 베이비시터 쉘비, 그리고 나의 조수 세레나에게 전한다. 이들이 집에서 나를 도와주었기에 내가 이 책을 쓰고 편집할 수 있었다. (조던도 굉장히 많이 도와줬지만, 이미 감사의 인사를 했으니까.)

완전히 말썽꾸러기가 되지 않고 종종 낮잠을 자주었던 우리 아이들에게도 감사하다.

끝으로 언제나처럼 최고의 감사 인사는 나를 이끌어주시고, 자비를 베풀어주시고, 종종 나에게 창조의 불꽃을 던져주신 저 위에 계신 그분께 드린다.

시어니 트윌과 마법 시리즈 ❹

시어니 트윌 외전: 마법의 발명

초판 1쇄 인쇄 2020년 6월 22일
초판 1쇄 발행 2020년 6월 29일

지은이 찰리 N. 홈버그
옮긴이 김지원
펴낸이 이범상
펴낸곳 ㈜비전비엔피 · 이덴슬리벨

기획편집 이경원 차재호 김승희 김연희 이가진 황서연 김태은
디자인 최원영 이상재 한우리
마케팅 한상철 이성호 최은석 전상미
전자책 김성화 김희정 이병준
관리 이다정

주소 우) 04034 서울시 마포구 잔다리로7길 12 (서교동)
전화 02)338-2411 **팩스** 02)338-2413
홈페이지 www.visionbp.co.kr
이메일 visioncorea@naver.com
원고투고 editor@visionbp.co.kr
인스타그램 www.instagram.com/visioncorea
포스트 post.naver.com/visioncorea

등록번호 제2009-000096호

ISBN 979-11-88053-89-6   04840

이 도서의 국립중앙도서관 출판예정도서목록(CIP)은 서지정보유통지원시스템 홈페이지(http://seoji.nl.go.kr)와
국가자료공동목록시스템(http://www.nl.go.kr/kolisnet)에서 이용하실 수 있습니다.(CIP제어번호:CIP2020023442)